The Art Forger

B.A.Shapiro

我不是德加

[美]B.A.夏皮罗 著

彭玲娴 译

民主与建设出版社

献给永不放弃的丹

一幅画作首先是画家想象力的产物，绝不可模仿抄袭。

——德加

嘉纳劫案二十一周年：史上最大宗艺术品失窃案悬而未破

【麻省波士顿讯】一九九○年三月十八日清晨，两名装扮成警察的男子将伊莎贝拉·史都华·嘉纳美术馆（Isabella Stewart Gardner Museum）的两名警卫五花大绑并掩塞其嘴，从而窃走十三件艺术品，市值总计约五亿美元。

遗失的作品中，数件为无价珍宝，包括伦勃朗[1]的《加利利海风暴》（*Storm on the Sea of Galilee*）、维米尔[2]的《演奏会》（*The Concert*），以及德加[3]的《沐浴后》（*After the Bath*）。警方侦查上千小时，而今法律追诉时效已过，五百万赏金空悬，数件艺术品依旧去向不明。

二十年来，联邦调查局侦讯了已知的艺术品窃贼，还有与黑帮、恐怖组织及天主教廷有所牵连的可疑分子，循线在美国、欧洲与亚洲各地侦查，曾锁定的嫌疑人包括警官之子、爱尔兰共和

---

① 伦勃朗（Rembrandt van Rijn），一六○六－一六六九年，荷兰画家，为十七世纪欧洲最重要的画家之一，被誉为荷兰最伟大的画家。
② 维米尔（Jan Vermeer），一六三二－一六七五年，十七世纪荷兰画家，与伦勃朗同属荷兰黄金时代画家，与伦勃朗、梵·高并称荷兰艺术三杰。
③ 德加（Edgar Degas），一八三四－一九一七年，法国印象派画家、雕塑家。

军、黑帮分子白毛·巴尔杰[1]及波士顿帮派、一名古董商、一名苏格兰场[2]线人，还有纽约市一拍卖公司员工，然而迄今无人遭到逮捕。

嘉纳美术馆吁请知悉画作去向的民众与联邦调查局波士顿分局联系。

《波士顿环球报》(*Boston Globe*)

二〇一一年三月十七日

---

[1] 白毛·巴尔杰 (Whitey Bulger)，原名 James Joseph Bulger, Jr，因须发银白而获得"白毛"的称号。美国知名黑帮分子，曾在波士顿组织帮派，势力庞大，后长期担任联邦调查局线民，二〇一二年被捕入狱。

[2] 苏格兰场 (Scotland Yard)，伦敦警察厅总部，原址的后门位于大苏格兰场街 (Great Scotland Yard)，故名。

第一章

　　我倒退一步，细细端详画作。眼前共有十一幅画作，实际上我有数百幅，甚至数千幅作品，但今天我只打算让他看我的窗户系列。又或者不只这样。我掏出手机瞄了瞄，时间还够，还来得及改变主意。我抽掉《摩天大楼》，换上《人行道》。《摩天大楼》极度写实，描绘汉考克大楼玻璃帷幕上的倒影，《人行道》则是抽象画，呈现从半层楼高的三角窗望去的联邦大道景象。

　　我创作窗户系列有两年多了，成天带着素描本和尼康相机在城市里上下寻索，教堂的窗、映着倒影的玻璃窗、波士顿触目所及无所不在的三角凸窗、大窗、小窗、古旧的窗、残破的窗、木框窗、金属框窗、由外往内望的窗、由内往外望的窗。我尤爱隆冬午后屋内人尚未察觉天色渐暗而还没掩上的百叶窗。

　　我把《人行道》和《摩天大楼》比邻悬挂，这下有十二幅了，刚好一打，是个美好的整数。但这样好吗？给他看太多，怕他难以消化，看太少，又看不出我在题材与风格上的深度与广度。挑选作品真让人为难。有人来参观画室害我紧张万分。

　　何况他突发奇想要来参观画室究竟所为何来呢？我在艺术圈是过街老鼠，人称"头号冒牌货"，三年来受尽鄙夷，忽然之间，闻名国际的马凯艺廊负责人艾登·马凯却要大驾光临我的小阁楼。几个月前，我上马凯艺廊参观新展览，艾登·马凯对我视而不见，如今他忽然亲切热络，对我赞誉有加，想看看我最新的作品，不惜步出他位于纽伯瑞街富丽堂皇的艺廊，屈尊就驾到索瓦区（Sowa）来欣赏我的画作。他说这叫面对"创作现场"。

我往房间另一端画架上的两幅画望了望。《出浴女子》（*Woman Leaving Her Bath*）中，一名裸女爬出浴缸，一旁衣着整齐的侍女悉心服侍，看似是十九世纪末德加的创作，但这幅是克莱尔·洛斯二十一世纪初的仿制版本。另一幅尚未完成，是毕沙罗①的《菜园和花树，蓬特瓦兹的春天》（*The Vegetable Garden with Trees in Blossom, Spring, Pontoise*），同样是洛斯的仿制版本。复制网出钱让我画这些画，然后在网络上贩卖，号称是"唯艺术史学者能辨识其真实出处"的"完美复制品"，售价高达我酬劳的十倍。这就是我最近的工作。

我转回头看看我的窗户系列，来回踱步，眯起眼，又来回踱了几步。就这样吧，不行也得行了。我铺了条破旧墨西哥毯，掩盖角落凌乱的床垫，拾起散落在画室各处的脏盘，扔进水槽，打算要清洗，想想还是算了。艾登·马凯既然想参观"现场"，就让他参观吧。但我还是装了一整碗腰果，拿出一瓶白酒——参观画室绝不可以喝红酒——和两只玻璃杯。

我晃到画室前方，向外张望哈里森大道的成排窗户。看出去的景色和我的《阁楼》一样。我在这个景观前耽搁过许多时间，表面上是在构思最新画作，实际我大半在神游、偷窥，以及拖延时间。这里位于四楼，六扇窗底部离地两英尺，一路向上延伸，距离十五英尺高的天花板也才两英尺。

这栋建筑曾经是座工厂，某个当地老居民告诉我，当年工厂生产手帕，但当地居民的话不是太可靠，这座工厂也很可能生产帽子或吊带，

---

① 毕沙罗（Camille Pissarro），一八三〇－一九〇三年，法国印象派画家。

或者根本不是工厂。现如今这里画室林立，其中某些画室，例如我的，也兼作居所。这并不合法，但便宜。

索瓦这词的原意是"华盛顿街之南"（South of Washington），根据媒体上天花乱坠的广告词，十年以前，波士顿北区是新兴的时髦区域，现在则转移到南端区南方的索瓦。但就我看来，这个地方连时尚的边都沾不上，所有曾经在这里逗留的人，不论待的时间或长或短，都不会对我的评论有异议。这区域的基本构成元素包括仓库、楼盘、一间知名的游民收容所，以及数座废弃的篮球场，当中零星点缀着艺廊、昂贵的餐厅，以及有保安护卫的朴实住宅。九十三号州际公路车声隆隆，噪音不绝于耳到你完全习以为常，还以为四下静谧无声。除了此地，我不知自己能于何处落脚。

窗下，艾登·马凯刚刚从东柏克莱街转弯，踏着他优雅的步伐而来。即使隔着半个街区的距离，我仍看得出他身穿量身剪裁的长裤，材质极可能是亚麻布料，上身则是价值估计达五百美元的衬衫。暮夏的午后，气温高达摄氏二十九度，这人却像是在沁凉的九月清晨刚刚走出他后湾区[①]的住宅大楼。他掏出手机，往我家大楼瞥了一眼，触触屏幕。我的电话响了。

我们大楼没有电梯，走廊和楼梯也没有空调，爬到四楼时，马凯脸不红气不喘，衣衫笔挺依旧，显然他是健身房常客。打从我开门请他进来，他就一路滔滔不绝，谁也猜不到过去三年来，我和他几乎形同陌路。

"我前几天才到过这附近。"马凯自顾自絮絮叨叨，"去戴达姆街和哈里森大道，看了派特·赫西的最新作品。你认识他吧？"

我摇头。

---

① 后湾区（Back Bay），波士顿的高级住宅区。

"他用鹅卵石创作，很有一套。"

我用双手拉开一大扇钢制大门。

马凯跨过门槛，深吸一口气，闭上眼睛。"没有什么比画家作画的气味更美好的了。"他持续闭着眼，这和我期望中的不同。他应该观赏我的画作，一见倾心，然后帮我在马凯艺廊办个画展。真是做梦，难道我真以为会有这种事情发生吗？但他来访的目的何在，有何盘算，我依旧摸不着头绪。

"要不要来杯酒？"我问。

他终于睁开眼睛，缓慢而和善地对我笑了笑："你也一起喝吗？"

我忍不住也报以微笑。他不是传统定义上的美男子，五官太大，但他的举手投足，宽阔深邃的眼眸，下巴的凹痕，其中有什么东西牵动着我。魅力吧，我想。魅力，以及我们共有的过往。

"那当然。"我抓起一叠被我遗忘在破旧坐垫上的画布，竖在一张比坐垫更破旧的茶几旁。三餐不继的穷画家睡在画室的床垫上以节省房租，我的处境活像自己画的那些讽刺画。然而这不是嘲弄，这是现实。

马凯动也没动，凝视我许久，然后眼光越过我的肩头，神色惆怅。我知道他想起了艾萨克，我想我该说点什么，却不知道能说什么。说我很遗憾？说我仍然难过？说我也失去了一个朋友？

我往两只果汁杯斟酒，他在沙发上坐下来。这沙发凹凸不平，而且一坐下去就会陷得太深，坐起来并不舒服，算是难为他了。我该买张新沙发，或至少买张新的二手沙发，但房东刚刚涨了我的房租，我已一贫如洗。

我在他对面的摇椅坐下，俯身向前说："听说你把荞丝琳·冈普的个展办得非常成功。"

他啜一口酒，"是她的镕铸作品。她大有斩获，全数售出，还拿下三项委托案。了不起的女性，了不起的艺术家。大都会美术馆也想要参观她的画室。"

他说"她"大有斩获，不是"我"，甚至不是"我们"。艺术经纪人或艺廊老板大半横行霸道，目中无人，他一点也不居功，很稀奇，我喜欢。

"波士顿的展览上得了《纽约时报》的不多。"我拍起马屁来。

他承认："确实很成功。看到你仍然关注艺术圈的事真开心，我们都没关心你的事。"

我猛然抬起头。这话什么意思？他眼神透露着同情，甚至还有一丝愧疚。

"艾萨克的《橙色裸体》上周卖掉了。"他说。

原来如此。全世界都知道，《橙色裸体》画中的模特儿是我。虽然是幅抽象画，但凌乱的红发、苍白的肌肤和棕色的眼眸无可否认是我的注册商标。当初和他分手时，要是没把那幅画扔出门外，可能今天出入后湾区豪宅的是我，而我也不用在索瓦分租工业大楼。不过话说回来，我的调调也不适合后湾区。

"别告诉我你卖了多少钱。"

"我不会这么残忍的。但卖出那幅画使我想起你，以及你受到的不平待遇。"

我极力掩饰我的诧异。过去三年来，除了少数志同道合的艺术伙伴及我妈以外，从没有人站在我的立场看这件事。我妈则从头到尾没搞清楚这一切到底怎么一回事。

"所以我决定来看看你过得好不好。"他继续说，"看我能不能帮上什么忙。"

他这么一提议，我心头猛地一震。我一跃而起，"我准备了几幅最新作品。"我挥着手比画我的画作，"一眼就看得出来，是画窗户。"

马凯一面走上前去，一面重复我的话："窗户。"他先从远处尽览所有画作，然后跨步上前一一端详。

"是都市的窗户，波士顿的窗户。像霍珀①那样的主题风格，面向更多。不只表现出现代公共空间的寂寥，还要探索个体自我的更多层面。看不见或是无意识间流露的内在，以及表现于外、刻意的装模作样，或浑然遗忘。疏离，倒影，折射。"

"还有光线，"他咕哝，"美好的光线。"

"也是啦，没有光线的话，就什么也看不到了。但即使有光线，也还是有很多东西没人看到。"有人来参观画室，我说起话来就像个自命不凡的艺评家。

"你的光线处理得很好，捕捉到微妙的变化，几乎像维米尔。"他指着《阁楼》说，"从最左边的窗一直到最右边的窗，这中间光线的变化令我惊艳。"他往前更凑近了一步，"每一扇窗都略有不同，却又融入整体，散发着光辉。"

我自己也很满意我对光线的处理，但维米尔可是光的大师呢，他竟把我比作维米尔……

"你用透明画法②画了多少画？"

我迟疑着不愿吐实。这年头用古典油画技法绘画的人不多了，纵使有，其他人也不会像我这样疯狂喜欢层层上色。我耸耸肩说："八九幅吧？"这数字比实际低很多。

"这使人联想起《演奏会》，光线落在黑白相间的瓷砖上。"他往《阁楼》更凑近一些，"光线从这栋建筑物反射在菱形的铁丝网上，几乎像爱抚。"

他退后一步，像我先前那样，仔细端详。"我喜欢你用古典技法处理现代题材，还融合抽象风格。但真正吸引我的是你这几幅写实的东

---

① 霍珀（Edward Hopper），一八八二－一九六七年，美国画家，擅于描绘寂寥的当代美国都会及乡村生活。
② 透明画法（glazing），古典油画技法之一，重点是透过层层的色彩罩染，以制造颜色的层次与光泽。

西。"他不屑地朝《人行道》挥挥手，"你抽象画的力道比起写实风格差太多。"

"不会太'花瓶'吗？"我问。"花瓶"是艺术圈的行话，指人们买来搭配客厅装饰品的画。马凯大笑，"差得远了！我多年来一直在大声疾呼，写实主义没有死，古典油画才是王道。"

一股暖意在我身上流动，冲上我的脸颊。已经很久没有人这样称赞我的画了。

"我还有很多。"我一面说，一面走向三层书架。这个三层架是我亲手打造的，用来收藏书和画，但现如今架上只有画，书都在地上，以不成体系的体系堆成了一堆又一堆。三层架非常凌乱，但对我而言是乱中有序。

他还没说想看其他的画，我已经开始把画从架上抽出来，并且一把拉过梯子，打算爬到最上层。我把较写实的画都放在最上层，以为没有人会对这些画感兴趣。

"这些是你复制的画吗？"马凯从房间的另一端喊我。

我回头望望。"是啊。通常已经完成的复制画都不会在我这儿，但这个星期卡车没空，德加那幅他们要星期五才来载。"

"复制网，这名字取得真好。我上个月看了《环球报》那篇文章，他们帮你做了很好的宣传。"说到这他迟疑了，"算是很好的宣传吧？"

"不是我想要的那种。"报道我擅长仿制别人的杰作，真是哪壶不开提哪壶。"我不想接受访问，但复制网希望我受访。"

"他们的业绩真有报道说的那么好？"

"可能更好。"我心不在焉地应着。我对复制网的话题压根儿没有兴趣，只专注于找出我最好的画作，但别拿太多幅出来。他喜欢光线的浓淡色度，深邃而澄透。我找了一张，但不够震撼。我又找了一张。

"这张就很花瓶了。"他指着毕沙罗那幅画。那画尚未完成，仍可看出画中一丛丛的树上开满团簇的白花。

9

我笑了。"给做作的人装饰用的。"

"做作的穷人。"他补充。

我腋下夹着三幅画，笨手笨脚爬下梯子。"没那么穷。那种画一幅要卖好几千美元，大一点的还要上万。可惜我只能分到其中的一点点。"

我手脚利落地把几幅较抽象的画从墙上挪开，换上刚刚挑选的几幅，然后转头看马凯，却发现他正凝视着那幅德加的仿画。

"你仿制的功夫真不是盖的！"

"还行吧。"

他的眼光一瞬也没从我的画上移开。"那是一定的！"

"德加晚期的作品没那么难模仿，不像他早期的油画，真的会把人搞死。"我努力维持礼貌，但浑身上下的细胞都恨不得一把抓住马凯，把他拖往画室的另一端。"要一层一层罩染，画了一层要等，再画一层又再等，一幅画得画上好几个月，甚至好几年。"

"复制网要你这么做吗？"

"没有，从来没有。这么画的话，一幅画要卖到几万块才划算。"我走到他身旁站定。"模仿德加是我的拿手绝活，尤其是他的油画。我修了几堂必修课后，复制网还颁发证书给我。证书有什么意义就不管啦！"我往角落里的一堆书比画了几下。"我打算写一本书，正准备提案，谈德加和同时代的画商、收藏家以及其他艺术家的关系，他们彼此影响。但我没怎么认真在写。"

马凯的眼光依旧动也不动地停在我复制的德加画作上。"看来你把时间花在这上头效益比较好。他们重视你的这项才能吗？"

"如果有人订购德加的复制画，而且指定我当画家的话，他们会给我一笔额外的奖金。"我耸耸肩，"只不过仿制别人的杰作，大概称不上是个画家吧。"

他没有反驳我的说法，我比个手势请他去看我的原创作品，他偷偷多瞧了《浴后女子》几眼，才跟上来。

我们一语不发地静静凝望我的窗户系列。我强迫自己闭紧嘴巴，让作品发声。

过了两分钟，感觉像二十分钟，马凯拍拍我的手臂说："我们坐下吧。"

我们走向长沙发，分别在两端坐下。他喝干手中的酒，又给自己斟了一杯，也要给我斟，但我没接受。我确实想喝酒，但唯恐自己太紧张，会拿不稳杯子。

马凯清清喉咙，又啜了一口酒。"克莱尔，我刚刚获得一个千载难逢的机会，可以做好事造福许许多多的人，是桩美事。我希望你也认同我的做法。"他顿了顿，又说，"但你可能会觉得这像是出卖灵魂的交易。"

我完全听不懂他在说什么，但我听懂了"机会"两个字。"你说你是魔鬼？"

他用力摇头，"给我这个机会的那个人才是魔鬼，但我不知道他是谁。他和我之间的联系隔了好几层。"

"像但丁①吗？"

我是开玩笑的，但他思索这问题，像个教授试图回应一个早熟的学生。"不对，这样比喻不对。比较像是棋子，但是个聪明的棋子，可以吃下皇后。不管是魔鬼还是棋子，我只是打了个比喻。"

"我不讨厌魔鬼，我是那种觉得天堂可能很无聊的人，但我从不是当棋子的料。"

这回他笑了，我看得出他笑得刻意勉强。"那就还是用魔鬼来比喻好了。"

这话题扯够久了。"好吧，"我说，"你到底要说什么？"

---

① 但丁（Dante），文艺复兴时期的意大利诗人，其诗作《神曲》（La Divina Commedia）中描述地狱有九层，恶魔撒旦位于最中央。故此处提及"与魔鬼隔了好几层"使主角联想起但丁。

他眼睛直勾勾盯着我。"是不太光明磊落的事。"

我毫不逃避他的眼光。"你不是说是个做好事的机会？"

"结局是好事，但手段有点可议。"

"违法的事？"

"有些事情只是不合法，而非真的犯法。"

"那这是哪一种？"

马凯望向房间另一端的德加和毕沙罗。

这下我懂了。我唯一的反应是"噢"了一声。

他啜了一口酒，轻松瘫坐在凹凸不平的长沙发上。显然这段对话中最艰难的部分已经结束了。

我把手臂交叉在胸前。"我不敢相信发生了这么多事情后，你居然还敢要我画假画。其他人也就算了，竟然是你！"

"复制网付你多少钱？"

"他们让我画复制画，不是假画。"

"你说你是抽成的，所以一幅画几千块吗？还是多一点？"

通常是少一点，但我点点头。

"我付你五万美元，当然材料费另计。先付三分之一，完成到我满意的程度后再三分之一，鉴定完成后，交付最后三分之一。"

"你这是为了艾萨克的事吗？"

"是我不计较艾萨克的事。"

这回答使我怔住了。我的心情明显写在脸上，他接着说："你是最能担负这项任务的人。"

"你认识几千个画家，没人比我行？"

他再度望向房间另一端的德加。"这件事我只信得过你。"

"你怎么知道我不会走漏消息？"

"走漏消息不是你的作风。"这倒是真话。曾受流言伤害的人知道何时该守口如瓶。

"那你不怕我检举你？我随时可以报警。"

"你知道其中的利弊得失之后就不会。"他说。

"那你得告诉我有什么利弊得失。"

"我对你画的评价是真心的，克莱尔。你有独特的才华，一向都有。被排挤不代表你不会画画。"他顿了顿，又说，"我也愿意在我的艺廊帮你办一场个展。"

我完全掩饰不了自己的心情，倒抽了一口气。

"再过半年或九个月，等你完成那幅画。"他说，"你来得及准备好二十幅画吗？要写实油画，运用多层次透明覆色技法。"

我别过头去，以免让他看出我有多渴望。在马凯艺廊办个展，这是几乎不可能成真的梦。

"我有信心能让采访荞丝琳·冈普的那位《纽约时报》记者来采访你。"他说。

《纽约时报》。画作售出。委托案。大都会美术馆的人来参观画室。我的心疼了起来。

"克莱尔，拜托你看着我。"我转头看他，他说，"我会保护你。我说过，我和了解内情的人隔了好几层，你和我又隔了一层。"

"那你说的做好事是什么好事？"

"你答应加入，我才能告诉你。"

"这么神秘兮兮，我不会同意的。"

马凯站起来，"你考虑考虑吧。"他拍拍我的肩膀，"我下周再和你联络。"

"你真的是魔鬼，对不对？"

"你相信世界上有魔鬼的话，那就是了。"

我当然不相信世界上有魔鬼。

第二章

马凯离去后，我翻身往长沙发倒下去，瞪着天花板上纠结盘绕的水管与通风管，想厘清这场史上最怪的画室参访究竟是怎么一回事。马凯艺廊，我的个展。能有机会夺回我失去的一切、渴求的一切，多美好！但是画假画？当冒牌货？我避之唯恐不及。

你的仿制功夫真不是盖的！

我离开长沙发，走到窗前，向下凝望哈里森大道，远眺围着铁丝网的停车场，以及更远处的高架公路，然后端详自己墙上一字排开的窗户系列画。

你有你独特的才华，一向都有。

可恨的家伙，可恨的赞美，可恨的提议，可恨的附带条件！

我抓起背包往洁可酒吧走去。酒吧里人人认识我，不幸的是，他们知道的不仅是我的名字，同时也都知道马凯来访的事。

有些事情只是不合法，而非真的犯法。

走到酒吧前，我挺起胸膛，推开门。洁可酒吧看上去老旧，但也老旧得理直气壮，与从后湾区向南延伸而来的时髦夜店有天壤之别。这里没有蓝色马丁尼，桌子因年久而疤痕处处，整家店并不刻意追求酷炫外观。门口没有代客停车，因为顾客大半从他们小小的公寓或画室徒步前来。狭窄的窗上挂着百威啤酒的霓虹招牌，好吓退追逐时尚的潮男靓女。

我的哥儿们早已经各就各位，毕竟现在是六点，是小酌的时间。小酌过后来到用餐时间，菜单上尽是热狗、汉堡和培根生菜番茄三明治。之后又是饮酒时间，很长的饮酒时间。一见到我，他们的右臂笔直伸向半空中。这是我们这帮人打招呼的手势。

迈可指指他身旁的吧台凳，只说了声"这儿坐"，随即又转回头去继续和小小说话。小小叫小小是因为她个头非常小，可能只有五英尺高，这还只是宽松的估计。她说她把自己命名为小小，就是为了正面迎战这个话题，何况她的本名听上去就像少数族裔，怕人因此对她贴标签。迈可也不过高她半英尺而已，对自己很没自信，他又是男的，因此断断不敢如此尖刻地贬低自己。

我溜上凳子坐好，店老板茉琳开了瓶山姆亚当啤酒放在我面前。她知道我不要杯子。

瑞克从我背后俯身吻我。他健壮俊美，睫毛如袋鼠一般长而浓密，我所认识的女性无人不垂涎他。"快告诉我们详情！"他下令。自从"科利恩事件"随着流言传遍波士顿美术馆学院（MFA Museum School）及波士顿和纽约的艺术圈后，我全数的研究所同学都不再和我来往，只有瑞克不离不弃，为此我对他十分感谢。

我回吻他。"你好。"

"我要知道每一个甜美的细节。"瑞克总想知道一切。

"嗯，他好像喜欢我的一些作品，尤其是我……"我压低嗓子模仿马凯的男高音："'用古典技法处理现代题材'的画作。他说他会打电话给我，但我觉得他只是在打发我。"

"这个大人物有没有告诉你他为什么忽然心血来潮大驾光临？"

"就他先前说的啊，他想知道我好不好。"

"和艾萨克·科利恩大人无关吗？"我一语不发，瑞克又说，"一个字也没提起吗？"

我认识瑞克太久了，我知道如果不搪塞他一个答案，他会穷追不舍，非问个水落石出不可。我夸张地大叹一口气："他告诉我他卖出了艾萨克的《橙色裸体》，因此想起了我。"

小小转头看我们，迈可一只手放在我肩头，茉琳手肘撑在吧台上，在瑞克身旁另一侧聊天的黛妮尔和爱莉丝也安静下来，所有的人都看着我，等着我说下去。我们这群人彼此之间秘密不多，工作方面的事尤其开诚布公。全天下可能也就只有这些人相信说谎的是艾萨克。

"不顺利吗？"迈可问。我们有时会开玩笑地把迈可唤作"教堂老太太"，因为他道德感强烈。要是他得知马凯的提议，一定会惊骇莫名，万一再听说我没有当场严拒，更是会吓得目瞪口呆。

"应该不算顺利，可是我本来也没期待多高。"谁都听得出这话是违心之论，在经历生涯挫败时，人人都说过这话，我们就是这么活下来的。

"给我朋友来杯龙舌兰酒。"迈可对茉琳说。除了瑞克以外，迈可是我们当中唯一喝得起像样饮料的人。瑞克已经不画画了，迈可则白天当律师，晚上才画画。

酒一放在我面前，我立即一饮而尽。暖意从喉头向下蔓延，透进空空的胃。万一茉琳决定再多相赠一杯，那就有点危险了。而依此刻的情况看来，她很有可能真的会多送一杯。

"马凯卖了多少钱，你知道吗？"小小问。

我知道她指的是《橙色裸体》。"我要他别告诉我。"

"更关键的问题是，有没有人知道那幅画不是科利恩画的？"黛妮尔的话里充满浓浓的讽刺意味。

酒吧里一片死寂，我瞪着我的空酒杯。黛妮尔无意伤人，也从不想伤人，但她总不小心逾越那条看不见的红线，完全侦测不出自己谈话得体不得体。

"克莱尔知道。"瑞克插手相助，"她在现场，而且没穿衣服。"

我感激地望他一眼，举手投降。"当时我人的确在场而且裸体，和他们说的一样。我可以证明那是真的。"

"不应该还给那个老骗子的。"瑞克对我说，"你连……"他停顿下来，蹙起眉，我们全随他的眼光望去。"哎呀呀！"他的话说得酸溜溜，"这可不是我们的驻地画家瑰丝朵·梅克吗？你今晚微服出巡啦？"

"噢，亲爱的，"瑰丝朵轻轻巧巧地坐上瑞克隔壁的椅凳，"别搞笑了！"她亲吻瑞克的两颊，"你们在聊《橙色裸体》？"她看看我，眨了眨眼，"我听说价钱在六位数的中段。"她一如往常，穿得太过华丽，一身时髦新潮的碧绿，衣着昂贵且贴身，穿在我身上铁定看来整个人面色如土像晕船，穿在她身上却艳光四射。金发女郎穿什么颜色都好看。

"可能是模特儿美丽，"瑞克搂住我的肩膀，"而不是画家技高一筹。"

"的确如此。"瑰丝朵朝着我笑得甜美可人，"要不就是被丑闻炒热了价钱。"瑰丝朵也爱逾越红线，她的眼睛睁得圆大，人也清醒。

茉琳在我面前放了第二杯酒。

我们撇下瑰丝朵，三三两两聊起来。瑰丝朵点了不加冰的双份苏格兰威士忌，和茉琳热烈交谈，假装不是只有酒保乐意和她聊天。瑰丝朵也不是在乎这些，她来此唯一目的就是把我们比下去好让自己心情舒畅，这招屡试不爽。但好处是只要有她在，就没有人会再问起马凯的事了。谁也不想提供给瑰丝朵更多攻击的火力。

到了九点，只剩下我和瑞克两个仍站在酒吧里。大伙儿都回家了，我们也该回家，却在酒吧后头耽搁着。两杯龙舌兰发挥了魔力，我浑身瘫软放松，一阵醉意，茫茫然的很舒服。

"我还有机会的。"我说。

虽然我们已经有一个多小时没提起马凯了，瑞克却清清楚楚知道我在说什么。"你有很多机会的，小莱，只是你不知道而已。"

"马凯跟我说，被排挤不是因为我不会画画。"

瑞克睁大了眼睛，"他这样侮辱你？这个混蛋！"

"不是不是，"我赶紧澄清，"他没有侮辱我的意思。"

"那他是什么意思？"

"我想他是赞美我。"

"好个赞美！"瑞克咕哝。

"我打进了《艺术世界》的'跨越'比赛决选。剑桥港美术展也还没把我踢出名单。"

"跨越是什么玩意儿？"瑞克已经不画画了，因此对新近的比赛或评选消息不灵通。他研究所一毕业，就在伊莎贝拉·史都华·嘉纳美术馆的策展部门找了份工作，这真是了不起的成就。才不过四年，他已经当上了助理策展员。他声称自己并不怀念"艰苦、贫困且明争暗斗的艺术创作生涯"。有时我相信他说的是真话，有时我存疑。

"参展作品必须呈现你心目中'跨越'的意义。跨国、跨界、跨性别、越野、越轨、卓越、逾越。"

"真不错。"瑞克说。我看得出他在脑海里一一检视自己的画作，看有没有符合的。他眨眨眼止住脑海中的画展，"那你用什么作品参加比赛？"

我耸耸肩，故作轻松，"我窗户系列中的几幅。越窗，越域，越界。我想如果每幅画都有好几种跨越元素，可能胜算会高一点。"

"这点子不错。"

"听说明年的主题是'冒险'，我打算投稿我的复制画，搭配'冒牌'主题。"

"有意思。"瑞克的口气透露他一点也不觉得有意思，"那情况到底怎样了？"

"马凯很喜欢。"

瑞克反应很快，一听就知道我在说什么。"艾登·马凯对复制画会有什么兴趣？"

"我不知道，瑞克。我不会读心术。可能他刚好看到。"

瑞克举起手，"抱歉，我无意踩你的痛处。"

"不用抱歉，"我说，"该抱歉的人是我。对不起！"

"没事的。"瑞克咧嘴一笑，"我们都知道你喝了酒就脾气不好。"

他坚持送我回家，而他送我一程只需多走几条街，所以我同意了。该男人做的事就让男人做，只不过我对城市的求生之道了如指掌，我知道怎么做才安全，要走在大马路上，或者至少走在人行道的最边缘，眼观四路耳听八方，不可戴白色耳机（iPod 会被抢），不可发短信（会分心），不可玩应用程序（iPhone 会被抢）。最重要的是，万万不可以露出迷了路的神情。

我们跨出洁可酒吧，踏入夏天浓浊的空气中，走向人行道，经过近来火红的餐厅后巷，那店里融合着亚洲风与多米尼加风。几个穿着落魄的男人紧靠后巷大垃圾桶而坐，东倒西歪，大伙儿传递着一瓶威士忌，笑声喧哗震天。一对穿着讲究的男女朝我们走来，往巷子里望了望，走到对街去。

"你想马凯来访和艾萨克有关吗？"瑞克问。

"艾萨克死了。"我很诧异自己的口气这样尖锐。

瑞克停下脚步，转身面向我。"你还好吗？"

"为什么每个人都一口咬定这和艾萨克有关？"我忿忿回嘴，"他对我的作品有兴趣有这么不可思议吗？"

第三章

三年前

"放弃吧，克莱尔！"艾萨克说，"我已经江郎才尽了。"

"你没有江郎才尽，你只是太任性。"

"可能吧。"

艾萨克和我躺在他画室的床上，我们衣着整齐，没有兴致温存。我可不想这样。一走进门，看见他大白天赖在床上，我耍了种种温柔娇媚的伎俩，想诱骗他打起精神坐起身子，但没成功，他死赖着不肯下床。这已不是他头一遭如此。

我猜他有点躁郁，但是他不肯就医，我也没办法私自断定。我不打算劝他寻求治疗，唠叨男人的健康是妻子的责任，做小三的犯不着自找麻烦。可如今情况严重到他几乎要自毁前程，我不能再坐视不管。

我双手一撑坐了起来，艾萨克把头枕在我的腿上，我手指绕着他黑色的鬈发，他仰头用蓝得出奇的眼眸看我，手指触触我的鼻头，又触触我的嘴唇。我亲吻他的指尖，把他的手捧到我的心口。"艾萨克，"我说，"你是天底下最难搞的讨厌鬼。"

"可是我也有很多优点，对吧？"他用巧克力般低沉厚实的嗓音问。他的脸上泛出一丝挑逗的笑意，我不想被他打动，但他终究还是成功了。

这段感情错得离谱。我是他的学生，他今年四十四，而我二十八。他时常陷入一段又一段的忧郁，偶尔流露耀眼的艺术才华以及无可抵挡的魅力。他还有一段分居三年欲离还休的婚姻。一切都是老掉牙的烂戏码，对我而言却是不曾尝过的新鲜事。

"我气你的时候不要对我放电。"我说，"我不会让你得逞的，这可是现代美术馆①呢，你这个白痴！"

"也不过就是一间美术馆嘛，克莱尔，又不是治疗癌症。"他把手抽离我的胸口，搂住我的腰。

"你真是满口胡言。"

"那倒是真的。"

"你还来得及，你知道吗？"我说，"还有两个星期。"

"只剩十二天才对，但谁在乎呀？"

"你又不用等透明颜料干透。有心的话，十二天可以完成三幅湿画技法②的画。"

"当然可以完成。"艾萨克说，"只是我没有动力。"

"那你的动力到哪里去了？"

"动力的油耗太贵。"

我用力打他的手臂，"完全说不通。"

"你看吧，我根本不够格。"

"凯兰·辛山默觉得你够格。"辛山默是现代美术馆绘画雕刻组的资深策展人，就是她在马凯艺廊注意到艾萨克的画，委托他为她的"晚近绘画雕塑概况特展"作画。参展的艺术创作者都是最杰出的后起之秀，偏偏取了个这么正经八百的展名。

---

① 现代美术馆（Museum of Modern Art，简称 MoMA），位于纽约，被誉为影响全球现代艺术最巨的美术馆。
② 湿画法（wet on wet），不等上一层颜料干燥就直接覆上下一层色彩的画法。

"凯兰·辛山默看到的是我一年前的画作。"

"所以呢？"

"没有所以。"他俯身从床头柜抓起一本侦探小说翻开，对我笑了笑，一派坦率天真，"那边还有一大堆。"他往一座书架指了指，架上摆满闪亮亮的新书，"我希望你也看一看，这样我们就可以一起看，一起讨论。"

我连回应都懒得回应，他很清楚我对推理小说缺乏兴趣。于是他自顾自翻着书，我自顾自坐着生闷气。我知道我应该拂袖而去，但我不想就这么轻易放弃。这不仅是因为我疯狂爱着这个男人，还因为我和其他许多人一样，觉得他是难能可贵的天纵之才，有希望成为一代巨擘。他要是不好好管管自己，就会错失生涯中最重大的机会。

现代美术馆的展览不是可以等闲视之的芝麻小事。辛山默走访世界各地，邀请过去十年间崭露头角的艺术家。虽然美术馆尚未发布正式名单，但小道消息指称，共有约五十位画家和雕刻家入选。这表示艾萨克被视为全球艺术圈最杰出的二十五名画坛新秀之一。

我顿了很久，尽可能以严厉的口吻说："艾萨克，我们来脑力激荡吧！"

"不用脑力激荡，我早就知道凶手是谁了。"

我抢过他手中的书，从我的大腿上把他的脑袋推下去。"现代美术馆邀请你画的这幅画，可以当成你时间系列的其中一幅，对吧？"

"本来是这么计划的。"

"现在不是了吗？"

"你很清楚，我的点子都行不通。"

"为什么？"

他耸耸肩，"因为点子都很烂。"

"为什么烂？"

"不要这样，克莱尔，很无聊，我昏昏欲睡。"

"你回答问题就好。为什么烂？"

他把手臂交叉在胸前。

我克制不住，泪水涌满眼眶。"小艾！"

"好啦，好啦。"他坐起来，"为什么点子很烂？为什么很烂？"他的眼光飘向了远方，"我想是因为太黑暗了。"

"颜色黑暗还是调性黑暗？"

"两个都黑暗。"

"那我们来想一些轻松的点子。"

"这个主题本身就很黑暗。"

"未必。"

"时间会吞噬一切。"他说得缓慢郑重，嗓音低沉单调，"随着时间流逝，人会死，建筑物会倾颓，文明会消失。"

"有没有乐观一点的诠释？例如新生命诞生？春回大地？"

"铁会生锈，银会失去光泽，铜会变绿。"

"那就别画时间系列了，画别的。"我说。

"时间对时间。时间与地点。"他大大摊开手臂，"生有时，死有时，抛掷石头有时①。"

我想继续板着脸，却忍俊不禁。"画画有时？"

艾萨克把我拥在怀里。"我的宝贝。"他说。

"把时间视为第四度空间怎么样？"我一面懒洋洋地说，一面任由他舌头吻过我耳朵的轮廓。

"挺有意思的。"他呢喃着朝我的颈子吻过去。

我一把推开他，"有意思吗？怎样有意思？你看到什么意象？"

艾萨克哀叹："克莱尔！"

---

① 原文为 Time to live, time to die, time to cast away stones. 引自旧约圣经《传道书》中的句子。

"来跟我一起动手。"我跳起来，走到空画架旁，"有没有干净的画布？"

"没有。"

"别开玩笑了。"

"我今天不想画。"

艾萨克有一整面墙的架子。他的画室和我的不一样，是由建筑师设计、木工大师打造的。我走到画架下方的超大抽屉前，抽出最大张的画布。这画布已经上过胶，可以作画了，我把它放上画架。"你脑海中看见什么颜色？"

"克莱尔……"

"时间是第四度空间。"我说，"是一条奔涌的河流，未来在前方，往昔在背后，却同时存在。用什么颜色打底？"我拿了一瓶松节油，动手挤一挤他的颜料管，"生褐色？赭红色？"

艾萨克摇摇头。

"我看到事物在变动。"我说，"厚重的颜料流动，不断流动，在自己的上方和下方流动，往前也往后流动。用湿画法，刮开一层层的油彩，透出藏在底层的东西，如同刮开一层层的时间。全都在那里，但有的在上，有的在下，有的看得见，有的隐约看得见，有的被另一层时间彻底掩盖而不为人所见。"

艾萨克走到画架前，拿开我手中的松节油。"这点子很迷人，但不会成功。你有意志力，我没有。"

"那我们一起动手。"我恳求他，"我们来打底就好，看看状况如何，看你的反应如何。说不定你一旦开始动手，灵感就会来了。"

艾萨克亲吻我的额头，"我也没有跟你作对的意志力。"

于是我用艾萨克的画笔、艾萨克的油彩、艾萨克的系列主题和艾萨克的风格，开始作画。他不时会纠正我这里不对，那里该改，并示范他的厚涂技法，教我如何用画笔堆砌厚实油彩，如何绘出宽阔而有力的笔触，如何用全身的力量来运笔，如何在湿颜料上覆盖另一层湿颜料，然后刮去上层颜料，裸露出下层的色彩。

这个技法与我作画的方式恰恰相反，但我喜爱这种自由，喜爱和艾萨克携手合作，喜爱假扮艾萨克。我们就这么日复一日，合作了一个多星期，我负责画画，艾萨克大半时间在看书或打盹儿，偶尔给我一些指导。

"小艾，"有天下午我问，"如果把绘画风格也当成时间的一个层次，你觉得怎样？"

他耸耸肩。

"譬如说从古典的干画法转变到现代的湿画法？要不就从具象派过渡到抽象派？"我往画布挥舞着画笔，"就像穿透一层层艺术的年代？"

他再度耸肩。

于是我用松节油稀释了他的颜料，继续涂抹一层又一层薄薄的油彩，每上一层色，便用我放在他浴室里的吹风机吹干油彩。最后，画面的右下覆满了经过高度透明罩染的新月形沙漏，有具象的，也有抽象的，漂浮在古往今来的时光之中。

画完成时，艾萨克眯眼瞅着那几枚新月，嘟囔抱怨这些东西看起来比较像我的画风，而不大像他的画风，然后他签上自己的名字，又回去倒头就睡。

第四章

当天晚上我睡得不好，噩梦以后尤其辗转难眠，这我倒是一点儿也不意外。我梦见自己在马凯艺廊里狂奔，身后追兵个个头戴缀着羽毛的狂欢节①恐怖面具。我冲进艺廊的内室，一面纳闷艺廊何时搬到新奥尔良来，一面四处探找出口，却遍寻不着。这时我才发现，满墙的画竟然都是我的作品，画旁的小白卡却个个都标示着别人的名字。这远比戴面具的抢匪更吓人，我浑身冷汗直冒。

凌晨三点左右，我放弃在床上翻滚，决心起床。我泡了一壶咖啡，晃到电脑前玩了几盘接龙，收收电子邮件。收件夹里，一封信的主旨猛然映入眼帘：《艺术世界》跨越比赛决选名单"。我的心狂跳，胃肠紧缩，我渴望赢得这比赛，非赢不可。我的手在键盘上踌躇，点开信后赶紧合上眼。

终于鼓起勇气睁开眼睛时，我从上而下一路扫视名单，搜寻我的名字。没有叫洛斯的。我向下翻页，想看看还有没有其他名单，但没有了。我胃肠翻搅，恶心欲呕，这感觉很熟悉。我不知道我之所以没能获胜，是由于艾萨克的缘故，还是我提交的作品毫无可取之处。我也不知

---

① 狂欢节（Mardi Gras），原意为"肥胖星期二"，为"圣灰星期三"（Ash Wednesday，又作"大斋首日"）的前一天。圣灰星期三为基督教封斋期首日，人们会在进入封斋期前的最后一天饱食一顿，此传统在新奥尔良演变成为期数周的嘉年华会。

道这两种原因哪个比较糟。

《艺术世界》在艺术界的地位就相当于《纽约客》在文学界的地位，评审全是业界泰斗，也就是艾萨克死后排挤我的那些泰斗。"排挤"这词马凯用得真好。

我向上翻页，看优胜者是谁。"可恶！"我大骂一声，把手机扔向长沙发，但没扔准，手机摔在地上，跟我每次没扔准时一样，手机断成两截。它一开始会断成两截就是这么断的。

但我不在乎。这简直比输掉比赛更糟。优胜者是瑰丝朵·梅克。这个瑰丝朵，在马凯艺廊的"本地新秀艺术家展"中卖了三幅花瓶画给一堆居住郊区豪宅的有钱人，那些人连印刷复制画和手绘油画都区分不出来。这个瑰丝朵，没有才华又假惺惺，只会穿时髦新衣裳，讨好她那些出入橡树厅餐馆的时髦新朋友。瑰丝朵，这下她的地位又提升到新的境界了。我删除这封信，还点进垃圾筒去把它永久删除，好确认我今生再也不会看到它。

去她的，去她那些拾人牙慧的涂鸦。

我想起马凯的提议，想象我告诉瑰丝朵我在马凯艺廊开个展时她脸上会有什么表情——先是不可置信，然后是愤怒，继而是赤裸裸、排山倒海的嫉妒。她不得不承认她要办个展至少要再等个几年，即使办个展是她自以为是的白日梦而已。这会是甜美的胜利，洁可酒吧的龙舌兰会一杯接一杯上个不停，可以连续喝上一个月。

我答应的话，会如何呢？如果事情顺利，我和马凯真的成就了好事，会如何呢？如果我真的获得办个展的机会，会如何呢？我所有的窗户系列作品都会陈列在马凯艺廊墙上，画作旁的小白卡会大大写着我的名字，标示画已售出的红点随处可见。我会自豪地站在艺廊正中央，没有噩梦中戴着羽毛面具的人。

虽然我以复制名画为业，不但上过一堂课，还研究过如何运用技巧制造几可乱真的错觉，而且颇得心应手，但我并不清楚如何打造赝品、瞒过专家耳目、偷天换日暗度陈仓。我踌躇了一会儿，用谷歌查询"伪造艺术品如何赚钱"。

第一篇文章的标题是《赝品制造者将廉价作品"俄国化"以牟暴利》。希施金[1]和马列维奇[2]的赝品大受欢迎，将平庸的十九世纪欧洲风景画改造成俄国画作十分有利可图。究竟为什么要把欧洲风景画改造成俄国画作，以及如何改造，文中并没有说明，但不识货的暴发户显然趋之若鹜。

有篇文章描述名叫贝奇纳（Gianfranco Becchina）的艺术品交易商，在一九八五年说服盖提美术馆[3]花一千万美元购置一座号称西元前六世纪的伪制雕像。盖提美术馆聘请古文物专家、地质学家、律师、鉴定师，运用电子微探针、质谱分析法等各种高科技技术加以验证，结果还是采信了贝奇纳的谎言。专家们无一不上当，盖提美术馆成了冤大头，花大钱买假货。

还有个约翰·梅耶（John Myatt），他犯下被视为二十世纪最重大的艺术品诈骗案。他绘制并出售了两百多幅已故知名画家"不为人知"的作品。但诈骗不够看，好戏还在后头。梅耶在短暂入狱服刑后，成功闯出名号，出售他的仿画，每幅要价一千到一万美元，二〇〇五年甚至在伦敦驻馆艺术家艺廊（A.I.R. Gallery）举办个展，展名贴切，就叫"真实赝品"（Genuine Fakes），参观民众大排长龙，绵延数个街区。

这许多赝品画家中，最有头脑的可能就属凡·米格伦（Han van Meegeren）了。他是个失意的荷兰画家，一九三 年代曾花六年时间钻研打造赝品的手法与化学技术，骗倒不赏识他的画商及评论家。他用烤面包机零件打造烤炉来烘烤画布，成果令人惊艳，他因而大发利市。直到战后，他的一幅维米尔伪作出现在纳粹战犯的财产中，他面临盗卖

---

① 希施金（Ivan Shishkin），一八三二－一八九八年，俄国画家，以风景画见长。
② 马列维奇（Kazimir Malevich），一八七八－一九三五年，俄国几何抽象派画家。
③ 盖提美术馆（J. Paul Getty Museum），位于加州的一所私人美术馆。

国宝给敌方的叛国重罪，不得不当庭展露他的伪造功夫，以佐证自身清白。

然而我最喜欢伊莱·萨凯（Ely Sakhai）的故事。萨凯是纽约一家小型艺廊的负责人，他购买中价位的画作，也就是知名画家较不为人所知的画作，价格约在五位数。买下后，他聘请画家临摹造假，再将原作与伪作分别出售，双倍获利。伪作搭配着原作的真品鉴定书漂洋过海，进入日本收藏家的口袋，真迹则透过纽约拍卖公司出售。许多年来他就这么瞒天过海，获利三百万美元，直到二〇〇〇年五月，一幅高更①赝品的持有人不疑有他，决定透过苏富比拍卖公司出售这幅画，萨凯本人恰巧也在同一时间委托佳士得出售自己手中的真迹，机关算尽的萨凯就这么无所遁形地在生意正旺之际被逮个正着。

在这之中我得到最重要的教训，是一项我早已经知道却不曾多加留意的事。仿制前人的画作并不犯法——那是当然的，因为我以此为业，并在每年四月乖乖向国税局呈报所得。把假画拿来当真迹贩售才违法。贩卖伪画的人才是坏蛋，作画的人并不是。

波士顿麻省湾区交通局无论在地图还是旅游手册中，都把"银线"称为"线"，好让乘客把这条线和波士顿的红线、绿线、蓝线及橘线等量齐观。这么做显然是营销策略，但搭乘银线的人没有一个不对这名称感到恼怒，因为其他数条线都是地铁，银线却是公交车，是一条专门行驶于贫穷及少数族裔聚居区域的公交车路线。

瑞克的前男友丹尼是都市计划专家，他说运输业界一概把这条路线称为"捷运公车"。我搭乘捷运公车前往贝弗莉阿姆斯，在拥塞车阵中动弹不得，夏日骄阳透过车窗晒得我汗流浃背，我知道捷运公车完全是个幌子。公车就是公车，一点儿也不快捷。

---

① 高更（Paul Gauguin），一八四八－一九〇三年，法国后印象派画家。

贝弗莉阿姆斯就和银线一样，说好听点是取错了名字，说难听点浮夸的取名就像恶毒残酷的讽刺。这名称使我想起我的姨婆贝弗莉，我孩提时总喜欢依偎在她雄壮的胸脯间。但我要前往的贝弗莉阿姆斯却是个少管所，收容犯了罪的孩子。假使他们是成年人，犯了罪就该关到州立监狱去。将来有一天，这些孩子中可能有许多人也真的会进州立监狱。

我断断续续在这间少管所教画画，教了五年，通常是一周一堂课。起先是研究所必修的社区服务学分，毕业后我继续教下去。孩子们喜欢这堂课，也喜欢我。他们上这堂课可以免除下午的劳务工作，而我是个经不起人灌迷汤的蠢蛋，被人喜欢就会晕乎乎。

贝弗莉阿姆斯无论摆设还是气氛都酷似苏联时期的古拉格集中营——一栋一栋无色的水泥建筑，中间穿插着一整排完全相仿、封得密实的窗。好处是这里并没有铁栏杆，坏处是覆盖窗上的铁丝网厚得透不过一丝光线，比铁栏杆还糟。

终于抵达。他们搜了我的包包，我像拿着可疑签证的中东人在机场接受安检一样，他们什么也不放过。搜查完毕，就要回答一连串管理员早就知道答案的问题。他已经问过我至少上百次同样的问题了，何况我的驾照还拿在他手上。我曾经试图跟他开玩笑，结果惨不忍睹，此后我都乖乖等待问题，用耐心而平板的语调说出早已经倒背如流的答案。有时我真忍不住想噗哧笑。

"克莱尔·洛斯。"

"麻省波士顿哈里森大道一百七十三号。"

"美术教师。"

"青少年服务局艺术组组长亚瑟·马柯斯。"

"绿东区。"

他查了查纪录，用一种仿佛我也犯了罪的眼神狠狠瞪我一眼，吼一声："绿东一〇七。"我一向都用那间教室。这里的人如果稍微有点幽默感的话，这些孩子的问题可能会少一点。

我沿着蜿蜒的长廊走去，和一道又一道数不清的厚重大门缠斗，按按钮，仰头对摄影机微笑，一面等待，一面但愿今天掌管中央控制系统的人不是混蛋。我有次曾等了十几分钟对方才开门放行，我可以想象中控处的人看着我烦躁不安挪动双脚时的得意。

我透过血淋淋的教训得知，他们不但能看见访客的影像，还能听见声音。我刚来上课的某个下午，一时不察，低声咒骂不帮我开门的混账。这真是不智之举，因为那个混账竟然是贝弗莉阿姆斯幕后呼风唤雨无所不能的伟大掌镜人，而且睚眦必报，半点不饶人。我希望今天主掌大权的人不是她。幸好门应声打开，我松了一口气，走进门，任由它在我背后砰一声关上，关门声回荡在空气中。走上二十步路，紧接着又是另一道门。

往绿东一〇七号教室的最后一段路，我倒情愿伟大掌镜人能陪着我走上一段。这一段是禁闭室，关在走道两旁小房间里的男孩子愤怒尖叫。我两眼直视前方，努力对这些尖叫听若罔闻。这些男孩有些正在勒戒毒瘾，有些则透过门缝互相叫嚣，延续着把他们送进这里的街头争斗。

这里的一切都漆成豆子般的惨绿色，任谁看了都会联想起收容机构。蓝色油漆会比绿色贵吗？开朗明亮的黄色呢？刚来这里教课时，我以为这里是绿区，所以墙壁漆成绿色，结果不然。这里全部建筑都是腐坏蔬菜的颜色。我因而兴起了画壁画的点子——或许摆脱一点绿色对这些孩子会有帮助。我听说他们的再犯率是百分之七十三，摆脱绿色就算没帮助，再坏也坏不了多少。

少管所里不准使用铅笔或钢笔，因为尖锐的笔头可当作武器，因此我给孩子们定的壁画规则是，每个人用炭笔在白报纸上画一样外在世界里他怀念的东西。草稿完成后，我们再把图画投影在休息室的墙上，描上轮廓，然后着色。这样就能和腐败蔬菜说再见。

孩子们该画些什么题材，我不出主意也不给评断。他们不要求的话，我也不针对技巧多加指导。我的看法是这些男孩们——这个地方喜欢称他们为"年轻人"——胸中自有艺术潜藏，我只需要提供材料，让他们心中潜藏的艺术天分自由发挥。沙维尔画的是一百罐啤酒，克里斯彻惟妙惟肖地描绘一根注射针筒和一小袋海洛因。我唯一的要求是上课时要画画，而且要诚实面对自己。第二个要求他们遵守起来毫无困难，因为他们有满腔的私密心情恨不得要倾吐。

一位我没见过的社工领着这些孩子进教室。社工更换频率很高，原因不难明了。今天只有十个孩子来上课，比上次来上课的十三个要少。有一个孩子是新来的，有四个孩子不见了。我从不问他们上哪儿去了，也从不问他们为何进来。我并不想知道为什么。

我和乔纳森、沙维尔、尚恩、约翰、克里斯多福、瑞吉、布莱恩、克里斯彻及安德烈打招呼，他们都还算有礼貌地回应我。新来的社工名叫金珀莉·迪尼，她向我自我介绍，并介绍新来的孩子曼纽。曼纽看起来像个充了气的消防栓，满脸横肉，不肯直视我的眼睛，我推测他大约十二岁。他大步走向金珀莉领了炭笔和白报纸，然后乖乖等候，一张脸刻意掩饰焦虑，等候其他孩子入座。新来的人坐错位子可是会倒大霉的。

金珀莉完全不知道哪张画是谁的，只好把整叠都交给我，让我去发。这女孩年轻且漂亮，一头狂野的红棕色头发在后脑勺绑成个老气横秋的圆髻，几绺没绑紧的发丝垂落在脸旁，看起来秀色可餐。她的衣服宽松，却遮掩不了窈窕身段，就像小圆髻也遮掩不了她的美丽秀发一样。男孩子们偷偷瞅她，用手肘互推了彼此身体一下打暗号。就这工作来说，她太年轻也太漂亮了。下周我再来时，她八成就已经阵亡了。

人人都开始埋头作画，只有曼纽和沙维尔例外。我花了几分钟向曼纽解说规则，然后蹲在沙维尔身旁。他身高远远超过一米八，纤瘦但肌肉发达。他在篮球场上肯定是亮眼的明星，他的脸庞和举止温和贴心，让人难以想象他会挥拳揍人，或做出任何使他来到此地的事。很显然，外表是会骗人的。沙维尔由于个子高，看起来至少有十八岁，但我估计他大约十四五岁。这样的年纪怀念一百罐啤酒，他的人生似乎太过苦涩了。

"怎么了，小沙？"我问。

他耸耸肩。

我端详他的画作。罐头看起来像出自小小孩之手，但他把标签画得颇为精细。百威啤酒的样子全烙印在他脑袋里了。

"看起来差不多了。你还有多少罐要画？"

"多得不得了。"

"你不见得真的要画一百罐。一百罐只是个概念而已。"

他再度耸耸肩。

"不是数量的问题？"

他低头看自己的画，摇摇头。

蹲踞的姿势害我的四头肌隐隐作痛。有时人就是该一声不吭地静静等待。结果这招没效，我只好拍拍他的手臂。我本不该这么做。

他抬起头。

"怎么回事？"我问。

"是银色的问题。"

"银色？"

他用手指戳了戳啤酒罐。"百威啤酒是银色的。我怀念的就是百威啤酒，你说要诚实表达，可是我只能画出红色、蓝色和黄色。"

他的话有道理。我经费拮据，爱尔美术社的爱尔说，如果我只买三原色，她就给我折扣，因为他们的三原色颜料库存过多。我心想，反正三原色调来调去，什么色彩都调得出来，但沙维尔说得没错，银色调不出来。这些孩子总是能带来惊奇。

我再度想起了马凯的提议。如果我接受提议，就不用屈就于政府锱铢必较的列举式报账规范了，为少年犯上美术课毕竟是个不容易争取经费的活动。我如果有钱，如果有五万美元，就能有资源来帮目光短浅且一毛不拔的政府扩充经费。又或者，我只是想找个借口来反击对不起我的艺术圈。克莱尔·洛斯，二十一世纪的凡·米格伦。但愿马凯没认识什么纳粹党人。

我站起来。"没问题，小沙，我会想办法帮你弄到银色。"

他目光空洞地望着我，显然能得到想要的东西对他而言是罕有的经验。

不义之财也可以拿来做很多善事。

第五章

我爬上四层楼的阶梯，一面走往我的画室，一面想着沙维尔的颜料、瑰丝朵惊诧的神色，以及我的画挂在马凯艺廊的画面。我想着做好事——到底是怎样的好事就暂且不管——想着复制一幅画并不犯法。马凯在这圈子里是个名人，他要是干过什么不干不净的事，全波士顿居民都会知道。尤其是艾萨克这人老是注意别人最坏的一面，可就连艾萨克都信赖他。

我打电话给马凯，连开场白都没有，劈头就问："所谓好事是怎么个好法？"

他咯咯笑起来："绝对是你会希望发生的事。"

"例如天下太平，世界大同？"

"没那么伟大，规模小一点，但性质差不多。"

"你一定要说得这么模糊吗？"

"没办法。"

看来这方面没什么可说的了，于是我问："再告诉我一次，我们会帮到多少人？"

他说数十万，也说不定上百万。他有点夸大其词。"真的吗？"

他笑了，"我知道听起来很离谱，但是是真的。"

我踌躇着。

他提醒我："克莱尔，要不要参加就看你自己。有必要的话，我也是可以找别人……"

别人？"好，"我说，"我加入。"

几天后，货运送来一只木箱子，非常巨大，长宽至少有十二英尺，也很厚，看来像是可以容纳六幅画，但我猜里头只有两幅画，顶多四幅。

如果里头有三幅或四幅，马凯要我做的可能就是模仿拼凑，像梅耶那样，根据某位知名画家的旧作，创作一幅不为人知的"佚失"画作。但要是只有两幅，那么就是要我仿效伊莱·萨凯的做法。两幅画的其中一幅会是某个小有名气画家的真迹，或是某个大画家的次要作品，另一幅画则会来自与前一幅相同的年代。我要刮去第二幅画的油彩，在上面作画，如此一来，伪画的画布及画框就会符合真品作者的年代，用碳素定年法（carbon dating）也检查不出破绽。

我迫不及待想知道箱子里装着谁的作品，但马凯说他一小时内就会到，要我先按兵不动。他逼我承诺不会偷开，但我们都是贼，贼对贼的承诺有何意义？

我上上下下检查木箱，发现左上角的胶带有个裂隙。我爬上梯子，把手指伸进去用力抠，成功抠出一个直径一英寸的洞，然后凑上一只眼睛猛瞧，当然什么名堂也瞧不出。我拿了个榔头和一支铁橇，只略略迟疑一下，就用榔头的后端开始拆胶带。箱子是用铁钉钉的，我没多少空间可以使力，于是把榔头的尖端戳了进去，把洞挖成两倍大。这下我看见了气泡纸。

我从不曾根据真迹画过复制画，因为货真价实的正牌名品大半不是在伦敦就是在巴黎，而复制网绝对没兴趣出钱让我横渡大西洋。有回我替他们仿制一幅波提切利①的画——《卢克莱西亚的悲剧》（*Tragedy of*

---

① 波提切利（Sandro Botticelli）一四四五－一五一〇年，意大利文艺复兴早期的大师，最知名画作为《春》和《维纳斯的诞生》。

Lucretia）。这幅画收藏在嘉纳美术馆，我因此得以有机会临摹真迹。但不幸的是，嘉纳美术馆极为古板顽固，只准在馆内做铅笔素描，还禁止拍照，但这幅复制画也因此比其他的复制画珍贵。

我的画室里摆了一幅高质量的画作，这令我兴奋又战栗。我如果是个赌徒，就会下注打赌马凯要玩的是萨凯的游戏，让我伪造一幅不太出名的作品，他好鱼目混珠，当成真迹卖给不知情的收藏家。但是马凯从事这种勾当感觉十分怪，他经济宽裕而且乐善好施，对于扶植穷酸的艺术家更是不遗余力，为了贪念铤而走险不像他的作风。由于我不知道他所谓的"好事"指的是什么，也就没有立场评断。

说实话，除了他当艾萨克经纪人时我们稍有互动，而且关于他的小道消息和媒体报道我也略有耳闻以外，我对艾登·马凯了解不多，况且仅有的那几次交道中，有几次经验可说是相当吃力。十年前，他才二十出头，是艺界神童，在波士顿发迹，红透半边天，他没有转往纽约或巴黎发展，而是继续待在波士顿。他代理国内外许多知名艺术家的业务，把波士顿从艺术圈的边陲地带拉到了舞台中央。虽然他才长我六七岁，成就却仿佛超前我数十年。

我扔下榔头，抓起铁橇，打量这只木箱，然后重新爬上梯子，把铁橇戳进洞里，狠狠向外拉。箱子发出近似人类的尖叫声，箱子裂开了。我再来一次，运用杠杆原理，用力撬开两片木头间的裂缝。但我发现多数的钉子还是必须先拆卸下来才行，于是又重新拾起榔头。

我有条不紊地对付钉子，又想起马凯要拿来的钱。将近一万七千美元，我一辈子没拥有过这么大笔的钱。我的助学贷款还有两万五千还没还，因此那笔钱有一部分要先用来搞定这个。还有上两个月的房租以及爱尔美术社的账单也都等着结清。爱尔和房东对我格外体谅，但诙谐俏皮的自嘲能换得的善意大概也到极限了。何况我的颜料和调和油存量都很少，画笔就更别提了，但如果我不付清先前积欠的款项，爱尔也不会再让我赊账了。

环顾画室，我需要一张真正的床，而不是只睡床垫。我需要一张坐久了不会椎间盘突出的沙发，一台开机不需要花上二十分钟的电脑，一部没有断成两截的手机。这清单可以无限制地列下去。

电话响了，来电显示是马凯。我下楼去替他开门，这回他不像上次那么聒噪了。一走进画室，他就发现我已经着手在开箱子，他一点儿也不诧异。

"你等不及了。"他的语气里没有一丝一毫的不悦。

我耸耸肩，"也没多少进展。"

"看得出来。"

这次我没请他喝酒或吃坚果，我们站在高耸的木箱前许久，一句话也不说。最后马凯开口："我们得谈谈。"

我指指摇椅，然后径自在长沙发坐下，两手交叠在膝上等他发话。

他从外套内袋掏出一枚信封，放在我俩之间的桌上。信封颇厚。"多数是现金，"他的语气轻松，像在谈论天气，"希望你不介意。"

一万七千美元的现金，我一阵眩晕。"当然不介意，一点问题也没有。"我尽可能故作轻松，但我听得出自己声音里的战栗。

他把脚平踩在地上，俯过身来，"我不想让你觉得我看不起你，但我们必须讨论你这笔钱该如何处理。"

我真的觉得他看不起我。"我有能力自己处理钱的问题。"

"你先前告诉过我你的收费，"他当我什么话也没说，"我根据那数字，从马凯艺廊的户头开了一张八千元的支票给你。而这是我付给你的正式酬劳，你要存在平日往来的账户里，而且乖乖向国税局报税。万一发生什么问题，这笔钱会证明我和你之间有正当的协定复制画作，你就可以和我所参与的其他事情保持一定距离。其余是现金。"

我瞟了一眼桌上的信封，又快速移开目光。九千元的现金。

"你要到不同的银行去开几个不同的账户。"他继续说，"每个账户存个几千块就好，才不会让人生疑。其中的两千元换成五十元钞票面额，你把那笔现金留在手边花用，但别在认识你的店家用，要到超市或购物中心去花。"

"有必要这样吗？"我不是很懂钱的人，这是由于我从没拥有过钱的缘故。我的掌心已经开始在冒汗了。

"我有义务照顾各个环节不要出错。"他掰着手指一一条列接下来的指示，"不要一次花一大笔钱，不要享受豪华假期，不要有狂放的举止，例如送妈妈昂贵礼物，或在你最爱的酒吧请全体客人喝一杯。"

"我又不是三岁小孩。"我又觉得自己被看不起了，"我知道这件事的严重性。"

"不，"他站起来，"我想你不知道。"

我也站起来，"那你也该提点我。"

他走到箱子旁，拾起铁橇，"你继续拔钉子，我来撬。"

我往桌上的信封瞅了最后一眼，走到他身边。我们气喘如牛，汗流浃背，费了九牛二虎之力，终于把画从牢笼里解救出来。一如我所猜测的，箱子里只有两幅画。两幅都各自包了一层又一层的气泡纸，因此看不出画的内容，这令我大失所望。两幅画都没有画框，尺寸一模一样，相当大，但没有我想象中那样巨幅，大约四英尺宽，五英尺长。我好奇哪一幅比较有价值。

"这个工作和你帮复制网画复制画很不一样。"

"你找上我来画就是因为你知道我明白这点吧。"

有一刹那他看来似乎是吃了一惊，但又重新恢复镇定。"对不起。"他说，"真抱歉我态度这么差。这整件事都跟我平日的作风差太远了。"

"那你干吗要这么做？"

"你会明白的。"他忽然淘气地笑了笑，"有剪刀吗？"

他剪开胶带，我拉开气泡纸。不到几分钟，画就赤裸裸展现在我们眼前。我没能叫出画的名称，但一眼就认出了画家的身份。

"梅索尼埃[①]。"我说。这我能理解。厄尼斯·梅索尼埃是十九世纪末的二三流画家，擅长以细腻写实手法描绘军事主题，以油彩作画，风格古典。如果我没记错的话，他自认为是伦勃朗再世，但没有人认同他。问题是，梅索尼埃的画怎么会给一百万人带来快乐呢？

"据说，"马凯说，"德加曾说，梅索尼埃笔下的一切看起来都像金属，只有盔甲不像。"

我大笑，上前一步去看个仔细。"他画了好多层。要仿制得无懈可击会花上很长的时间，这样真的值得吗？"

"不值得。"马凯说，"当然不值得。"

我怔怔望着马凯，"你要我把画覆盖在这幅画上？"

"我要你把这幅画刮掉。"

我当然知道画底下不能有另一幅画，因为简单的　光就能轻易检视出来。但要我毁掉一幅梅索尼埃的画仍然是……

"这幅画虽然大，但不是他的重要作品，何况是不是真迹也还有疑问。"

我对梅索尼埃残存的兴趣立即烟消云散，转而注意仍包在气泡纸里的另一幅画。"谁的画？"

马凯的神情淘气。"你不期待惊喜吗？"

"不。"

马凯笑了，"完全不能接受延迟享乐啊！"

"我从来不擅长。"

---

① 　梅索尼埃（Ernest Meissonier），一八一五－一八九一年，法国古典派画家。

马凯欲言又止。

"到底是谁？"

"当然是德加。"

我简直透不过气来。当初我还是个孩子，去博物馆上绘画课时，就从临摹德加开始，这会儿大师真迹竟然在我的画室里，距离我只有咫尺之遥！话又说回来，马凯既然挑上了我来绘制假画，要画的当然一定就是德加的油画啊！

我的心狂跳起来。我可以和德加的作品一起生活，可以碰触这幅作品，呼吸它的气息，端详它的每一个细部，探查大师的秘密，这是三生有幸，是上天送给我的美好赠礼。也许是我此生最美好的礼物。真是大好消息，美妙得不可思议！这下我真的喘不过气了。

马凯小心翼翼割开粘贴气泡纸的胶带。这幅画包裹的气泡纸比上一幅多得多。

我一声不响站在一旁，目眩神迷，动弹不得，无法上前帮他，就连思考也停顿了。德加，德加，德加，我的脑海就只能没完没了地重复这两个字。

马凯拆得战战兢兢，动作远比拆开梅索尼埃那幅画时慢得多。

是裸体画，三个裸体，或者四个。是德加沐浴女子系列之一，他与同时期的画家背道而驰，着重捕捉日常生活的瞬间，画面浮动着澄蓝、碧绿与桃红。即使包裹着一整层的气泡纸，德加笔下的明亮色彩依旧澎湃汹涌，呼之欲出。他那段时期产量甚丰，这是哪一幅呢？我的头脑僵住了，什么也想不出来。

马凯剥去最后一层气泡纸，整幅画展现在我面前，刹那间我颇为困惑。我的第一反应是，这不是德加的真迹，不可能是真迹。但随即我倒抽一口冷气。这不但是德加真迹，而且我曾看过这幅真迹，看过许多次。

"不会吧！"我喊出声来，嗓音听起来却像呜咽。

我早该从画的大小看出来的。这不是德加随随便便的作品，而是经典之作。他画了五幅《沐浴后》，这是最后一幅，名气也远远超越其他四幅。

这些都不打紧。当初悬挂在伊莎贝拉·嘉纳美术馆的这幅画，被硬生生从画框中割下来，从墙上扯下，和另几幅画一起在雨夜里被两名笨贼偷走，多年来始终去向不明。史上最重大的艺术品失窃悬案。被盗走的画中最珍贵的几幅之一，如今活生生伫立在我眼前。

出自伊莎贝拉·史都华·嘉纳之手

亲爱的埃米莉雅：

没能见到你和你的新婚夫婿，我的遗憾笔墨难以形容，更何况才差两天而已！伦敦和巴黎之间的风浪太过凶险，船只都不开航，我和你叔叔杰克不得不在布莱顿一间糟透了的小旅社度过了两个潮湿又凄惨的夜晚。我相信你的返乡之途必定比我们顺利。

我们原本很期待见到穿着蜜月华服、窝在桑姆纳臂弯中羞涩美丽的你。我只有安慰自己，我们很快就会回到波士顿了。一回到波士顿，小桑姆纳·普雷斯考夫妇就会立刻在他们的住处接待我们。要是你亲爱的先父先母及可爱的弟弟乔伊也能亲眼看到新婚的你就好了。

伦敦几乎和布莱顿一样雾霭沉沉且气氛低迷，宴会全都乏味至极。但如今我们来到巴黎，这城市美丽绝伦且阳光灿烂，万事平和安好。重新置身于机智且欢乐的人群之中真是无比美好。

这些日子以来，我们观赏戏剧，出席黄昏聚会，上周更壮起胆子，走进一间新开的音乐咖啡座[1]，噢，真是灿烂美妙！舞者穿的服装闪亮而贴身，几乎像是彩绘了肌肤以后赤裸演出。你可以猜得到你叔叔不是太感兴趣，但我时时刻刻欢欣高昂，因为我真的好爱法国的一切！

还有昨晚！噢，昨晚真是太美妙了！昨晚，我和你杰克叔叔在我们的挚友亨利·詹姆斯[2]家用餐。[你还记得许久许久以前他来美国时，你在绿丘见过他吗？恐怕不记得了，当时你年纪还很小，你和你活泼的兄弟们很让他着迷。]亨利还邀请了詹姆斯·惠斯勒[3]以及约翰·沙金[4]和我们共进晚餐，令我非常开心，你一定还清楚记得。一星期前，亨利告诉我，爱德加·德加也会来。

我对于德加的作品尽管熟悉，却从未有荣幸和这位伟大的人物见过面。[就我看来，他的多层次技法以及色彩的明度表现足以和许多古典大师匹敌，《何内·德加像》（*Portrait of René de Gas*）和《年轻斯巴达人的锻炼》（*The Young Spartans*）两幅画尤其出色。]我打定主意这趟旅程即使没买到手，也至少要他承诺以合理价格为我创作三幅作品，因此德加先生要参加餐宴，我求之不得。

我曾耳闻德加先生不仅欣赏女性的肩膀与颈项（我面貌平庸，肩膀与颈项恰巧是我最自豪的部位），也关注她们的服装，因此我急忙造访了沃斯[5]的服饰店。梅特涅王妃[6]

---

① 音乐咖啡座（café-concerts），一种提供歌唱或戏剧表演的咖啡厅，早期多为露天咖啡座。德加曾以音乐咖啡座为作画题材。

② 亨利·詹姆斯（Henry James），一八四三－一九一六年，生于美国但归化英国籍的作家。

③ 詹姆斯·惠斯勒（James Whistler），一八三四－一九〇三年，印象派画家，生于美国，离家到法国发展后，毕生旅居法国。

④ 约翰·沙金（John Sargent），一八五六－一九二五年，美国画家。

⑤ 沃斯（Charles Frederick Worth），一八二五－一八九五年，英国籍但在法国成名的时装设计师，为现代法国时装产业的先驱，被誉为时装之父。

⑥ 梅特涅王妃（Princess Pauline de Metternich），一八三六－一九二一年，出身奥匈帝国贵族家庭的名媛，德加曾为其绘制肖像。

和欧仁妮皇后①的服装都是他打点的。令我惊奇的是，他仅花一周的时间，就替我设计了一件雍容华贵的丝绸礼服，下摆款款从我的臀部垂落，前侧端庄地掩盖了我的胸脯，裸露的香肩，展现欲语还休的性感，杰克叔叔非常满意。

虽然我从未听闻德加先生任何的桃色新闻，但身为晚餐桌上唯一的女性，我有信心能耍点手腕，施展魅力，稳稳吸引他的目光。亲爱的侄女，我只告诉你一个人，惠斯勒先生和沙金先生当年都曾经是我的囊中物。

我们聊起了艺术与文学，谈论尤其多的是亨利多么讨厌特罗洛普②的作品《弗莱利牧师公馆》（Framley Parsonage）。此外，竟然有传闻说乔治·艾略特③是个女人！葡萄酒和水果酒使我们心情欢快，聆听詹姆斯·惠斯勒和爱德加（是的，他要我唤他作爱德加！）和气地争辩巴黎与威尼斯的阳光孰优孰劣是愉悦的享受，也是我们独有的特权。

接着爱德加谈起他与一群自称为"印象派画家"的人在艺术风格与私人情谊上的交流。像他这样有才华的人，竟然要把天分浪费在这等放纵的事情上，我颇为担忧，于是开口问他，为什么要把湿颜料整团泼洒在画布上，而不好好运用他出色的眼光与笔触，挥洒他拿手且细致的透明画法。维米尔或伦勃朗会这样浪掷自己的天赋吗？我直言他们不会，而爱德加也不该如此。

心胸狭窄的人可能会发怒，但爱德加并没有发怒，反而哈哈大笑起来，笑声响亮激昂，使我们都不得不跟着笑起来。他用酒

---

① 欧仁妮皇后（Empress Eugénie），一八二六－－九二○年，拿破仑三世之妻。
② 特罗洛普（Anthony Trollope），一八一五－－八八二年，英国维多利亚时期小说家。
③ 乔治·艾略特（George Eliot），一八一九－－八八○年，以男性笔名写作的英国女作家，本名 Mary Anne Evans。

杯碰碰我的酒杯，说："说得好啊，嘉纳夫人，说得好！"（当晚稍早我曾要求他唤我作伊莎贝拉，但他似乎叫不出口。）我深深迷醉。我是不是自以为有能力协助爱德加·德加认清自己风格定位的错误啊？或许这个念头太可耻了。但我不会就此放弃的。

接着我和爱德加发现我们都喜爱马匹和赛马，这一夜于是又更美妙了，他邀请我们全桌的宾客在隆尚马场①赛马开赛日一同到他的私人包厢去观战！我绝对不会错过。

虽然三位画家谁也没答应要割舍一幅画给我，或是愿意用我付得起的价钱接受委托作画，但他们全都（当然是私下）承诺愿意考虑看看。德加先生邀请我们务必造访他的画室，我们当然也一定会去报到。

我们起身离开时，爱德加把我的手举到他的唇边，告诉我，他已经很久没有"和这样迷人的用餐同伴共度这样迷人的夜晚"了。

所以，我亲爱的侄女，我得停笔了。请写信告诉我你们伟大壮游中所有的冒险历程，以及你料理家务的种种细节。请别把全部的床单和窗帘都挑好，因为我兴致勃勃地想帮忙你们布置家园和闺房呢！

爱你的贝拉婶婶

一八八六年六月十日于法国巴黎

---

① 隆尚马场（Longchamps），法国巴黎著名的赛马场。德加爱马，也爱画马，常以赛马为作画主题，亦曾画过隆尚马场的赛马。

第七章

　　我紧紧盯着《沐浴后》，仿佛眼睛被绳索拴在画布上。孩提时，我常坐在嘉纳美术馆的短廊，手握铅笔，吃力地临摹这幅画。倾斜的背脊、毛巾折痕的阴影、伸长的手臂。《沐浴后》。我诚惶诚恐，又兴奋激动，更多是恐惧。

　　"我……这幅画……"我结结巴巴，"这幅画不能放这里，你得拿回去。"即使当我说着这话时，我的心底在呐喊："不要拿走，留在这里，拜托留在这里别拿走！""这画太值钱了，这是无价之宝，何况还是赃物。我负不起这个责任……"

　　"放在你这里当然没问题。"马凯说，"这是最安全的地方。如果有人看见，他们会以为是你画的复制画。"他的这番推论很吓人，却也很精辟。

　　我的眼光无法从这幅画上移开。明暗度的深浅、色彩的饱和。德加是怎么做到的？用兔皮胶给画布上胶？用赭黄打底？调色剂中加入蛋胶彩？这些都是技术性问题。这幅画的出类拔萃远远超出技术的层面，几乎没有复制的可能。马凯怎么会认为我有办法仿冒这幅旷世巨作，做出几可乱真的复制品呢？

　　"别担心，我会送回去的。"他说。

　　"可是你才刚刚送过来。"和这幅画相距这样近，我的头脑无法清晰思考。

"我是说送回嘉纳美术馆。"

"现在吗？"

马凯的眼光闪动，"过一阵子，等你施展过魔法之后。这是在做好事。我会把你的复制品卖掉，然后把真迹还给美术馆。"

"如果你把它当真迹来卖，那就变成赝品而不是复制品了。"

"随便你怎么称呼它，重要的是嘉纳美术馆以及全世界都将失而复得，重见德加的杰作。这样挺不错的，不是吗？"

我像刚刚从药物引发的恍惚中苏醒过来。"可是有个无辜的收藏家会损失几百万元。"

"也没那么无辜。别忘了，买这幅画的人以为他买的是赃物。"

"像那个谁？那个叫什么来着？"我的脑袋卡住了，无法运作。"就是纽约那个复制名画然后当成真迹卖掉的那个？伊什么的？伊莱·萨凯！"

"克莱尔。"马凯说，"你没在听我说话，你连自己说的话都没听清楚。伊莱·萨凯确实伪造假画，而且把真假两幅画都当真迹出售。可是我们不是这样，我们要把真迹物归原主，这完全不一样。"

"那买画的人会发现。"我反驳，"他会去报警。"

他的眼光再度闪烁，"他要跟警察怎么说？说他买到的赃物原来是假货？何况他也不会知道卖画的人是谁。我会保护我自己。"

他回答得太快了，我的思考跟不上他的速度，但我满腔疑问。"那卖画的人呢？他们不会气死吗？"

"他们钞票入袋了，哪会管这么多？"马凯耸耸肩。

这时我终于理解我在乎的是什么。"那其他那些画呢？嘉纳被偷的其他那几幅画，你知道它们在哪里。"

他直视我的双眼。"我不知道。"

我也目不转睛地注视他。"你知道这幅是从哪儿来的。"

"其实我不知道。"

"可是……"

"有个人跟我联系，问我有没有高档客户会对某件'重要'的艺术品感兴趣。我说，要看是什么艺术品，我想我应该认识这种客户。最后，那个人告诉我他们要卖的是什么东西。简单地说，我和这些人谈了好几次话，他们的名字八成都是假的，我到时候卖画应该也会用假名。"

"起初我回绝了，我说我没兴趣，但后来想想，可以把画拿去归还给嘉纳，才想出了这个点子。我回电给他们，说我有个非常合适的客户。"

"你是在说笑吧？"

"你想想看！"马凯愈说愈起劲，"《沐浴后》重回嘉纳，物归原主，多少人会因此激动兴奋。卖家赚到大把钞票，收藏家得到他眼中的德加真迹，至少在他看到新闻报道之前会如此认为，但等他得知实情也来不及了。而我和你呢，则会因为做了好事而心情愉悦，更别提你的作品会得到应有的赏识。"

"不可能这么单纯。"

"我们不这么做的话，其他的艺术经纪人可能会把这画卖给黑帮人士，这人很可能会把画藏在地底，在黑市里当作武器或毒品的抵押物流通，他们不会好好照顾这幅画，这幅画将永远不见天日。我们这么做是把《沐浴后》从不幸的命运中拯救出来。"

我不怎么了解他在说什么，也不确定他的话有没有道理。"那你为什么不直接把画交还给嘉纳？为什么还需要做其他那些动作？"

"我也要自保，还要弥补开销。"

"你缺钱？"

"克莱尔，别天真了，装傻这招不太适合你。"

"可是你有艺廊，还有一大堆艺术品？"我真的满头雾水。

马凯迟疑了一会儿才说："最近这些年不景气，生意下滑，艺术品的价值也下滑，可是赡养费却从来不调整。"

"但是你可以领悬赏奖金啊！"

"如果是匿名归还就不行。而且我不能让我的名字或艺廊的名字曝光，即使绝对不会被起诉也一样。"

马凯显然把这件事考虑清楚了，我找不出他的逻辑里有什么明显的漏洞，但这可能就是问题所在——这套说辞太完美，说起来太顺口了。不过，这些都不是我眼前面临的最大困难。

我回头看那幅画，画中三个裸女正用毛巾擦拭身体，这主题在德加后期的作品中很常见，但这幅采用他早期的古典风格绘制，一层又一层生气勃勃的色彩彼此交叠，呈现难以言喻的气氛，那样的光辉确实使梅索尼埃的作品看起来像黯淡的金属。我恨不得伸手碰碰这幅画，心痒难耐到得要握紧拳头，才能让两条手臂乖乖贴紧身侧。

"这对你而言是千载难逢的机会，在很多方面都是。"马凯说，"更何况这是本世纪最惊险刺激的事。我看你是个爱冒险的人，何不大胆尝试看看？"

"理由很明显。"我咕哝。

"对我来说并不怎么明显。"

我摇头。

"克莱尔？"

我终于轻声说："我没这个能力。"

马凯的笑声洪亮地回响在整个画室中。"我误解了你不想接受的原因。我还以为你有不合时宜的道德感。"

我扬起下巴。"那也是原因之一。"

他眨眨眼说："有什么需要再告诉我吧！"他走出房间，顺手掩上门。

房里黑暗，我躺在床垫上。一整夜多数的时间我都醒着，我感觉《沐浴后》像个活生生的人一般存在着，庞大结实，透着气息，萦绕人心，同时也抚慰人心。感觉像是德加本人死而复生来到我身边。他的才华，他的笔触，他的心。

我想起嘉纳美术馆，想起挂在蓝厅、荷兰厅及短廊墙上的空画框。画框里的画被偷了，画框留在那里纪念失画，坚忍卓绝地等待失画重回原地，那画是画框存在的理由。抢案过后，我曾经多次参观美术馆，驻足在空画框前，缅怀轶失的画。

许多文字资料记载嘉纳美术馆的抢案，内情却鲜为人知。或者说得更正确一点，不是没有人知道，而是知道的人都不说。五百万美元的悬赏，只要十三幅画物归原主，嘉纳声明不会过问，绝不起诉，却依旧什么消息也没有。法定追诉期已过，仍然没有人提供线索，就连令人信服的谣言都付之阙如。我们生活在网络地球村的时代，这情况简直匪夷所思，然而事实的确如此。我爬下床，捻亮灯，站在画的前方。

如此壮丽宏伟，如此栩栩如生，更像是生命的意象而不仅是生命本身。色彩与情感在画布上如脉搏般汩汩跳动。泪水再度盈满我的眼，这次我任泪水滑落两颊。我应该立刻把画归还给嘉纳美术馆，把这样的巨作藏着不给人看是不对的。

但我不想归还，我想和她一起生活，想和她共度时光，想画她。我知道这样不对，但我忍不住，我伸出手，用手指轻轻抚过右侧那名沐浴女子的手。她坐着，抬起一条腿，用毛巾拭干脚踝。我决定把她命名为芳思华，另两位则分别叫做杰奎琳和席梦。

第八章

　　嘉纳美术馆的外形相当不起眼，门面简单朴素，几乎毫无装饰，也没有窗户，是一座不友善的堡垒。头一次见到这座建筑物时，我才七岁左右，我妈告诉我，这就是她经常兴冲冲谈起的那座美术馆，我哭了。但一走到室内，我立刻收干眼泪。

　　美术馆是座遗世独立的威尼斯宫殿，足以让七岁的小女孩笑逐颜开。内墙面对的不是运河，而是四层楼高的中庭，像温室，屋顶还砌着玻璃，地面则是赏心悦目的花园，一根根柱子耸立，奇形怪状的十二世纪狮形柱座和各式各样的雕塑随处可见。一片罗马马赛克镶嵌砖坐落在花园的正中央，周遭围绕着经常变换组合的花草灌木，两棵挺拔的棕榈树向阳光伸展，一路拔高到三楼。

　　四面墙的高度至少有六十英尺，墙上错落着一层又一层石面的拱门、有着锯齿凹槽的门窗和大理石栏杆，敞开的阶梯上花木扶疏。位于花园周边的展厅是美术馆的主体，伊莎贝拉·嘉纳打造这栋不朽的建筑，一方面作为自己的居所，同时也用来容纳她的艺术收藏，并在死后开放给大众参观。

　　我来这里是为了和瑞克碰面吃午餐，但我忍不住攀爬阶梯到二楼，穿过早期意大利厅和拉斐尔厅，踏进短廊。我非看一眼《沐浴后》的画框不可。这间展厅不过十英尺宽，可能是全天下最不适合悬挂《沐浴后》这样大型画作的地方。但性情古怪的伊莎贝拉亲自为她的两千五百件艺术收藏选择放置地点，并在遗嘱中交代永远不可改变、移动或增添她的收藏。

嘉纳美术馆如大杂烩的展场就是来自这样的自负。相较中庭的明亮开阔，阴暗的展厅里充斥着完全不搭调的家具、艺术品，以及胡乱凑合的小饰物。无价的珍贵画作挂在门廊，有三千年历史的雕塑藏在角落。

昏暗的灯光、狭隘的空间，还有馆内杂乱无章的规划格外令人感觉幽闭可怖，这里没有一件作品呈现出它最大的价值，打从一九二四年伊莎贝拉过世，美术馆就保持着女主人期望中的样貌，如她本人一般，既迷人又任性。唯一有能力打败这位老太太的，就只有窃贼。

我走到空画框前，这是《沐浴后》曾经的居所，如今只剩画框圈起来的空洞。我忽然羞耻得不能自己，躲进角落里，紧紧靠墙，蜷曲身子，但愿没人注意到我，看出我背负的罪。的确没人注意到我。我放松下来，撑着站起身，感觉肾上腺素在体内汹涌，力道大得几乎把我击倒。霎时我又兴高采烈起来。《沐浴后》在我手上，在我日日生活工作的画室里。德加的杰作，我爱何时观看就何时观看，可以嗅闻，甚至可以自在地犯下美术馆内最大的禁忌——触摸这幅画。更何况，我提醒自己，有朝一日这幅画物归原主，我也有功劳。

我看着人群鱼贯经过，人人哀伤地注视没有了画的空荡画框，寻思着我过往的寻思——画到哪里去了。我有一股强烈的冲动，恨不得告诉他们，大声向世界宣告，那幅画是我的，完完全全属于我。我猛然转身走出展厅，走下阶梯，往藏在一楼小书店背后的小咖啡厅走去，让自己慢慢冷静下来。

我和瑞克相拥亲吻，互相打趣了几句，交换了一些八卦讯息，点了餐，然后我问起劫案的事。

"怎么会忽然对劫案感兴趣？"他问。

我耸耸肩，"我一向都很感兴趣。大家不是都很感兴趣吗？"

瑞克咬了一口他的汉堡。"传言白毛·巴尔杰把画藏在阿根廷，看来这说法跟其他的谣言一样逊。"

"说不定他把画藏在哪里了，不会吗？我是说在他被捕之前藏的？现在说不定还在那里。"

"不会啦，我从没相信过白毛或波士顿的其他哪个黑帮跟这件事有关。如果是有组织犯罪，他们应该老早就把大部分的画卖出去，至少其中的一些应该已经浮出台面了。"

"那不然是谁干的？"

"我猜是欧洲人吧。这场窃案计划缜密，又搞变装又设圈套，这是欧洲艺术品窃贼惯用的手法。"

"本地窃贼不会吗？"

"通常不会。"

"你觉得那几幅画现在在欧洲？"

"这么多年了，现在在哪里都有可能。"瑞克说，"虽然很多人都推测这些画可能藏在某个贪婪收藏家的阁楼里，但我猜测有人用这些画当作武器或毒品交易的抵押品。恐怖组织有时也会用窃来的画交换被俘的战友。"

马凯也隐约提到这些事。"所以没有大魔头在背后搞怪？"

"这样对窃贼来说比较有利。人人都知道这些画是偷来的，正大光明卖画不容易，所以他们就在黑市里交易。譬如说，你想用一百万美元买一批可卡因，一周内转手赚进四百万。可你手上没有一百万，但有一幅伦勃朗的画，价值三千万。把那幅画抵押给某个金主，交换一百万，并且承诺事成后多给一百万酬谢。万一交易失败，他拿到的东西价值远远超过他给你的钱。交易成功的话，他回收双倍金钱，把画交还给你。这样一来，你就有了不用缴税的两百万收入，还有一幅价值三千万的画，下次遇到类似的好机会，可以如法炮制。"

"真是肥了窃贼，苦了那些画！"

"你这话说对了。"瑞克说，"那些画的遭遇很惨，被藏在太湿、太热或太冷的地方。窃贼把它们从画框上割下来、撕破，甚至毁损。"他一只手按在小腹，"我光是谈这个就反胃了。"

我一想到这个画面，想到这样的劫掠和糟蹋，同样阵阵作呕。"真是血画！"

"你是说像血钻石？"瑞克笑了，但不是开心地笑，"他们剥削的不是奴工，而是艺术品。而且不只是奴役，他们有时候还屠杀艺术品。"

我不愿想象《沐浴后》面临这样的命运。

一离开美术馆，我就赶紧飞奔回家，和《沐浴后》共处。这感觉就像迫不及待要去会见新欢，心中胀满兴奋、饥渴，血清素似乎永不停歇地充斥全身。我猛然掀去盖在画布上的布巾，《沐浴后》鲜活无暇地翩然现身，甚至比我记忆中更美丽。我把《沐浴后》架在一座大画架上，拉来一张折叠椅，好坐在她的正前方，尽情享受这幅画。

我每看一次，就发现一些新的东西。如今我发现画面上有这样多的绿色。蓝色和橙色都如此鲜亮，女子的肌肤苍白且冷光萤萤，我因此分心，没注意到绿色。这会儿我发现整幅画布满了绿，在所有艳丽的色彩背后柔柔伸展，无所不在。

接着这些女子的面庞又令我深深震撼。这些面庞全都只有侧面，但每张脸都是独一无二。德加大半从背面描绘沐浴女子，或是替女子画条手臂遮脸，或随意勾勒，但女子一个个意象清晰。芳思华发色偏红，鼻梁尖翘，坐在右侧，伸长一条腿。中间的杰奎琳高挑健壮，越过肩头去望芳思华正用毛巾擦拭自己高抬的膝盖。内向的席梦五官在她浑圆的脸庞上实在太小了，她正蜷缩在杰奎琳的脚边擦拭头发。

闲暇的艺术史学者，数十年来争议不休——德加真属于印象派吗？持反对意见的艺术史学者指出，德加从不像其他多数的印象派画家一样在户外写生，也不会大胆泼洒厚厚的颜料，捕捉眼前的瞬间。相反，他绘制多幅速写精细的草图，然后在画室慢条斯理地作画。

就我看来，这种争辩不过是咬文嚼字、毫无意义的空谈。德加的确不写生，也不即兴作画，但他自有一套方法把他的印象带入观者的心中——他聚焦于赛马和芭蕾舞者的动作，描绘寻常的女帽商、洗衣妇或沐浴女子最自然的一面。

我背过身，朝向排列在北侧墙壁的成堆书籍蹲下来。我有数堆以德加为主题的书——传记、评论、素描册、复制画册、油画册、日记、书信集、我自己上课时潦草抄写的笔记，还有两本书专门收录他的草图，更别提从图书馆借来的一大堆书，都在谈德加同时期人物，我要用这些材料来撰写书的提案企划。这些借来的书，有许多本已经逾期未还。

我抽出那两本草图画册，回到椅子上，打开第一本，翻看一整系列的浴女草图。德加常用同样的模特儿绘制不同的画作，我搜寻着席梦、杰奎琳和芳思华。

我找到席梦的几张画像，又把视线转回《沐浴后》，以便好好把杰奎琳看个清楚。而《沐浴后》的魔力再度震撼了我。对于如何防止假画被抓包，我想技术上我绝对有把握——我会把梅索尼埃的古画刮到仅存胶底，再用确切属于十九世纪的颜料和调色剂来调色，并以那个时代的画笔来作画。问题是，要怎么做才能重现德加这幅杰作整体上的磅礴气势，我毫无概念。但《沐浴后》伸手召唤着我，触动我的心弦，我知道我非尝试看看不可。

我拼命赶工替复制网绘制毕沙罗的复制画，脑袋里一心想翻阅德加的素描册，寻找我那三位法国仕女，说不定还能找到这整张图的草图。我和自己达成协议——再画一小时的毕沙罗，短暂休息一下再来翻翻书。无论我下了决心要做什么，帮我付房租的毕竟还是复制网。何况马凯也摆明了说——替复制网工作同时也是我的幌子。

我才刚刚重新开始绘制毕沙罗的画，马凯却拿着一瓶看来十分昂贵的香槟以及两只香槟杯忽然出现。显然他仍记得头次造访时，我只有果汁杯可用。我们为谈定了计划以及嘉纳美术馆的珍宝即将完璧归赵干杯庆贺，而后我揭去《沐浴后》的盖布。

他被画震撼得倒退一小步，他对这画的感觉和我相同。我指着折叠椅，请他坐下，自己则把摇椅拖过来。我们静静坐着，一面啜饮香槟，一面欣赏《沐浴后》。

"像两个老人欣赏日落一样。"他说。

"有时看着画，我会哭。"

他顿了顿，说："我也会。"

"我昨天去了嘉纳一趟。"我说。

"去看空画框？"

我点头，但眼光一瞬也没有离开《沐浴后》。

"罪恶感没有你想象中那么强烈，对吧？"

我猛然转头望他，"为什么这样说？"

"的确如此，不是吗？"

"当然不是。"我一口咬定，"我很有罪恶感，甚至想把画归还给他们。"

"可是你没归还。"

我耸耸肩。

马凯的笑声温暖浑厚，没有一丝高高在上的傲慢。"你已经爱上她了。"

"有这么明显吗？"

他用酒杯碰碰我的酒杯，我俩眼神紧紧交会。"我也差不多啦！"

"脸画得好清楚，一个一个都有独特面貌，跟他其他多数的裸女图都不一样。"

马凯望着眼前地上的两本素描册，问："找到其中任何一个了吗？"

"我才刚开始找，虽然这些素描里头的脸，五官明显的很少，但我觉得我找到了几张席梦的肖像。"

"席梦？"

"芳思华、杰奎琳、席梦。"我一一指着画上的人物。"要爱上你连名字都不知道的人不大容易呀！"

第九章

三年前

马凯和现代美术馆的资深策展人凯兰·辛山默站在《四度空间》的前方。《四度空间》架在艾萨克画室里的一座画架上，我和艾萨克瑟缩在一旁。

凯兰高挑时髦，身穿一件价值可能比我房租还贵的衣裳。她凑近画作，用手机拍了几张照、记了些笔记。她年轻脸庞挂着几绺淡金色的头发，搭配她苗条紧实的体态，看来她费尽心思刻意营造形象——不拖泥带水、坚强实干的纽约专业女性。

没有人开口说话，大伙儿全都紧盯画布，酒和坚果摆在茶几上无人闻问，艾萨克的重心从一只脚移到另一只脚，我努力佯装漠不关心，假装《四度空间》不过就是艾萨克多幅画作中的一幅，假装这两位人士的来访不过就是寻常的拜访。

这是《四度空间》头一次展示给我和艾萨克以外的人观看。凯兰将决定这幅画要不要纳为现代美术馆的展品。一旦纳入展出，这幅画的地位就等于得到了背书。马凯的角色是艾萨克的经纪人，但他的意见对我俩而言几乎和凯兰的意见一样重要。马凯对艾萨克作品的了解比谁都深，如果他也看不出来，我们就万无一失了。

我真后悔没在茶几上摆点茶水，我这会儿渴得要命，却不想走开。他俩来到之前，我和艾萨克时而焦虑，时而镇定。我们心知肚明自己此刻在搞什么勾当，但结果会如何，我们一无所知。我往凯兰瞥了一眼，她正在替我的沙漏拍照。我转而注意马凯，他也同样在检视沙漏。我觉得我快晕厥了，我猜想艾萨克也是同样的心情。

　　我曾试图引诱艾萨克说出他的感受，他以他一贯的风格说点玩笑话带过，然后继续回避问题。或许他不想谈，也或许，他也搞不清自己。

　　至于我，我的心态很单纯。《四度空间》是我为了协助他走出低潮、渡过难关，而特地画来送给他的礼物。就我看来，这幅画是我协助他搭建的桥梁，他可以借由这座桥梁，走向他的下一幅作品。我深切渴望凯兰和马凯相信这是艾萨克的作品，将其纳入展出，好让艾萨克继续向前，创造出仅有他能创造的作品。

　　凯兰转过身，向艾萨克伸出手。"恭喜你，艾萨克！这幅画太棒了，比棒还要更棒，比你所有的旧作都更出色。这幅画我们要了。"

　　我听见自己嘶嘶吐出一大口气时，才发现原来我刚才一直紧紧屏住气息。我冲上前去拥抱艾萨克，紧紧抱了许久。他完全没反应。震惊。震惊而且如释重负。我笑吟吟地退开。

　　"好极了！太棒了！"马凯在艾萨克背上捶了几拳，"我同意，这幅画可能是你最好的一幅。"我知道他这话不仅仅是出自经纪人的客套话，马凯是真心赞同凯兰的意见。

　　"谢了！"艾萨克回应得僵硬，几乎像在恍神，"多谢你们两位！"然后他望向我，"尤其要大大地感谢你！"

　　他们三人簇拥在画作前，我溜到冰箱冷冻库旁，拿出我藏在冰淇淋后头的香槟。"有谁要喝香槟吗？"我大声问。

　　马凯走上前来，接过我手上的香槟，"让我来服务。"

　　我在柜子里搜寻，递了几只酒杯给马凯，"来狂欢庆祝吧！"

　　香槟喝完后，我们改喝葡萄酒，艾萨克逐渐松懈情绪，他变得非常多话。

"用完全不同的方式处理时间这个主题真的很有启发性。这一整个系列呈现出线性、扁平、浮光掠影的时间，但只有这一幅把一切都拓展开了，从各个方向把时间抽拉出来，使时间有了深度。"他甩甩头，像是要把头脑甩清晰一点，"我甚至记不起我是怎么想出这点子的。"然后他的眼光落在我身上，"是克莱尔。"他向我举起酒杯说："敬我聪明、美丽又才华横溢的克莱尔。"

大伙儿举杯祝贺，艾萨克俯过身来吻我。"克莱尔自身的才华也相当出色。凯兰，要不了几年，你就会开始展出她的作品了。"

"我很乐意看个几幅。"凯兰说。

"只怕你会后悔这么说过，"我警告，"我有你的电话号码。"小小老是坚称世上真的有因果报应，说不定真有那么回事。说不定就是我帮助艾萨克换得的报偿。

"请务必来电，顺便寄几张投影片给我。我一个月之后还会再来一趟波士顿，如果我喜欢你寄来的作品，说不定会上你的画室参观。"凯兰·辛山默是个精明狡诈的家伙，我知道她说这话可能只是客套，但也很难说绝对违心。

"喔，你一定会有兴趣参观的。"马凯说，"克莱尔的画风和艾萨克很不一样，"他的手往《四度空间》挥了挥，"和这幅画有天壤之别。她的眼光非常坚定，下笔更是快狠准，色彩的质感相当卓越。"

"我同意。"艾萨克捏了捏我的肩膀，又转回头向凯兰继续大发议论，"你知道吗？《四度空间》启发我构思系列中的系列——各种不同向度的时间。先是点，然后线，接着是我们的世界，然后穿越太空、黑洞。天晓得更远还会到哪里去。"

"听起来好像挺有趣的。"凯兰说。

但艾萨克知道，我们其他所有人也都知道，"有趣"其实是"无趣"的婉转说法。"要不我就暂时专注于第四向度的时间好了。"艾萨克赶紧修正，"时间如一条长河，永恒奔流，永恒不灭。"他往嘴里扔了几颗腰果，"上游是未来，下游是过去，这一切与当下同时并存。要漂浮在高处，可能是第五度空间，才能看清这一切，看清该从什么地方涉入，从什么地方抽离。"

"这听起来倒是很妙。"凯兰这回是真的有兴致了，"继续说。"

艾萨克往椅背上靠，双手勾在颈子后侧，仰头望天花板。"我看到事物在变动。厚重的油彩流动，不断流动，在自己的上方和下方流动，往前也往后流动。用湿画法，刮开一层层的颜料，透出藏在底层的东西，如同刮开一层层的时间。全都在那里，但有的在上，有的在下，有的看得见，有的隐约看得见，有的被另一层时间彻底掩盖而不为人所见。"

他复诵着我说过的话，我想捕捉他的眼神，想把这点子的所有权要回来，但他专注地望着天花板。

"这个点子有潜力。"凯兰的手朝《四度空间》挥了挥，"而且《四度空间》是个很不错的开始，你以此为出发点，展开……"

"对人类定位的探索。"艾萨克插嘴，"探索我们在宇宙中的定位，探索一切如何互相契合。"

"你有东西可展示时通知我一声。但考虑多加点这个进去。"凯兰指了指新月形沙漏。"我喜欢意义的堆叠，喜欢这样用古往今来的绘画风格来做效果。"

"我已经在进行了。"艾萨克向她保证。

凯兰看了看表，站起身，往茶几搁下酒杯。"今天下午真愉快，聊得很开心。"她转头对马凯说话："我要赶下一班飞机，但如果你陪我一起搭计程车去机场的话，我们路上可以谈谈，可以开始安排了。"

马凯当然乐意。大伙儿互相握手道贺、拥抱、亲吻，笑得开怀。凯兰走出门时，提醒我别忘了打电话给她，我向她保证一定不会忘。

他俩离开后，艾萨克给我一个深深的拥抱。"无论怎么表达，也表达不完我对你的谢意。"他对着我的耳畔轻声细语。

"凯兰·辛山默愿意看看我的作品，这样的谢意对我来说很足够啰！"

　　他把脑袋埋在我的头发里。"我永远也回报不了你。"

　　"我没有要你的回报，小艾，我只是希望你打起精神继续努力。"但他俩对《四度空间》的赞美回响在我的耳畔。

　　"比所有我看过你的旧作都更出色。"凯兰这么说。

　　"这幅画可能是你最好的一幅。"马凯这么附和。

第十章

我遵照马凯的建议，在三家不同的银行各开了一个账户——两个存款账户和一个投资账户。另外根据其中一位帮我开户的女士建议，我又开了几个定存账户，并且把支票存在另一家银行的支票和提款卡账户。我并不像马凯假定的那样，有个生意往来的专用账户。我开了张支票给房东，又邮寄了一张支票偿还助学贷款，最后带着一张空白支票动身前往爱尔美术社，因为我不记得我积欠多少钱了。过程一切感觉非常棒，我思索着能够有一部照相功能健全的手机不知有多好。

爱尔美术社位于韶木大道，距离我的画室不远，麻雀虽小但五脏俱全，局促的空间里，置物架和书架塞满过多东西，还有一排又一排窄小的颜料抽屉，整间店弥漫着松节油、颜料与尘埃的醉人芳香。有个写作的朋友告诉我，无论她在世界的什么地方，只要走进图书馆，那气味就让她感觉像回到了家。爱尔的店就给我这种感觉。

比较出人意料的是爱尔本人。头几次去的时候，我以为她只是店员，而真正的老板爱尔应该是在里头房间检查存货清单的灰发长者。当爱尔告诉我她名叫爱尔时，我也好一会儿才和店名联想在一起。爱尔是爱尔薇娜的昵称。表面上，她是个时髦俊俏的女子，骨子里，她古道热肠。

"漂亮的克莱尔！"我走进门时她大声嚷嚷，然后从高高的柜台走下来拥抱我。"我就猜你这个星期会过来。你的物资应该已经开始短少了。"她倒退一步，"你好像瘦了，该不会又忘记吃饭了吧？难道你想被风吹走吗？"她叹了口气，"不过你瘦下来真漂亮！"

"你瘦下来不漂亮吗？"

爱尔自称是美国奴隶的后裔，她古铜色的皮肤、突出的颧骨及纤细的体态总使人联想起那些老在波士顿马拉松夺魁的肯尼亚跑者。她剃着短短的平头，两只耳朵至少各有六个以上的穿孔，挂着各式各样奇异美丽的耳环。

账款结清后，我走到店的后侧，挑选一些画《沐浴后》所需的材料。我距离真的动手作画还得差得远，目前仍在研究及准备的阶段，我可以开始动手刮除梅索尼埃的画，依据画布的状况，这项工作会耗费好几天，甚至几周都有可能。

我拿了些作为溶剂用的丙酮、当作抑制剂用的石油精，以及好几包脱脂棉。梅索尼埃的画很大幅，为了保持画布干净，我得要常常换衣服才行。然后我又加了一瓶过氧化氢和几张吸水纸，我想古老的胶底可能泛黄了，需要漂白一下。谁想得到爱伦·柏南诺对仿真的执着会有派上用场的一天呢？上她的复制课时，她要我们刮除画布上的油彩，我们全都翻起白眼，因为我们知道，复制网绝不会愿意负担这样昂贵的上课材料。

等我真正动手开始绘制我的《沐浴后》时，我会需要从画笔到凡立水等各式各样的画材，但我还没研究出德加使用的是哪一种，因此这些东西得下一趟造访时再买。回家之前，我没忘记帮沙维尔采购一大堆银色颜料。

回到画室，我没有立即动手刮除梅索尼埃的画，而是坐在《沐浴后》面前的椅子上，从地上的书堆拾起那两本德加的草图画册，开始翻阅。起初随意浏览，而后仔仔细细地检视，但仍没有找到我想要找的东西。这非常怪。我找到了几张绘有《沐浴后》席梦和杰奎琳的素描，却找不到芳思华的任何画像。德加向来对于素描十分着迷，会为一幅画绘制二三十张习作，并且以此闻名。那怎么会没有芳思华画像的习作呢？

这些习作想必是存放在某个地方，或者至少曾经存在过。我的两本德加素描画册都没有收录德加全部的素描，但其中一本名为《爱德加·德加素描与草图：一八七五－一九〇〇》，这段时期正是德加绘制浴女系列的时期。德加的另一个知名特色是喜欢在许多不同的画作中采用相同的模特儿，甚至用相同的草图。虽然每幅画他都会更改构图，但同样的模特儿常会在不同的画作中出现，往往连姿势也相同。这样的忠诚使他的系列作品呈现强烈的一贯性。

我找到几张看来略似《沐浴后》构图的草图，图中的席梦和杰奎琳虽然和眼前这幅画一模一样，芳思华却不一样。草图中的那个人体态和芳思华不同，同时她是站着而不是坐着，营造出一种不对称的构图，德加多数的画都采取这样的平衡方式。草图中人的脸庞仅以少少的几根线条带过，但愿他描绘得清晰一点。

有没有可能还有第六幅《沐浴后》呢？在画作完成的几百年后，才在某人的阁楼里找到画家的真迹，这种事也并不是没有发生过。不过更有可能的是，德加原本预计要绘制第六幅，却没有真的动手。我专注寻找另两位女士更多的不同点。我面前的这幅画中，芳思华看起来健壮而粗俗，德加所绘的所有浴女几乎都是如此，但草图中那个人却较为娇小秀气，有着纤细的柳腰。由于德加仅简单勾勒了她面容的轮廓，我不敢肯定，但草图上的女子似乎没有油画中的模特儿秀丽，所以或许德加换了个容貌较美的模特儿。但最后择定的芳思华草图又到哪里去了？

我仔细观察草图，也仔细观察《沐浴后》，随后又重复观察了一次。我翻阅我那一整叠的德加画册，找出更多德加的浴女图。所有的浴女都虎背熊腰，没有一个人有腰身。也一如先前的经验，我找到了数幅绘着席梦和杰奎琳的素描和油画，却完全不见芳思华的影子。

波士顿美术馆（Boston's Museum of Fine Arts）和嘉纳美术馆在风格上可谓大相径庭。从排列着科林斯式石柱的宏伟入口，到超现代的附属建筑，明亮、开阔且令人敬畏的气势铺天盖地。挑高的天花板与宽敞辽阔的空间里，自然光与人造光饱满充足，把艺术品衬托得比原本更精美，参观者得以尽情欣赏感受。里头没有凌乱的摆设，舒适的长凳随处可见，馆内不禁止人用画笔临摹，甚至拍照也无妨。

波士顿美术馆收藏有七十幅德加的画作、素描、复制画以及雕塑。约有十二幅画是以画布及油彩为媒材的作品，但我去参观时，只展出了其中的五幅，其余的不是出借了，就是收藏在库房里。

展出的五幅里头，我最爱的是《赛马场的马车》（*At the Races in the Countryside*），描绘一对年轻夫妻带着宝宝及保姆坐在马车里，身后明亮的蓝天占据了整幅画的上半部，小小的马匹和帐篷在远远的背景中零星散布，使整幅画既呈现深度，又流露出一种欢悦的情调。虽然这幅画被视为德加赛马系列画作中的一幅，画面上却几乎没有赛马的场景。德加幽默风趣出了名，我相信他在替这幅画定名时，八成正在和某人说笑取乐。

相对于《赛马场》的轻松欢快与田园情趣，其他四幅——两幅德加父亲的肖像、一幅德加妹妹及妹夫的肖像，以及一幅德加姑母和她两个女儿的肖像——全都隐约带有悲伤疏离的浓郁情怀。德加终生未婚，绯闻少之又少，不曾听说和哪个男性或女性过从甚密，但一般推测，德加对于自己的大家族始终亲密忠诚。然而这几幅画的阴郁令人不禁纳闷起来。

我来不是为了欣赏画作，或给德加做心理分析。我来这里是为了研究德加的构图、笔触和绘画技巧，研究他对线条、阴影、光线与动作的处理。虽然我家里有原版真迹，但若能尽量沉浸在德加的作品之中，我想我会画得比较好。

德加有三幅画作挂在印象派厅，一幅挂在十九世纪欧洲厅，最后一幅则挂在以早期大师为重点主题的圆形大厅。这几个厅彼此相邻，我一幅一幅看过去，回过头来重看一遍，又再重看一遍。我想先掌握大师笔下五幅大作的整体感，然后再开始研究细节。

一如往常，当我身边围绕着德加的作品时，心中就充满对这个人的崇敬。对于此时此地能够在这里，与如此伟大的作品同在，我喜不自胜。这是视觉上的高潮。我曾听一位音乐家在访谈中声称自己的听觉太过灵敏，而博物馆一点儿噪音也没有，因此他不了解博物馆有什么好，他对博物馆毫无兴趣。我死也不明白那样的感觉。

德加巧妙地用不对称构图让观者猝不及防，先吸引住你，再揭露许许多多的内涵。在《艺术家妹妹夫妻》（*Edmondo and Thérèse Morbilli*）一画中，他那一本正经的妹夫占据了画面的大半部，德加的妹妹则个头较小，地位低微，面容哀伤。但她扶着丈夫的肩头，身子倚着丈夫，显示她不是为他而哀伤，而是和他一同哀伤。《蒙特嘉西公爵夫人》（*Duchesa di Montejasi*）中，德加那位不十分美丽的姑母独自占据右侧三分之二的画面，她的两个女儿则被挤在左侧窄小的空间里，是在说悄悄话吗？交换某种不让母亲知道的秘密吗？

德加的作品令人惊奇。他仅仅凭借着画布与油彩两种东西就能营造由内而外的光线，令画中人的脸庞散发生命的光辉，捕捉画中人头的倾斜和飘出画布边缘的衣摆动态，用明与暗的浓淡变化来表现质感、深度与阴影，描绘日常生活中自然而不做作的瞬间，如《赛马场》中母亲和保姆挤在一块儿，满怀骄傲地凝视婴孩。而德加在捕捉了这个瞬间后，又让它急驰而去。

我在德加的画作面前停顿下来，记下德加的笔触、颜料的浓厚、色彩的并置、签名、细细描绘的线条、色彩的饱和度，记下所有能有助我更加了解《沐浴后》的东西。我从背包里掏出我忠实可靠的尼康相机，替五幅画各拍了十几张相片，有的从展厅对面照过来，有的从中长距离拍，也尽可能在贴近但不触动警铃的地方拍。

事实上，我还是触动了警铃，只触动了一次，有个警卫以不悦且带有谴责意味的眼神瞪我，我举起双手，用嘴型无声地表示："抱歉！"但她丝毫没有因此平息怒气，反而亦步亦趋地尾随我到每一个展厅，想看看我还敢不敢跨越雷池一步。

我的相机有强大的微距功能，近距离特写德加笔触又是另一种艺术。很不幸，他早期古典画风的特色之一就是笔触不明显，但即使是德加，也掩藏不了每一道笔触。

我向前跨了几步，在不触动警铃的范围内尽可能靠近《艺术家妹妹夫妻》。警卫就站在我的正后方，我小心翼翼把脚踩在红线之外，身子尽可能往画的方向前倾，拍下一张快照。

这里难道没有人比我更值得监视吗？例如手指油腻的小孩？扒手？正在筹划抢劫的危险罪犯？这时我才恍然惊觉，这警卫远远比我所评断的称职得多。我极有可能就是本栋建筑物里最危险的罪犯。

第十一章

一从波士顿美术馆回到家，我迫不及待掀开覆盖《沐浴后》的布匹，恨不得在研究过德加其他画作之后立即看到她。但我的眼光一落在画布上，胃就紧缩，脑子迟了半晌才跟上身体的脚步，我这才赫然明白我感觉到的是恐惧。

我颓然坐倒在《沐浴后》对面的椅子上。我在怕什么呢？我记起最初看到这幅画时的第一反应——这不是德加的真迹。但这想法太荒唐了，这画不可能是赝品。难道有可能吗？我想起约翰·梅耶、凡·米格伦和伊莱·萨凯。这种事又不是没发生过，何况到处都没有芳思华的素描。

我盯着《沐浴后》猛瞧，然后阖上眼，在脑海中想象我刚才仔细研究过的五幅德加画作。我凑近《沐浴后》，仔细观察油彩，油彩上布满龟裂纹，这是正常的。随着岁月流逝，液体挥发，油彩萎缩，木头框架会随湿度与温度的变化而膨胀收缩，这种种现象都会使画布呈现小小的网状裂痕。眼前这些裂痕看来约有上百年历史了，也符合这画的年代。

我把画翻过来，细看画布的背面。画布看来出自十九世纪末，画布的框架边缘有氧化的痕迹，某些部分的纤维已经脆化且微微腐朽。一般来说以油彩绘于画布且年代超过两百年的作品，必须更换新的框架，我估计《沐浴后》还能撑个七十五年左右。这推算也符合德加作画的年代。

框架有部分腐坏。钉子生了锈，用来保护画布的小小方形皮革也受铁锈侵蚀。框架与画布之间灰尘不少。我抽出梅索尼埃的画，翻面检视，情况相去无几。

油彩通常只需要放几个星期，就可以再上一层罩染了，但要等所有液体完全挥发以致画布表面彻底干硬，则可能要花上五十到七十五年。爱伦·柏南诺在她狂热的复制课中，教过我们一套鉴定画作年代是否少于五十年的测试法。我拿了一块脱脂棉，浸泡在酒精里。我真不敢相信我竟然在做这事。

我走向《沐浴后》，朝着这幅画的背面，挑了一处颜料渗透到背面的点，把酒精棉拿在与画布仅相隔一小段距离之处。如果油彩是新的，挥发的酒精会使油彩软化并分解。我把酒精棉举在距离画布半英寸的地方，屏住气息。我用手指按压画布，油彩坚硬如石。

我迟疑一霎，然后用酒精棉直接擦去油彩。随后我看看酒精棉，一丝色彩也没沾上。我用同样的方法测试梅索尼埃的画，结果完全相同。我把画放回画架上，重回对面的椅子坐好。这画通过了我所有的检验——画上的龟裂痕、氧化、框架软化、画布纤维脆化、钉子的铁锈、尘埃，现在连酒精测试也通过了。看来这画是真的。

我从研究中得知，一幅画可以刮除外表，刮除到露出胶底。所谓胶底，就是未经处理的画布上涂抹的一层混合胶，这层胶使画布的表面粗糙，并防止层层油彩脱落。去除古老的油彩后，岁月所造成的裂痕依旧存在。伪画画家在有裂痕的胶底上涂抹新的油彩，保存了制造伪画龟裂缝所需高低不平的表面。钉子则只要在水里放个几周，自然会生锈。制造框架的古老木材不难取得。用熏衣草油来取代亚麻仁油，油彩只需二十年就会干硬。或者根据凡·米格伦的方法，用高科技烤炉来烤它一烤，几个小时就能搞定。

《沐浴后》是幅了不起的画作，内涵丰富而写实。难以置信这幅

《沐浴后》是出于高明的伪造专家之手。马凯的眼光比我精细得多，他也没看出什么毛病。但我清楚知道，人们有时眼中看见的是自己想看见的东西，即使是所谓的专家也一样。

我下定决心，就来当个鸡蛋里挑骨头的家伙吧，反正也不会有什么坏处。为了论理的方便，假定我眼前的这幅《沐浴后》出自一个手艺极其精湛的伪画高手之手，例如约翰·梅耶或凡·米格伦之流，有没有可能？过去有数千幅伪造的画作在市场上卖得数百万美元的高价，还挂在美术馆的展示墙，其中有许多至今仍在。眼前发生的会不会就是这样的事呢？

又或者，这幅《沐浴后》是当代人士的精良伪作。这不太可能，因为它在嘉纳美术馆展出了上百年。但是话又说回来，会不会原作老早就被偷了，而这幅悬挂展出的其实是假画呢？但策展人员、历史学家、警卫、参观民众中，总该会有人察觉这画与先前有所不同。

说不定这是嘉纳抢案发生后才伪造的画作。可能有人用马凯对待他那个不道德买家的方法对待马凯。但我想马凯在决定经手这幅画作之前，应该有足够的资源和判断力来确认这件作品的真伪。

那么唯一剩下的可能，就是这是一幅十九世纪的伪作了。但伊莎贝拉·嘉纳在购置这幅画时，德加仍在世，因此她极有可能是向德加本人购得的。根据我对她这个人的了解，她不是个轻易可以糊弄的女性。她的交易员伯纳·贝然森（Bernard Berenson）也不是省油的灯，据说他是那个时代全美国最懂欧洲绘画的专家。

于是，我只能相信面前的这幅画是德加的真迹，由大师于一八九年亲手绘制，完成不久后就卖给了伊莎贝拉·史都华·嘉纳。《沐浴后》通过我所做的一切分析，测试结果——推翻了我设想《沐浴后》可能是赝品的推论。

我松了一口气，用布巾盖上这幅画，动身前往洁可酒吧。

我在酒吧点了一份龙舌兰酒。虽然经过了测试与反复论证，我仍怀有一丝疑问，心头搔痒难受，我想要制止自己去搔那个痒处。

茉琳一面抽出酒瓶，一面扬起一边的眉毛问："今天过得不顺利吗？"

我耸耸肩，"还不都一样。"

迈可、瑞克和小小都用同情的眼神望着我。

"我有个消息，你听了会更沮丧。"黛妮尔说。

我们五个全都翻起白眼。

黛妮尔没看懂我们的暗示，继续说："又是该死的瑰丝朵·梅克。"

"不会吧！"小小哀号。

"丹佛斯美术馆①。"

"我的老天，这人简直快让人受不了！"瑞克说。

"丹佛斯怎么会知道她这个人？"迈可说。

"我猜是从《艺术世界》知道的。"我说，"他们才刚刚办了个大型竞赛，跨越比赛，记得吗？丹佛斯有个策展人是那个比赛的评审。惠特尼美术馆②也有策展人当他们的评审。"

"如果她的作品真的好，我也不会这么介意。"小小说。

"她大约多久以后会来？"黛妮尔看看表，"一小时吗？说不定半小时。她怎么舍得度过没有我们衬托她的时光呢？"

瑞克用手臂环绕我，"没有你的奖项吗，小莱？"

"惠特尼美术馆拥有三幅科利恩画作。"我尽可能让语气别那么尖酸，但还是失败了。

迈可转头对瑞克说："继续跟我们说你的巴黎之行吧！"

---

① 丹佛斯美术馆（The Danforth），全名为 Danforth Museum of Art，位于美国麻州夫拉明罕（Framingham）的一家美术馆及美术学校。
② 惠特尼美术馆（The Whitney），全名为 The Whitney Museum of American Art，位于纽约曼哈顿区的美术馆，以收藏美国现代艺术作品闻名。

"你没告诉我你要去巴黎！"我佯作生气地大嚷，其实我无比欢欣附和迈可体贴转换的话题，"怎么回事啊？"

"我刚刚才得知的啦，不过是去出差，不是去玩。我刚才正在跟迈可和小小说，我们要展出贝拉旅游欧洲时购置的艺术品。我的主管负责意大利，雪若要去伦敦，我就只好去巴黎咯。"他咧着嘴嘿嘿笑。

黛妮尔张开拇指和食指拉开约四分之一英寸的距离，"你有没有听见我心中幽微的小提琴哀鸣声？"

"你不是告诉我伊莎贝拉·嘉纳疯狂着迷于威尼斯？"

"巴黎是她的第二个最爱。"

"据说她曾经在特莱蒙街遛狮子，还戴一顶'红袜队加油'的帽子去听交响乐演奏，"小小问，"是真的吗？"

瑞克把两条手臂交叉在胸前。"很可惜大多数人对贝拉的认识就只是这样。她是美国头号伟大的艺术收藏家，超越了所有男性和女性，结果大伙儿记得她却只是因为几头小狮子和一条发带。"

我们全都耻笑起他的傲慢态度。他对我们比比中指，又眨了眨眼。

"那她是怎么成为美国头号伟大的艺术收藏家，还超越了所有的男性和女性？"我趁话题还没来得及转向前急急插话。

瑞克怒目瞪我。"她做了功课，而且眼光独到。当然啦，她还有伯纳·贝然森帮忙。"

"更别说还有大把钞票的帮忙了。"黛妮尔说。

"那个年代赝品满天飞，怎么办呢？"我问，"当时又没有现在的高科技可以鉴别。"

"我听说米开朗基罗会向朋友借画，"小小插嘴，"他会临摹那些画，然后把他临摹出的副本还给朋友，把真品保留在自己身边。"

"这样对他的朋友很好啊，"迈可说，"这样他们就会拥有米开朗基罗的作品了。"

"他们或许没有我们今天的各种科技，"瑞克很气恼我们没正经看待他的贝拉，"但他们有很多头脑聪明且满腹才华的专家——艺术史家、艺评家、艺术经销商、鉴定专家等等。这些人的鉴定通常都不会出错。"

"现代美术馆一定也是这样的，"黛妮尔说，"他们也有很多头脑聪明且满腹才华的专家，都很懂科利恩。"

第十二章

三年前

我隔天早晨有个考试，因此没有参加现代美术馆展览的开幕酒会。不能和艾萨克一起参加开幕酒会，起初我非常失望，因此艾萨克试图想办法让我不用考试，却碰了壁。得知我无法从考试中脱身后，我反而发现这样也不太糟。我渴望和艾萨克在一起，渴望分享他的光荣时刻，渴望和贵宾名流亲密交谈，但我并不怎么想听大伙儿七嘴八舌盛赞《四度空间》、盛赞艾萨克不凡的天分。能看见自己的作品挂在现代美术馆当然很有快感，但同时又五味杂陈。

于是我待在家里念书，却完全没办法专心，脑子里不断揣想艾萨克此刻正在做什么。这会儿他正在空荡荡的展厅里踱步，细细打量其他所有人的作品，等待。群众来了，场面瞬间从宁静变为闹哄哄，红男绿女高视阔步，艺评家啧啧称赞，紧接着是恭贺声、虚假而热烈的招呼、轻声耳语、大惊小怪的惊呼、逢迎奉承。如果马凯预料得没错，艾萨克此刻应该成为最新的风云人物，正在接受款待。

午夜过后不久，艾萨克来电，他的噪音透露他稍早多喝了几杯。"美术馆帮我准备了一间棒透了的套房，可以眺望公园，小冰箱里应有尽有。"冰块在电话那头喀啦喀啦作响。"我累坏了，可是我非跟你说说话不可。"

"情况怎么样？棒不棒？"

"除了你不在以外，一切都再好不过了。噢，宝贝，我整晚都在想你，我好想和你分享这一切，这是我们两个共同的胜利。"

"这是你的时刻，小艾。我的时刻不久就会来了。"

"很快，一定很快，明天我们跟凯兰吃早餐，可以谈一谈。"

我心中涌上温暖的感激。这就是我一直以来梦寐以求的恋爱关系，彼此互相尊重，互相支持，感情深厚。"展出怎么样？评论中有没有透露什么端倪？有没有人表现出购买的意愿？"

他咕哝了一句我听不懂的话，紧接着说："……下星期和委员会开会。"

"委员会？什么委员会？"

"采购委员会。"

"现代美术馆的采购委员会？"

"凯兰说他们有兴趣买这幅画。"

我震惊得呆掉了，"现代美术馆想买《四度空间》？"

"作为永久收藏。"

"艾萨克，这太棒了，太意外了！这……"

"我不想谈，谈了会坏事。"

我对艾萨克的许许多多迷信了如指掌，因此我笑了。"好啦，我们就等事成了之后再谈。"

"没有你的话，根本不会有一丝丝事成的机会。"

我有一件作品挂在现代美术馆，在纽约，而且是永久收藏。无论对哪个艺术家来说，这都可以算是职业生涯的高峰了，少有艺术家能在生前目睹自己达到这样的高峰，而我才二十八岁，生龙活虎，有满腹的创作力，前途仍一片光明。

我承认，有时看着艾萨克领受所有的喝彩，我也会难受，但多数时候，我只是为他高兴，因为他的情绪有了改善，也因为我们开始计划共同生活而感到兴奋，因此荣耀归于谁也就无关紧要，何况他也已经成功说服了凯兰·辛山默，她下次来，就要欣赏我的作品简报。正如同我告诉艾萨克的，这是他的时刻，我愿意耐心等待我的时刻到来。

这整个过程令人目眩神迷，难以招架。《四度空间》大放异彩，红透半边天。这幅作品触动了人们的心弦，不只触动了艺术界人士的心弦，还感动了一般大众，就快要成为如安迪·沃霍尔的汤品罐头那样家喻户晓的图像。也许这不过是网络造成的效应，病毒式营销那一套。

不过无论原因为何，艾萨克·科利恩因为《四度空间》成为天王巨星。艾萨克上综艺节目受访，《四度空间》登上《艺术世界》封面。我们开玩笑说，家家户户的冰箱都要贴上《四度空间》的磁铁。一周后，现代美术馆竟真的开始在纪念品店贩卖《四度空间》磁铁。

这时，艾萨克开始相信自己的对外说辞。他愈是谈论《四度空间》，谈论如何从这件作品引发灵感创作新作，就似乎愈对自己吐出的谎言深信不疑。只有我知道他并没有在创作任何新作，此刻的他就和《四度空间》问世之前一样肠枯思竭，甚至可能更严重。

艾萨克的情绪状况，好的时候脆弱敏感，坏的时候阴晴不定，事情的发展使他往坏的方向不断迈进。我平生第一次目睹了他的脾气。他会把画笔折断，把画布往墙上扔，关在画室里好几天，不肯和任何人说话，对我也不理不睬。哪个倒霉的家伙胆敢敲他的门，就会遭到他尖声咆哮。

后来我们开始吵架，起初为小事而吵，后来为大一点的事而吵，但从来不会为《四度空间》而吵，然而这个东西却正是把他逼疯、害我俩疏离的巨大理由。我爱他，我想帮助他。只有我了解他的处境，只有我知道他撒的是多么离谱的弥天大谎，只有我能体会当个冒牌货对一个人的心灵会造成多大的伤害。我当然理解，因为他看着我就像看着自己镜中的倒影。艾萨克从未承认这一点，我也从不提起。

这不是他的错，就算他有错，我的过错也不比他轻。我们当初从未想过万一《四度空间》大红大紫怎么办，但我们怎么可能会这么想？这种事只有百万分之一的机会。我决定相信只要我有足够的耐心，只要我等待够久，他终究能够打心底接纳这事，或许我也能。

但事实是，有一天，他涕泪纵横来到我的画室，说我是他的灵魂伴侣，他爱我更甚于爱自己，更甚于爱生命。接着他告诉我他要和我分手，要回到玛莎身边。

"你需要一个比较年轻、比较快乐、比较健康的伴侣。"

"这太荒谬了！"我说。我以为他的脑子又被情绪冲昏了头。"我不想要比较年轻的人，连比较快乐，比较健康的人都不要，不管他们多有吸引力。"我伸手要去拥抱他，"我只要你，原原本本的你。"

他从长沙发跳开，"你应该和懂得欣赏你、懂得疼你爱你的男人在一起。"

"你刚刚不是才说你爱我更甚于爱你的生命？"我以为他只是一时情绪波动，但艾萨克的眼神和下垂的肩膀透露这次和平常的口角争执似乎有所不同。

他退了几步，试图远离我。"我不能，也不愿阻碍你找到真正的幸福。"

这时我理解了这是怎么一回事。"狗屁！"我一面嚷，一面站起身来朝他走去，"真是一大串冠冕堂皇的屁话！"

"不对，我一直在伤害你。"他往后退得更远，"我每天都在伤害你，我不想……"

"你根本不是怕伤害我。"我气急败坏。他的懦弱、借口，以及别有居心的自我欺骗让我火冒三丈。"是你自己受不了。你每次看着我就难受，因为你明白我知道真相。"

艾萨克默默垂着头站着，我收拾他送给我的每一样东西，包括《橙色裸体》，全扔到走廊，大声说："混蛋，给我滚，带着你那堆狗屎一起滚！"

他走了。

第十三章

从洁可酒吧走回家的路上，我思索着专家出错的所有案例——地球是平的、女人的头脑比不上男人、黑人永远不会当选美国总统。这清单列也列不完，简直就像总有一天，我们所深信的一切都会证实是错的。《沐浴后》会不会也是如此？专家有没有可能鉴定错误？我想着黛妮尔说的那句有关现代美术馆的话。专家当然也可能会出错。

说不定《沐浴后》是别人画的，德加却宣称是自己的作品。像他这样才华洋溢的艺术家会做这样的事似乎匪夷所思，但在十七十八世纪，这种事很常见，学生会临摹大师的作品，有时为了赚钱，大师也会在学生的作品上签名。但这种做法在德加的时代大体上已经式微了。话又说回来，艾萨克·科利恩不也做过这样的事？

回到家，我再次检视所有证据，而所有的证据都一面倒显示这画是真的，问题是我内心深处的狐疑并没有就此平息。这种内心深处的直觉过去曾经给我惹上麻烦，例如我打从内心深处相信我应该住在巴黎，却撑了不到三个月就打道回府；又例如我曾经打从内心深处相信艾萨克·科利恩永远不会做伤害我的事。

我站起来，转身背向《沐浴后》，然后猛然转身，希望获得某种感应，接着换了个方向又试一次。我把灯关上，又重新点亮，继而一瞬也不眨眼地紧紧盯着画作猛瞧，甚至还靠在长沙发的靠背上以倒挂金钩的姿势，上下颠倒打量这幅画。

最后，我在椅子上重新坐下，再次端详。我在脑海中游览波士顿美术馆的印象派厅和欧洲厅，穿过圆形大厅，再来一次。德加的画作在我的脑海中回旋，我感受到这些画带来的冲击，感受左右不对称引发难以抗拒的吸引力，感受画面光线由内到外隐隐跳动。我掏出在波士顿美术馆做的笔记，重新阅读。

我闭上眼，看见《赛马场》里轮廓清晰的雨伞阴影落在母亲及保姆的身上，流露出晴朗夏日正午的欢乐。我如同透过钥匙孔观看《蒙特嘉西公爵夫人及女儿》家庭成员间的互动关系，感受着罪恶的快感。我踏进《艺术家妹妹夫妻》里按透视法缩短的人物及退到画布外因此形象被遮挡住的家具所营造出的深度中。

我睁开眼，凝视眼前这幅画，凝视席梦、杰奎琳、尤其仔细打量芳思华。画面中的对称、芳思华姿势的僵硬，以及她周遭不起眼的阴影都让我心头起着疙瘩。这三个女人间毫无互动也同样让我感觉不大对劲。

我取出相机里的记忆卡，插进电脑里，点了几下滑鼠，把我在波士顿美术馆拍的几张照片下载到文件夹里。只有特写照片帮得上忙。我把几张专门特写笔触的照片列印出来，拿来和《沐浴后》互相比较，但无论是照片还是《沐浴后》，笔触都难以辨识。

画家的笔触就和人的笔迹一样，是独一无二的。用笔触来鉴定画作真伪，是数世纪以来常见的做法。这一点用在作家身上似乎也通。一旦作家发展出了自己的风格，在文字的运用、句子的结构、动词或形容词的选用上会有特别的偏好，这风格往往会在漫长时间中表现出惊人的一致性。我把这几张照片定点放大后重新打印。

我翻箱倒柜，搜索了几个抽屉，找出我的珠宝放大镜并戴上。没错，放大到这个程度，终于看得出笔触了，但实在不多。如果我研究的是德加晚期的任一幅画，或是他的好友马奈[1]、毕沙罗[2]或卡萨特[3]的画，就可以看到清楚的笔触，因为这几位画家下笔挥洒的线条往往粗大宽阔。但是罩染了十几二十层油彩之后，画会呈现平滑剔透的效果，我眼前看到的正是如此。

我仔仔细细过滤一张张照片，终于找到了一张笔触和《沐浴后》约略相仿的照片。我把照片举在画作旁，左比右比，寻找相似点与相异点，但实在没有多少东西可资比较。

最后我发现画面正中央有几个笔触依稀可见。我把照片拦腰剪断。《沐浴后》的左下角，杰奎琳的上臂也有一处看得出笔触，我把半张照片的边缘凑近那个点，戴上珠宝放大镜，来回对照照片与画作。我得要把两幅画完整并列才有办法肯定，可是这两部分的笔触看来确实像是出自同一人之手。但我仍然不满意。

第二天，美好的银线公交车碰上大塞车，我为少年犯上课因此迟到。这样真的很糟，因为只要我还没到，这些男孩——所谓的"年轻人"就关在囚室里不能离开，这让他们很不开心。等我终于到达监狱，美得过火的社工金珀莉便把上课的男孩全领到绿东一〇七室。

绿东一〇七在地下室，天花板低矮，蒸气管线围绕着这个房间，一路嘶嘶释放湿气。任何人只要高于一米七，就得随时提防被火热的金属灼伤，问题是这些男孩子中多数人都超过了这高度。每堂课下课时，总有至少一个人的额头烙上了红色伤痕。屋子里没有窗户，椅子总是不够坐，仅有的两张桌子摇摇晃晃。但所有的孩子都展现了惊人的能耐，对

---

① 马奈（Edouard Manet），一八三二－一八八三年，法国写实派兼印象派画家。
② 毕沙罗（Camille Pissarro），一八三〇－一九〇三年，法国印象派画家。
③ 卡萨特（Mary Cassatt），一八四四－一九二六年，美国女画家，一生大半居住于法国，加入法国印象派行列。

外在的严苛环境视而不见，抒发潜藏内心的艺术天性。我猜想其中多数人可能打从进来的第一天，就学会了对外在环境视而不见。

"我们一直等你。"瑞吉抱怨，"等了大概一个小时了。"我迟到十五分钟。

约翰问金珀莉："那我们是不是可以多画一个小时？"

金珀莉拍拍手，"好，洛斯老师要发油彩和画笔了。"她指指站在角落的三名警卫，"我们今天的工作人员多出三倍。"她没有必要解释为什么要加强戒备。

我往放置画笔以及约三十瓶颜料的桌子望了望，看不出那些颜料是何种颜色。"银色颜料通关了没有？"

"我们要请你务必准时，"金珀莉压低嗓子说，"发生意外变故时，年轻人会变得很急躁。"她往警卫们望过去，"你可以想象，情况不太妙。"

"抱歉！"我感到很愧疚，"华盛顿街整个塞住了，公车都过不来。"我很意外她竟然会在这里指责我，我还以为她撑不到一个星期就会走，万万没想到她不但撑了下来，还对我疾言厉色。"抱歉！"我又道歉一次，表达善意，"下次我会早点出门。"

"很好。"她转过身对男孩们说话，"大家各自站在各自的画前面。想要先用红色、黄色或蓝色颜料的人举手。"

男孩们慢吞吞地挪动位置，警卫中有两个人靠上前来。

"不准有肢体接触。"金珀莉命令。

上个星期，男孩们画画结束后，我们把所有的画投影在墙上，男孩们用炭笔描出轮廓，我帮助他们调整画面的组合，想让整体画面赏心悦目一点，但男孩们抗拒我的干涉，于是我退开，让他们自己协调。好几次金珀莉不得不插手管制他们。曼纽的画还没完成，而且又对克里斯彻口吐恶言，所以被逐出了绘画班。男孩们回到各自的房间后，我留在走廊上，用黑色马克笔勾勒轮廓，然后洗去炭笔的痕迹。他们画得真的很好。

今天来了十个人，其中九个要画图，我很吃惊曼纽也来了。他站在壁画边，手臂交叠，模样凶狠。他的视线不断转换方向，看来他需要有个工作做。

我把金珀莉拉到一旁。"曼纽一定要跟哪个人合作才行。"我说，"应该跟谁合作，还是有谁不能合作？"贝弗莉阿姆斯小圈圈颇多，基于这些男孩在外头参与或有志参与的帮派组合而成。把不同集团的人硬凑在一起，会引发高度紧张的态势。

"他不是这附近的居民。"金珀莉说，"他是孤鸟，独来独往，受过搏击训练，有个伯父是重量级拳击手之类的。上回他把一个体型是他两倍大的同学打伤送医，从此以后谁也不敢惹他。"

"那有没有人可以跟他相处的呢？"

金珀莉咧嘴一笑，"我看他是一视同仁地讨厌所有人。但是绝对不能安排他和克里斯彻或约翰在一起。"

我看着一字排开站在壁画面前的九个男孩，除了沙维尔以外，所有人都举起了手。我几星期前就请爱尔先把大部分的颜料和画笔送过来，以免我们要用时，还要等安全人员检验有无违禁品。但由于我自己后来又特别送上了几罐银色颜料，这几罐颜料只好单独接受检查。警卫中也有少数几个态度较和善，其中一个名叫罗尼的告诉我，他无法保证今天以前能完成检验，但他会尽量加快脚步。

我看见银色颜料罐放在桌上，不禁眉开眼笑起来。多谢了，罗尼！我转头对沙维尔举起大拇指。沙维尔原本神色肃穆地望着我——这些孩子随时准备挨批——见了我的手势，咧嘴一笑，开始和瑞吉玩闹起来。

"沙维尔、瑞吉。"金珀莉喊，"安静。"

"谁要蓝色？"我一面问，金珀莉一面把一罐罐颜料发给男孩。"黄色呢？红色？"我把两罐银色颜料递给沙维尔，"你有一大堆百威啤酒要画。"

他没有搭腔，怯怯地低下头。

我们共有三种不同大小的画笔，全都是平头而没有圆头的。但我只发细的画笔给他们，要求他们在开始涂抹大区域之前，先在马克笔画的边线内侧描上一圈。没几分钟，整个房间就鸦雀无声。人人全神贯注埋头苦干。

我走到沙维尔身边。"可不可以让曼纽帮助你画啤酒罐呢？你一个人画的话，几个月也画不完。"

沙维尔头也没回地耸耸肩。

我递给曼纽一支画笔，他接过来，却动也不动。沙维尔已经描好了三个酒瓶的轮廓，伸手朝离他较远的几只酒瓶指了指。我转头望向金珀莉，她点点头批准了这项安排。

我和金珀莉来来回回巡视，在需要帮忙的时候出手，传递颜料、画笔，提供建言。警卫们紧紧盯着这些男孩。

我调了几罐紫色、黄色和绿色的油彩，又开了一罐白色油彩。一切异常顺利。他们原本建议我不要进行团体活动，因为容易引发对立，但目前为止情况颇为顺利。我没有因此沾沾自喜，我来贝弗莉阿姆斯工作一阵子了，我知道状况爆发只需一秒钟的时间。

事情果真发生了。曼纽忽然往沙维尔的腹部揍了一拳。沙维尔比曼纽高上一英尺，挨了这一拳后，跌跌撞撞倒退，撞在墙上，瘫倒在地。两名警卫以迅雷不及掩耳的速度冲上前去，把两个男孩的手臂扭在背后，分别上了手铐。瑞吉想上前去解救沙维尔，马上遭到第三个警卫制伏。

"大家全部面对墙站好，手举起来。"金珀莉一面下令，一面掏出对讲机。"快面对墙站好！"其他几个男孩赶紧转身面对墙，举起双手。

警卫把曼纽拖到房间的另一端，曼纽一路对着沙维尔吼："靠！你根本是胡说八道！"

"混账，这些酒瓶是我画的！"沙维尔反驳，"你画反了，你毁了我的酒瓶！"

我看着曼纽、沙维尔和瑞吉被拖出活动室。又有两名新的警卫冲进来，金珀莉用手势告诉他们情况已经在控制之中，两名警卫满脸不大信服的表情，各自在行列的两端站定位置。

"好，"金珀莉说，"从排头开始。克里斯彻，你把颜料罐盖上盖子，放在桌上，还有画笔，放在洛斯老师的托盘里，然后走到房间另一头，手举起来。然后是你，约翰。再来是尚恩。"

男孩们全都乖乖听令。所有人都到了房间另一头后，警卫带着他们离开。人人直视前方，谁也没说话。

我颓倒在椅子上，用手指顺顺头发。

金珀莉在我身旁坐下，"你还好吗？"

"这状况我以前也碰过。"

"差一点就酿成大暴动。"

"曼纽为什么要揍沙维尔？他们吵架了吗？"

"我只听到沙维尔要曼纽往另一个方向画，这样他们的酒瓶才会统一。"

我走到沙维尔的酒瓶前，蹲下来仔细观看。"他很愤怒吗？"

"你也了解沙维尔，他通常不太容易和人起冲突。"

我想要问她那沙维尔为什么会进少管所，但随即叮嘱自己，我不会想知道答案的。"所以曼纽就动手殴打他？"

"曼纽有情绪控制的问题。"

"你觉得是这样吗？"我对比沙维尔和曼纽画的酒瓶。两个孩子轮廓线都勾勒得不错，沙维尔的酒瓶内部画得比曼纽稍稍工整一些，但差别并不大。我再更加仔细观察他们的笔触，发现沙维尔是从右往左画，曼纽则是从左往右。

"他们两个当中，有哪个是左撇子吗？"我问金珀莉。

金珀莉思索了一下。"你这样一说，我想起来了，曼纽是左撇子，我很确定，对，一定是。他曾经吹嘘因为他是左撇子，所以拳击打得比别人好。怎么了？左撇子右撇子有差别吗？"

我没有回答，只是凝视着这些啤酒罐。

回到家后，我把搜集来的所有德加画作特写近照都打印出来，并且把看得出笔触的部分切割下来，然后把《沐浴后》从画架取下，平放在地板上，拿那几张小小的照片在《沐浴后》的周边比对，寻找相符的笔触。有少数笔触颇为接近，有的密合紧贴，有的约略相符。我再度移动位置比对。等终于比对出满意的结果，我蹲在地上欣赏自己的战果。

整幅画的油彩几乎都平整得看不出笔触来，但有少数地方——多半集中于芳思华的身上及周边——却看得出差别。波士顿美术馆拍来的德加画作中，几乎所有的笔触都是从右到左，然而《沐浴后》里的部分笔触却是从左到右。

我俯身凑得更近，好确定我没有看走眼。这一看，我确信毫无疑问了，禁不住吹了一声低低的哨音。打从马凯拆开包装的那一瞬间，我就知道了。我知道，却拒绝相信。我的直觉是对的，这幅《沐浴后》不是德加的《沐浴后》。这幅画是别人画的，某个左撇子画的。

出自伊莎贝拉·史都华·嘉纳之手

亲爱的埃米莉雅：

只要再过六个星期，我们就能团聚了！我真等不及要见到我那已长大成人且嫁为人妇的亲爱小女孩！你一定要容忍我这样感情用事，因为对我而言，你就像亲生女儿一样。事实上，虽然以我的年纪，不可能生得出你，但对我而言，你就等于是我的亲生女儿。

你竟然没有等我，就自己采购了这么多家具，真是不乖呀！我会带回一些旅途中采买的物品，希望你开开心心收下这些东西。得知桑姆纳让你全权掌理家务，我很欢喜。我真希望你叔叔也会把家务全权交给我，他总是嫌我花太多钱。

拜托你除了要嘲笑他们夸大的写作手法以外，请千万别理会《小镇话题》的报道。男人渴望接近我，我一点都不感到抱歉，也不后悔和才华横溢的男人相处甚欢。那些男人对我献殷勤时，我并没有看到他们的妻子"跺脚骂人"。事实上，情况正相反，茉德·艾略特 [1] 和茱莉雅·沃尔德·豪威 [2] 也和她们"轻浮任性的丈夫"一样开心地参加我的各式晚宴。

至于那篇声称我和法兰克·克劳佛 [3] 幽会的报道，嗯，他的年纪都可以当我的儿子了！但这虚构的故事好动人，我不想用真相来破坏它。你可别让这些愚蠢的报道弄坏了心情，尤其别为我烦恼。就我看来，如果有人喜欢相信这种事，就别害他们得不到乐趣。

你问我和爱德加·德加先生有没有发生什么进一步的冒险奇遇。有的。我上封信告诉过你，他邀请我去参观他的画室。亲爱的，我到了那个美好且充满放浪艺术气质的蒙马特，确切地说是到了皮加勒路二十一号（那是他工作和居住的地方）。这的确是趟不凡的经验。

爱德加真是个复杂又有趣的人，浑身上下充满矛盾。他的画销路不错，名声也响亮，居住的公寓却小到得用画室充当饭厅！他其貌不扬，姿态和服装却非常优雅高贵，让人完全不会注意到他不起眼的面容。他深黑色的眼睛被睫毛重重掩盖，人们却能从中看见货真价实的艺术家那种备受煎熬的奇妙灵魂。他仰头大笑的时候最迷人了（这位先生挺风趣的）。

他是最一丝不苟的画家，但他的画室却庞杂得令人困惑。除了满地乱丢的衣物以及画家通常备有的种种行头以外，地板上摆满各式各样奇特的物品——印刷机、浴缸、大提琴、小型蜡像，

---

[1] 茉德·艾略特（Maud Elliott），一八五四－一九四八年，曾以和姐姐萝拉·理查（Laura Richards）合著的母亲传记《茱莉雅·沃尔德·豪威的一生》（*The Life of Julia Ward Howe*）获得普利策传记文学奖。

[2] 茱莉雅·沃尔德·豪威（Julia Ward Howe），一八一九－一九一〇年，美国的废奴主义者及诗人，为美国知名爱国歌曲《共和国战歌》（*The Battle Hymn of the Republic*）的作词人，并为前述茉德·艾略特之母。

[3] 法兰克·克劳佛（Frank Crawford），一八五四－一九〇九年，美国作家。

甚至还有一架有故障的钢琴。他声称自己没有办法丢弃东西，因为他从不知什么东西未来可能会派上用场。另一个矛盾是，他年届五十，当了一辈子的光棍，却非常善于和人打情骂俏！我被他迷得神魂颠倒。

爱德加今年秋天将和布拉克蒙①、福安②、莫奈③、高更、毕沙罗、鲁亚尔④等人合办展览，筹备已经进入最后阶段。我并不欣赏这几位画家，但我很遗憾地告诉你，亲爱的埃米莉雅，这些人对爱德加的影响显而易见。他最新一幅画作的草图无懈可击，不对称的构图超凡入圣，以大胆而独特的视角呈现忙于梳妆的裸体女子，甚至还从上往下俯视！但对于实际完成的画作，我却无法表达相同的评价，因为他采用粉彩作画，而且风格倾向可怕的印象派，这令我非常失望。印象派总令我恨不得找副眼镜戴上。

两个星期前，我曾在亨利的餐桌上指责爱德加不该背弃油画，这天我却无法克制自己再次表达了同样的看法。我问他难道看不出来，若是他采用古典大师的画风，也就是他自己十年前的画风，这几幅画能成为多么伟大的经典之作吗？

他告诉我，他有太多事情要做，没有时间等待一层层罩染色彩干燥。他告诉我，等待层层油彩干燥是有遗产可继承的年轻人做的事，不是他这种没有遗产可继承的老人该做的事。我不以为然，他闪烁着眼神问我，我不同意的是哪一句话，不同意他是个老人，还是他没有钱？虽然我很气他拿这样的事情开玩笑，但他

---

① 布拉克蒙（Félix Bracquemond），一八三三－一九一四年，法国画家，最知名的事迹是将日本浮世绘介绍给印象派画家。

② 福安（Jean-Louis Forain），一八五二－一九三一年，法国印象派画家。

③ 莫奈（Claude Monet），一八四〇－一九二六年，法国印象派画家，其画作《日出，印象》（*Impression, soleil levant*）为印象派名称之起源。

④ 鲁亚尔（Henri Rouart），一八三三－一九一二年，法国印象派画家兼收藏家，同时也是企业家，是德加的多年好友。

如此不正经，我也很难保持严肃，于是我们就一同大笑起来。

接着他急匆匆带我离开他的画室，来到格波瓦咖啡屋①，咖啡馆里满是欢笑耳语，我们没办法继续刚才的讨论，我未来一定会继续想办法说服他别再做这种愚蠢的事。

我和你叔叔明天要离开巴黎，动身往威尼斯了。要前往我最爱的城市，虽然我一如往常的兴奋，同时却也渴望回家。我怀念绿丘的凉爽和风，也怀念与你做伴。请传达我对你亲爱的兄弟们温暖的思念。

爱你的贝拉婶婶

一八八六年七月一日于法国巴黎

---

① 格波瓦咖啡屋 (Café Guerbois)，十九世纪巴黎的一家咖啡馆，是艺术家及作家常聚集谈论艺文之处。

第十五章

我不知在这里蹲了多久，我的四头肌正向我求饶。《沐浴后》躺在地板上，剪成片段的照片凌乱散放在画布的四周。我小心翼翼站起来，伸展四肢，然后拾起画作，任由那些记录方形、三角形笔触的照片四处飘散。画作重回画架上后，我跌坐在对面的椅子上。

我认清事实，这幅画是赝品的证据无所不在。这画的笔触不似德加向来那样精致讲究，落笔间带有一丝犹疑。深度并没有从画面的焦点往边缘流动并且超越边缘，反而感觉狭隘受限。

而芳思华，我怎么瞎了眼看不出来，她太僵硬，有几分腼腆，像是清楚自己正受人观看，而不是在浑然不察的情况下被画家捕捉到画面。就连签名也不对劲，"德"和"加"之间的相隔太大。

我很诧异我竟自欺欺人这么久。我还自诩是德加专家呢，竟然上了这么大的当。打从第一眼见到这幅画，我就察觉了真相，却说服自己相信相反的事实。然而受骗的并不只有我一个。假使我猜测得没错，这幅画就是挂在嘉纳美术馆的那一幅——难道还有其他可能吗？——那么艺术史家、艺评家以及一般大众，都同样被骗得团团转而不自知。怪不得世界上有这么多人能够成功抄袭、诈骗、制造赝品。

复制网讲师的任务是教导我们制作逼真的复制画，但他们几乎个个都强烈着迷于制造真正的赝品。其中一位讲师引用大都会博物馆一位专家希奥多·卢梭的话："我们只能讨论失败的赝品，也就是被查缉到的赝品。成功的赝品目前仍悬挂于美术馆的墙上。"那位讲师援引一篇《纽约时报》的报道来证明他所言不虚，报道估计，一年间市场上出售的艺术作品，有百分之四十是赝品。当时我认为这话太过夸大，如今我有了不同的看法。

可怜的《沐浴后》，她是个赝品，而我是个傻瓜。

我得告诉马凯。我抓起手机，键入他的电话号码，但随即又取消拨号。说不定他老早就知道了。说不定他的解释听起来太过流畅顺口，像是信手捻来，就是因为他告诉我的不是实话。我把手机从一只手抛向另一只手。他有没有可能是在测试我，故意给我一幅赝品，看我能不能察觉？但为了这样小小的目的，他似乎太过大费周章了。又或者是有人在测试他，或者设计陷害他？那样的话，我得告诉他实话。

我再度键入他的电话号码。他接起时，我说："我们得讨论一下烤炉。"谨慎行事应该是最好的策略。

他咯咯笑起来，"你把事情讲得好像很刺激似的。"

"最近有没有空见个面？我想要尽快处理这个问题。"

"半小时后如何？"他说，"六点？橡树厅？"

我迟疑了。虽然电话是我打的，但我还需要把这事想个透彻。

"要不下星期一或二也行。"他提议，"我明天要去纽约一趟。"

"不要，今天晚上没问题。"我说，"我六点跟你碰面。"

橡树厅在费尔蒙卡普利广场饭店里。这是一家造型酷似文艺复兴宫殿的宏伟饭店，高耸的大理石柱、彩绘的天花板、金碧辉煌的雕梁画栋，看起来应该珠光宝气又俗不可耐的装潢，却出奇地不显俗艳。我进过这家饭店的大厅，却从未踏入橡树厅。这里的价位不是我的荷包可以负担的，我听说他们有全波士顿最好喝的柠檬马丁尼。

我的衣橱里没什么适合穿去橡树厅的衣服，但有一条蓝色长裙，是我为了和艾萨克吃周年晚餐时买的。我穿上这件长裙，有点太大，勉强合穿。接着我又套上一件小小的白色圆领衫，一来让自己不要显得太过盛装打扮，二来让自己多一点点性感魅力。

我走出画室，向北往达特茅斯街走去。我的画室距离卡普利广场不过六七个街区远，在这短短的路程之间，整个城市从赤贫到豪奢尽入眼帘，每回走上这条路，我都为这沿途风景感到惊异。我走过一排仓库，门外有画满涂鸦的装卸货平台，毗邻着一旁的住宅。接着我走过那座古老的天主教堂，歪斜的秋千架安坐于橙黄色的破碎啤酒瓶之间。

万一我把《沐浴后》的事告诉马凯，而他决定取消整个计划，连我的个展也一并取消怎么办？万一他要把钱讨回去怎么办？我拨弄着新买的手机，想起我在画室对面的家具店看到的红沙发，正打三折出售。我想起沙维尔的银色颜料，以及我已经花掉的五千美元。可是重要的不是钱，只要我的画作能悬挂在马凯艺廊，且大师杰作能重回嘉纳美术馆，我可以无偿做这工作。只不过这幅画究竟是不是大师杰作，现在也很有疑问。

教堂混迹在一栋栋老旧的公寓间，大楼高高的门廊里尽是喝着酒以及瞧着他人喝酒的青少年。一群年轻到简直不该当妈妈的妈妈，心不在焉地照料着小孩，几对情侣正在亲昵，还有老人坐在短脚躺椅上，大热天里打着盹儿。

穿过华盛顿街，我正式跨出前卫活泼的索瓦区，走进一个中间地带，租金是我画室的两倍，但更往北几个街区租金就更贵了。我住的区域里，每个街区大约有一两家不错的餐厅或商店；华盛顿街上，一个街区大概有五六家这样的店；到了特莱蒙街，从牛排到美甲，所有物品和服务价格都贵得吓人，但是这里的角落仍散落着垃圾发出的酸臭气味。不少人在门廊闲坐，公然违反不得在公开场合喝酒的州政府禁令。

更往北走，房舍逐渐雅致起来，多半装着上了漆的百叶窗，门外有迷你而精致的花园，路旁停放的车辆半数是小巧的黑色宝马。终于来到最靠近卡普利广场的街区，没看到任何人在门廊闲坐，地面也不再有垃圾。啊，后湾区！

"敬我们的《沐浴后》！"马凯举杯靠向我的杯子。

他坦率诚恳地直视着我。他肤色晒得黝黑，体格健美，看来对自己颇为满意。我赫然发现他担任艾萨克的经纪人这么多年，我竟然从未察觉他如此潇洒迷人。过去每回和他相处，身旁都有艾萨克，如今我却好奇他目前有没有交往对象。我知道他离婚多年，这样很好，但艾萨克的事件之后，我强烈质疑自己看男人的眼光。

我仔细观察他身上有没有线索，我又该告诉他多少实情，问题是我也搞不清我要寻找的线索是什么。"《沐浴后》太美妙了！"我举杯碰碰他的杯子，啜了一口酒。

我们分别坐在一张填充得过于饱满的沙发上，这两个沙发紧紧相依，塞在橡树厅一个高起的偏远角落。空气里飘着精致菜肴的淡淡香气，对面的角落有人柔声弹奏钢琴，其他人的谈话隐没在音乐声中。这里几乎就和我的画室一样隐秘，只不过豪华得多。

"看来你和《沐浴后》相处甚欢？"

"跃跃欲试，期待动笔。我正在研究作画的过程。如果想要通过原子吸收法或质谱法的检验，我想唯一的办法就是进行整套的罩染、烘烤、上光。现在又有一种新的数字小波分解技术……"我举起双手，"我们没有太多选择。"

马凯摩挲着下巴，"要是真有这么精细的检验的话，那我们的确非如此不可。"

"不会有这样的检查吗？"

"那要看我们的买家有多老道。"

"就算只有低阶的检验方式，要看出油彩有没有干透也不难。看来我们非烘烤不可。"

"烘烤？"

"听起来很怪，但这招很有效。在调色剂里加入某种特殊的化学药剂，然后每上一层罩染，就烘烤一次。化学药剂加上烘烤，可以使油彩干燥得就像历经了几百年的光阴一样。"

他仔细端详他的饮料。"显然，"他自言自语，"这幅画的买主不会是美术馆，也不会是个规规矩矩的收藏家。我相当确定我们的买家来自发展中国家，而多数的发展中国家都没有和我们同等级的技术，也没有我们这里的这种顶尖专家……话又说回来，有意愿要买这幅画的人，既然知道画的出处，应该也会有足够的鉴定知识和戒心，想要仔细检查一番。"

我找到了切入点。"你是不是也仔仔细细检查了一番呢？"

他神色变得肃穆，向后靠在椅子上。"那当然。"他的眼光越过我的肩头。

"所有的检验都做了吗？"

"烤炉会省去多少时间？"他问。

"我需要几个月时间。这事有没有期限？"

"没有。"他说，"应该算没有，但当然愈快愈好。"

"你说了算。"我耸耸肩。伪造一幅伪造画有什么好争的？

"那你需要什么呢？"

"那幅画长三英尺十一英寸，宽四英尺十英寸。我厨房的烤箱长十八英寸，宽十六英寸，所以放不进去。"

"你需要用窑？"

"不需要这么高的热度。我考虑使用商业用烤炉，类似面包店用的那种，宽度足够把画放进去、拿出来，温度和时间则可以数位操控。"我顿了顿，又说："有没有人提过这幅《沐浴后》有可能是德加以外的人画的？"

他在椅子上坐挺起来，"就我所知没有。"他的眼神忽然变得锐利而严酷，"怎么回事？"

"我只是想知道会不会有人马上就怀疑这个是赝品，还有我们要怎样进行这件事，需要投保多少额度。"

"我会去打听烤炉的事。"

"那太好了，多谢！"我说，"可是万一这个其实是……"

马凯用下巴示意，指指我的马丁尼，"干杯吧！"

我乖乖听话。这话题结束了。"不晓得谁告诉我这里有全波士顿最棒的柠檬马丁尼，这话说得还真对。"

"你的朋友瑰丝朵·梅克。"

"什么？"

看我一头雾水，他笑了，"我是说，告诉你这件事的人一定是瑰丝朵，她超爱这里的柠檬马丁尼。"

"喔，对。"我不喜欢这个话题。

"你一定很以她为荣吧。"

我耸耸肩，"我跟她不算是朋友，只是认识而已。"

"喔！"马凯的眼睛皱了起来，我看得出他也不喜欢她。

"她有点自命不凡。"

"丹佛斯美术馆要买她的画，这下她又会更拽了。"

"你说得对。"我附和，"我们希望她会得意到不再光临低级的哈里森大道，只要乖乖待在后湾区就好。"

马凯举起双手，"拜托，千万别发生这种事。"

"喂，帮助她脱离索瓦区的不正是马凯艺廊的'本地新秀艺术家展'吗？你只能怪你自己。"

"丹佛斯看上她的画是因为《艺术世界》的比赛。"

"只靠一个比赛没办法飞黄腾达的。"我努力保持玩笑的语气。

"你也参加了。"这不是疑问句。

"没错，我参加了。"我又啜了一口饮料。

"你知道有个评审来自惠特尼美术馆，对吧？你也知道他们是采取一致决定的吧？"他叹了口气，"惠特尼向来很欣赏艾萨克。"

不能否认，这桩鸟事后续的效应还是很强劲。

"不是你的问题。"马凯说，"你的作品很出色，比她的好太多了。"

这话一点儿也没安慰到我。

"艾萨克已经过世三年了。"马凯说，"时间会缓解怨恨，记忆会消退。"

"在我看来没消退。"

"很少人像惠特尼美术馆那么古板。"

我举起酒杯，强颜欢笑，"但愿如此。"

"我不知道现代美术馆和《四度空间》那件事是怎么一回事，"他说，"我一直以来都有所怀疑，即使当时也是。"

我眨眨眼。他是在告诉我他相信《四度空间》是我画的吗？

"但我的意见不重要，何况现在也不是探究这个的时候。"马凯捧起我空着的那只手，夹在他的两手之间。"此时此刻最重要的事，是你的个展会使所有的人忘掉艾萨克·科利恩的事。"

他的手覆盖着我的手，那是一种亲密，一种理解，包容过去与当下。我一方面领受他的安慰，同时又强烈感觉到他魅力焕发英气逼人。"万一有人看了我的名字就抵制我的个展怎么办？"

"我不想像瑰丝朵一样自命不凡，"马凯说，"但是马凯艺廊的展览不太容易抵制。"

第十六章

上周我评估作业时间，估计大约还要十个小时，才能完成复制网的毕沙罗复制画。结果我花了三天的时间，至今还没完成。我努力专注眼前的画作，尽可能别去想在我身后角落里惹得我心烦的梅索尼埃。我得要刮去那张画布上的油彩，然后动手绘制《沐浴后 II》。但我老是发现一些其他事务必须先行处理，害我不能专心。

我还没研究完德加的用色、笔触，以及混合油彩和调色剂的方法，也还没找出制造画作年代久远效果的要诀，只不过我还要过些日子才会用上这些技术。我有脏衣服要洗，那张红沙发我还要再看最后一次才能决定要不要买。还有电子邮件要收，有账单要付，当然啦，还有一幅毕沙罗的画要完成。

还有其他的事情要考虑，例如决定不把《沐浴后》的真实身世告诉马凯。虽然马凯信誓旦旦，但我要摆脱污名，看来还遥遥无期，要从艺术圈的黑名单里翻身，唯一的希望就是在马凯艺廊办一场成功的个展。我受够遭受艺术圈里的人欺凌践踏，我很难放弃这一次绝地大反攻的机会。我猛然想起，马凯是真心欣赏我的作品，并不只是说说而已。我就算和盘托出我所知道的事，难道他就不会帮我办展览了吗？我在一朵花的边缘点上几点铬黄。我确定他仍然会帮，但我是个懦夫，不敢冒这个险。

我退后一步，把我的作品和墙上用胶带粘贴的那幅巨大的印制版毕沙罗画作比了一番，又再蘸了一点铬黄，向前伸出画笔，却在还没有碰触到画布之前住了手。此刻若再下笔，就是画蛇添足了。画蛇添足很危险，运气好只是平添几周额外的工作，运气差可能会毁掉一整幅画。我放下画笔，冷峻地看了一眼伪毕沙罗，把画笔插进一罐松节油里。等颜料干燥，我再仔细上一层凡立水，这幅画就大功告成了。

　　覆盖着布匹的《沐浴后》端坐在画室的另一头。我厌恨她是赝品，但还是找出了我在爱尔美术社买的丙酮、石油醚和整包脱脂棉。我把梅索尼埃的画放上工作台，一旁就是溶剂与抑制剂。我随手抓了几块布。如果情况顺利——也就是说，如果画布状态完好，且古老的胶底不会太黄——这项工作几天就能完成。但如果情况不乐观，或是出现了突发状况，这项刮除油彩的工作可能花上数周。我在爱伦·柏南诺的课堂上做过这档事，刮除油彩绝对是这整套作业中，我最讨厌的一个步骤。

　　如果是替复制网绘制复制画，第一步我会去买一张全新的画布，用混合了油的铅白自己上胶，这样画布就能吸收油彩了。要制造能逃过专家法眼的伪画，我需要符合当时年代的画布、画框，以及胶底。这些细节是蒙骗不了碳定年法的，所以高明的伪画必须画在与原画同时代的画布上，且原本的胶底因为保存了古老的裂痕，必须原封不动，好涂抹上新的油彩。梅索尼埃每一层的油彩和凡立水都必须刮除干净，以便露出古老的胶底。待这一层层东西刮除干净后，我就可以开始在这十九世纪的画布和胶底上，涂我自己的颜料。

　　传统的油画，层层堆叠，上胶、打底、罩染——在这个过程中最多可涂上三十层的透明油彩——然后再上光。这么做的目的是要控制光在不同层次间的折射。去除油彩既吃力又无趣，需要高度的专注，却又极度乏味，是一项充满矛盾的工作。再加上这工作进行不到几小时，我的背就会痛得不得了。

　　我深吸一口气，一只手捧着泡过溶剂的布，另一手备妥浸过抑制剂的布，俯下身开始工作。我从右下角开始着手，先用溶剂压在画布上，小心翼翼抹去油彩，若是画布露出白底，那表示我已经清到胶底了。可恶，我的左手赶紧添加上抑制剂，在溶剂把胶底溶解之前将溶剂吸收掉。这是一门精细的技术，溶剂的用量要拿捏得恰到好处，要洗去油彩，但下手太重则会把胶底甚至画布都给溶了，那可就大事不妙。我卖力工作，忙着按压、擦拭，并频繁地用抑制剂稀释溶剂。

数个小时后，我赤裸的脚掌四周散落一团又一团的棉花，像染了五彩颜料的池塘。溶剂挥发的烟雾熏得我头痛欲裂，背脊则像即将断裂开了似的。画布上一大块色彩消失了，取而代之的是一片如汪洋的完整胶底。这片胶底微黄，只消一点点过氧化氢，就可以解决掉这种微黄。汪洋中满布着小小的高山低谷，这些山与谷在最后的画作上将制造出蜘蛛网状的龟裂纹。

不过三天，我就把整张画布清除得只剩了胶底。我在画室里像个老太太似的，弓着背四处走动。我考虑去找瑞克的按摩师——新世纪鲍伯，他是这么喊他的——但想了想，花这钱不值得。我伸出手指在左肩胛骨下方的一个点用力按压，没得到多少纾解。这会儿如果能有艾萨克替我揉揉背，我真是不惜付出一切代价。

两张画布此刻并排，立在画架上。我用过氧化氢清洁了梅索尼埃的画布，这会儿胶底如珍珠般光亮洁白。这很重要，不只是重要，简直是迫切的必要。随着岁月流逝，油画的半透明度与日俱增，会有更多光线穿越油彩，经过胶底折射，画面会因此增添深度与明亮度。德加是这方面的个中好手，因此如果要让人相信这画是德加画的，搞好画布的基底就有绝对的必要。

我拿着炭笔开始工作，在新修整好的画布上绘制《沐浴后》的草图。我替复制网复制画作也是采用同样的做法。这草图几个小时就完成了。我调了些生褐颜料和松节油，用一枝极细的笔描出炭笔草图的轮廓。一边等待颜料风干，我一边上网研究德加使用的调色剂。颜料干了以后，我再刷去炭笔痕迹。于是打造《沐浴后 II》工程的第一阶段完成，眼前是一幅线条淡彩画。

这是件好事，因为马凯正在来访的路上，他要来看看我的进度，顺便欣赏新的烤炉。这座烤炉是个美人胚子，浑身以不锈钢打造，具有数字化的神奇魔法，以及一扇不仅仅足以容纳画布，而且还大得多的门。我难以想象凡·米格伦对这样神奇的工具会做何感想。

马凯来到时，劈头就往烤炉的方向走去。今天他穿得比较随便——或者说以马凯的标准来说比较随便——一条不正式但剪裁极合身的卡其裤，搭配一件能衬托出他的眼眸与挺拔双肩的银绿色衬衫。"好一台巨无霸烤箱！"他说。

"对呀，昨天才送到的。一定很棒，太完美了，谢谢！"

"等你完成后，还可以改行卖糕饼。"他拉开烤炉门，"一次可以烤上一百个杯子蛋糕，两百个都行。"

"希望我的绘画事业可以成功。"

他瞥了一眼我仍挂在墙上的窗户系列画，"会成功的。"然后转头望向两块画布，指着《沐浴后 II》问："这是梅索尼埃的胶底？"

我很意外他竟然会问这种问题，他声称自己从没做过这事，这下他的话可信度增添了几分。"当然是。"

"草图画得很棒，非常棒。"他上前一步，"还没上底色？"

"下一步就是。"

他往长沙发瞟了一眼。

"噢，抱歉，"我说，"要坐坐吗？"

他落了座，"看来你上街采购了一番。"

"我克制不住。"我用手抚摸着柔软的红色布料，"打三折呢！"

马凯歪着头，用一种介于幽默与同情的神色看我。"你不需要找理由向我解释。"

我纳闷过去怎么不曾发现他人这样好。我猜想马凯艺廊的名声，以及他作为明星画家经纪人的身份震慑了我，因此我从没把他当个真人看待。我当年也太年轻，太幼稚无知了。

我在他身旁坐下，"我想我是找理由为自己解释吧。"

"那也一样没必要。"

"因为是不义之财嘛！"我轻快地挥着手，装作是玩笑话。

但马凯没有被我的手势骗倒。"临摹别人的画并不犯法。"

"持有偷来的德加画作却犯法。"

"如果这不是偷来的德加画作呢？如果这只是张复制画，你会比较安心吗？"

我坐挺了身子，"这是复制画？"

他俯身凑近我，"克莱尔，你听好，我知道一定不会出事，但万一出了什么事，我计划的说辞是，我告诉你这是张复制画。所以我才会付给你一张八千元的支票，你存入了这张支票，证实你接受了这项委托案，进行一项普通的复制工作。我们两个对外都得声称我告诉你这幅画是复制画，你从来没想过这竟然会是嘉纳美术馆的画。谁也没办法证明我们说谎。"

我细细端详他的脸庞，"你说的是事实吗？这幅画不是德加的画？"

"如果这样说能让你安心的话。"

"那这是事实吗？"

马凯短暂地把手搁在我的大腿上，"我和你一样清楚这画再真不过了。"

第十七章

三年前

　　和艾萨克分手的第一个星期，大部分的时间我都在自怜自艾——哭泣，向朋友诉苦，食不下咽，成天睡觉。之后的一个星期，我疯狂投入工作，创作出好几幅全世界最伤感的作品，后来这些作品全被我扔了。直到一个月后，我才终于脱离这种不稳的情绪。根据大学时修的普通心理学，我猜测这大概算是"情境特定躁郁发作期"。不是真的疯了，只是暂时的。恢复理智后，我的悲伤和自怜逐渐转变成为愤怒。

　　艾萨克和《四度空间》依旧无所不在。《波士顿环球报》的名人八卦版没有一天不报道像是艾萨克在某时尚餐厅和某红袜队球员或明星主厨一同用餐之类的消息，小至《南端社区报》，大至《纽约时报》，全都刊载着他和作品的新闻，令我作呕。

　　大伙儿的注意力集中于我的沙漏，报道指出"科利恩对各种时间可能的层次进行卓越探索，并将传统与现代绘画风格并列，十分发人深省"。艺评家对于他"在颜料间融合主题、形象与意义"的能力大为激赏，也盛赞他能够将抽象与具象交织成一个概念化的整体，概念的意象远远超越绘画本身。

　　"一时之秀"，《艺术世界》杂志的春季展品目录这样形容他。《华尔街日报》则刊了篇社论，探讨美术馆特展对新秀画家画作价格的影响，艾萨克当然就是话题主角。现在他早期画作的价格，比起现代美术馆举行画展前翻了十几二十倍，市场上人人争相抢购。

他从没提起我的名字，也没有打电话或传送电子邮件给我。就连我留了数则留言，请他拜托凯兰·辛山默回电给我，他也置之不理。因此，我搭上了来回票价只要二十美元的中国城客运①，动身前往曼哈顿。我要去现代美术馆看《四度空间》，我的《四度空间》，还要重新拿一份我的作品简报给凯兰·辛山默。她当初说想看看我的作品，但她的助理始终告诉我他们没收到。

虽然现代美术馆扩建新馆后，我也来过不少次，但再次踏入这栋建筑物仍带给我小小震撼。过去多年来，这个美术馆的空间始终局促狭隘，如今宽敞开阔的大厅、挑高的中庭，以及雕像花园的景观需要花点时间才能适应。但我此行是有要务的，因此并没有散步闲晃。

特展通常都在洛克菲勒大楼的顶楼展出，于是我便往那儿直奔。走过一间又一间宽敞而洒满自然光线的展厅，却没看见任何"晚近绘画雕塑概况特展"的海报。我原以为那特展仍在展出中，后来得知展览已经结束，我既哀伤，同时又如释重负。我真的希望在这样的情境下看见自己的画作悬挂在现代美术馆中吗？

我竟是这么希望的，我又回到了大厅，在服务处的柜台前排起队来。这样新近购置的作品不太可能直接当作永久馆藏展出，但我仍在队伍里耐心等候。

"我知道希望不大，"我对服务台的小姐说，"但新买入的作品有没有可能已经公开展示了呢？我要找的那幅画是你们几个月前买入的，艾萨克……"

---

① 中国城客运（Chinatown Bus），美国东岸的一家廉价客运公司，主跑州际路线，因价格低廉，主要客源为穷人与学生。

"喔，你一定是指《四度空间》，"她打断我，满脸会心的微笑，"我们最新收藏的科利恩作品。"

我们最新收藏的科利恩作品。听起来像"我们最新收藏的毕加索作品"或"我们最新收藏的伦勃朗作品"。

"洛克斐勒二楼当代作品区。"她说，"下一位。"

我跌跌撞撞攀爬阶梯，爬到顶端时，周遭所有的空间都洒满了中庭窗户射入的阳光，阳光烧灼着我的眼，有一霎我只见眼前一片白茫茫。失去方向感的我走向了书店而不是展厅。我握住楼梯扶手的顶端，深吸一口气，然后强迫自己往正确的方向缓缓走去。

我花了好些时间才找到画，找到时我几乎双膝落地。就在那里，夹在克理斯·欧菲利① 的《盗贼间的王子》（*Prince amongst Thieves*）拼贴画以及菲利克斯·冈萨雷斯·托雷斯② 的《无题:完美恋人》时钟③ 之间。《四度空间》，克莱尔·洛斯的画，挂在世上数一数二的当代美术馆里。

虽然画旁的白色小卡把这幅画归给了别人，但我知道，《四度空间》也知道，她是我的。

我还不满足。凯兰·辛山默的助理拒绝让我见她的老板。这位助理和我年纪相当，只不过穿着打扮和发型远远比我讲究得多。她不仅拒我于门外，还告诉我，虽然我大可以把投影片留下来，但辛山默女士非常忙碌，无法保证会有时间看我的投影片。

我告诉这位助理，辛山默女士曾经要求要看我的作品，助理目不转睛地凝视我的双眼，时间长到令我十分不自在。然后，她不置一词，用

---

① 克理斯·欧菲利（Chris Ofili），一九六八年出生的英国当代画家，常以大象粪便作画，闻名全球。

② 菲利克斯·冈萨雷斯·托雷斯（Felix Gonzalez-Torres），一九五七－一九九六年，出生于古巴的美国视觉艺术家。

③ 《无题:完美恋人》（*Untitled: Perfect Lovers*）。这件艺术作品是两个左右并列、外形一模一样且指针完全同步的时钟。

精心修整过指甲的手，从我手中拎起整叠投影片。我离去后她对投影片做了何种处置，我只能想象。

回波士顿途中，客运爆胎了，我们不得不在麻省收费公路旁等了三个钟头，客运公司才终于调到另一辆车来接驳。回到家时，我已经气得七窍生烟，气到找了个电话亭打电话给艾萨克，好让他无法看了来电显示就拒接我电话。

他接起电话时，我说："我刚刚看到《四度空间》了，在欧菲利和冈萨雷斯·托雷斯的中间，位子不错。"

他压低嗓子咆哮："你要怎样？"

"我只是打电话问候。为你最近的成功向你道贺。旧日的学生和从前的老师联络。这个旧日的学生帮你画了你最新的杰作。"

"别说傻话了，克莱尔，你我都知道她是我的。"

"我想你我都知道事情不是这样吧。"

"《四度空间》是你起的头，我感谢过你很多次了。如果我没记错，我还当着凯兰和马凯的面感谢你。但那是我的点子、我的系列、我的风格。你连怎样用全身的力量画画都不会，我还得教你。我还得教你呢！你根本就不会画那种画！"

有半晌的时间，我无言以对。然后我轻声问："那画是谁画的？"

"我画的。"

我简直不敢相信他竟然对我说这种话。"你这个忘恩负义的混……"

"你想要怎样，克莱尔？"

"我要你告诉大家那是我画的。"我脱口而出后才赫然理解到我所渴望的就是这个，一直以来都是。

"你疯了吗？"

"可能。"

"我不会说的。"电话咔哒一声，话筒中只剩寂静。

第十八章

开始动笔的第一天,强光洒满画室,是个好兆头。我先前不断调整两座画架的位置,好让两幅画的受光角度完全相同。我依照自己严格精确的秘方,研磨好了底色——铅白、生褐,松节油还调了些赭色,好让底色温暖一些。一支红色貂毛笔在一旁准备就绪。这笔贵得离谱,但德加毕生就只用这一种软毛笔。我把笔毛浸入调好了底色颜料的碗中,闭上眼,揣想完成的画作。这么做一点也不困难,因为原作——勉强堪称原作的原作——就在我眼前。于是我下笔了。

上底色是快而简单的步骤。就一项漫长的工作来说,这是完美的第一步。所谓底色,是介于草图和第一层色彩间的一层单色薄涂,也就是覆盖了一整张画布的一层薄薄涂料,用来设定整幅画的基底色调。为了让工作更容易一些,配方中的褐色与松节油可以使底色干得较快,就可以省去烘烤。

作画过程中,一如最近惯常的反复,我对这幅伪《沐浴后》的出处看法又变了。我确信这画绘于十九世纪末叶,假使果真如此,那么贝拉·嘉纳和爱德加·德加可能也涉入这桩骗局。可能性很多。德加可能卖给她一幅伪画。贝拉可能在购入画作之后请人伪造。也可能有人在运送画的过程中偷天换日,德加和贝拉两人都不知情。也有可能是贝拉和德加联手伪造。

运送过程中伪造似乎是唯一稍稍有可能的选项。我原先的猜想是，贝拉可能直接向德加购买这幅画，但经由其他人转手。画作从巴黎运送至波士顿的途中，究竟经手多少人，我们也不得而知。这其中动手脚的机会多得是。

上完底色后，需要几个小时来等画干燥。我焦躁不安，精神亢奋，虽然置身于天花板挑高十五英尺且配有一大片落地窗的房子里，我却感觉幽闭闷滞，于是决定出门散散步。走一走通常有助我舒缓情绪，但这会儿贝拉与德加的样子、他俩可能的关系、发生于两人之间的诈骗与动机在我脑海里盘绕纠缠。我对转角的眼镜行老板挥手，对街道那一端服饰店的老板挥手，和人行道上卖花的小贩聊天，但只要不是在画室里，我就浑身不对劲。

我得要回到画室里，嗅闻油彩的味道，和画布对话，把指节压得喀喀作响，摩拳擦掌，整装待发。但是一回到画室，我却什么也做不了，只能来回踱步。我强迫自己坐下，但我的手静不下来，只好走到电脑前，用谷歌搜寻爱德加·德加和伊莎贝拉·史都华·嘉纳。

我搜寻到五万多笔资料，其中多数内容和一九九〇年那场劫案，以及嘉纳美术馆收藏品的复制图有关。我改用进阶搜寻，消去"美术馆""抢案"及"窃盗"等关键词，这才得出七万五千笔资料。我重新检查一次，发现我在"伊莎贝拉·史都华·嘉纳"的名字两侧只打上前引号，却漏打了后引号，因此所有含有"德加"这个名字以及"伊莎贝拉""史都华"或"嘉纳"当中任一名字的网页全都出列了。

我补上后引号，这回仅出现一笔资料，是一笔俄文资料，看来是某种传记列表。我删去这笔资料，重做一次搜寻。这回得到的结果是："没有符合您查询内容的资料，请确认文字是否拼写正确。"

我知道德加的生卒年为一八三四到一九一七年，他大半岁月居住在巴黎，并且活跃于当时巴黎的艺术圈。维基百科告诉我，贝拉的生卒年是一八四〇到一九二四年，在一八六七到一九〇六年间，她至少往返美国欧洲十趟之多，多数都是前往巴黎和威尼斯。这些旅程的目的大半都是为了购置目前收藏在她美术馆中的那两千五百多件艺术作品，因此她和德加的生活曾有交集是极有可能的事。

我有数十本谈德加的书，这些书当中，凡是有索引的，我都拿出来查阅了一番，但没有一本提到贝拉。我到亚马逊网上书店寻找相关书籍，但每本书的内容摘要和书评都太笼统，我也不打算花上几百美元来买这些书。

我回到谷歌，读了一些贝拉的事迹，发现瑞克说得没错，她的确是个奇女子。她穿着清凉性感的巴黎式洋装，在自家举办文学与音乐晚会，通常仅有男性参加，刻意挑衅波士顿拘谨保守的清教徒社会，这样的勇气与淘气都令我惊奇。遛狮子以及戴红袜队头饰的事迹各界也有不少着墨。很显然，作品获她收藏的年轻艺术家爱戴她，老一派的保守势力则对她嗤之以鼻。男人仰慕她，女人诋毁她。传言甚嚣尘上，说她和年轻小说家法兰克·克劳佛大谈姐弟恋，又与年长画家沙金过从甚密。但没有文献提及爱德加·德加。

"我还以为你的书主要是谈和德加来往的欧洲人。"第二天，瑞克这么说。

我们待在他位于美术馆四楼的狭小办公室里，他的双脚交叉摆在桌上，我则高高坐在桌子的边缘。嘉纳美术馆的一到三楼都是展览厅，四楼则是行政人员的办公室。贝拉在世时住在四楼，但如今这里看起来不大像是能住人的地方。

"贝拉在德加创作的全盛时期去过欧洲这么多趟，又这么常和艺术家及艺术经纪人待在一起，"我解释，"我推断他们的关系应该会有值得做文章的地方。"

瑞克把脚放回地面，旋转椅子好面向电脑。"她的确收藏了好几幅德加的画。很不幸，多数都在那场抢劫案中被偷了。"瑞克越过我的肩头，朝我的后方望去，"上星期有谣言说，有几幅作品藏在缅因州的一栋房子里。"

"后来呢？"

他耸耸肩，"跟其他所有和抢案有关的消息一样，没下文了。"

"那贝拉和德加又是怎么回事呢？"我提醒他。

他往键盘打了几个字，皱起眉。"你知不知道被偷的十三件作品中，有五件是德加的作品？"

我原先并不知道有这么多。"有没有我可以切入的角度。"

"《三个骑师》（*Three Mounted Jockeys*），黑墨画。《散场》（*La Sortie du Pelage*），铅笔及水彩画。《佛罗伦萨旁的随从》（*Cortege aux Environs de Florence*），铅笔淡彩画。"他的手指在键盘上飞快跳跃，"《艺术晚会节目单》（*Program for an Artistic Soiree*），炭笔画。当然啦，还有《沐浴后》。"

我可不想让他觉得我对《沐浴后》格外感兴趣。"资料里有没有提到贝然森还是其他的艺术经纪人？我对这些关系比较感兴趣。"

"贝然森是唯一听她差遣的人。"瑞克在椅子上旋转，"你最近见过马凯吗？"

"马凯？"

瑞克得意地傻笑，"就是马凯艺廊的马凯啊，前几周去过你画室的那个。"

"马凯跟这个有什么关系？"

"没有关系啦，抱歉，我只是忽然想到，谈到艺术经纪人就联想到他。我前几天看见他走进你家大楼，一直都想问你是不是发生了什么事。"

我尽可能装出若无其事的神情，耸耸肩。"他八成不是来找我的。"

"他在你们大楼有客户吗？"

我佯作认真思考的模样。"就我所知是没有。可是萝蓓塔·保罗和贝丝·文恩豪斯的画室都在我们大楼的二楼，说不定他是来参观画室的。贝丝正在用老式马甲做某种很炫的多媒体创作。"

瑞克皱起鼻子，"你何时喜欢起概念艺术那种鬼东西来啦？马凯又是何时开始关心这种艺术了？"

"那说不定是去找萝蓓塔吧。"我说。

瑞克转过身面对电脑。"我希望他找的是你，小莱。"

这天天气好，至少对喜爱雾气弥漫的人来说算好，而我喜爱雾气弥漫，因此决定从嘉纳美术馆一路走回家。我在波士顿美术馆转了弯，沿着汉廷顿大道一路走去。关于德加和贝拉的关系，瑞克和我能找到的数据这么少，真是件怪事。网络上有数百个网页谈论德加的作品及美术馆的抢案，也有相当多对德加与《沐浴后》的评论，但贝拉和德加曾不曾碰面的资料却完全付之阙如。我问起贝拉有没有私人信件时，瑞克告诉我，贝拉过世前，把她所有的通信都付之一炬，还要求收过她信的人也把信烧毁。很不幸，几乎她大部分的朋友都乖乖依了她。

"这忍不住让人怀疑她是想隐藏什么事。"我说。

"贝拉这个人，"瑞克说，"大概想隐藏生平的一切吧。"

资讯稀少到如此令人意外，反而加深我的好奇心，也激起了瑞克的好奇心。他答应我会在美术馆里搜索更多资料，到了巴黎也会持续钻研不辍。这样很好，因为我必须集中火力专心完成《沐浴后 II》，才能赶紧把这幅画弄出我的画室。我还有很多窗户要画。

基于这个考虑，我开始往爱尔美术社走去。底色这会儿应该大致干了，我需要多一些颜料和画笔，来因应下一阶段作画的需要。《沐浴后 II》需要用十九世纪能取得的材料来作画，幸好德加对画笔的偏好颇为人所知，而且他作画的时间是十九世纪末叶，当时预先调制并包装贩售的颜料已经问世。在那之前，画家都要用棕土、绿土、雌黄等天然化合物，自己研磨颜料。我所有的材料必须讲究，不能有一八八〇年以后才出现的化学合成物质。爱尔这家材料店帮了大忙，老板对于自己进的货以及进货的来源过滤得非常仔细。

我的手机响起来。"嗨！"瑞克说，"我有消息要告诉你。我竟然差点忘了她。这个人超级难搞，她叫桑德拉·史东翰，是贝拉唯一在世的亲人，虽然不是血亲。"他哼哼鼻子表达不屑，"杰克·嘉纳侄女的孙女，住在布鲁克莱恩。"

"你觉得她可能会知道贝拉和德加的关系？"

"如果真有什么事，那也只有她会知道了。"

"她会愿意跟我谈吗？"

"如果你猛力拍她马屁，而且表现得对贝拉如痴如醉，她可能会言无不尽。不过千万别告诉她你跟我们美术馆有什么关系，最好还大力诋毁我们，她一定会对你百依百顺。"

出自伊莎贝拉·史都华·嘉纳之手

亲爱的埃米莉雅：

　　打从居住在我深爱的巴尔巴罗官以来，我就没再听说你的消息，但愿家乡一切安好。啊，威尼斯！要描述这个城市给我的感受，得要一等一的文学天才才做得到。这会儿我们又来到巴黎，九月的巴黎风华正盛，阳光温暖而粉嫩。离开意大利我万般不舍，但巴黎的风景，倒也没让我失望。

　　我前一次走在巴黎宽阔的大道上，才不过几年前的事，我难以想象就在这几年间，你从羞涩的新嫁娘摇身一变，成了孩子的母亲。恭喜你和桑姆纳，也恭喜我们家族！我当上了婶婆，我想我确实是老了，我以为自己还年轻呢！

　　我亲爱的杰克宝宝怎么样了呢？每天我只要想起他，心中就无限感动。我每天都感激你把他命名为杰克，来纪念我那已经夭折的亲亲宝贝。你千万要把他肉嘟嘟的身子紧紧揽在胸口，用你的鼻子戳戳他那香甜的颈项皱褶，因为这个世界上不会有什么比把自己温暖而活生生的宝贝拥在怀中更美好的事了。

　　我很抱歉我没有常常写信，这趟旅行如旋风般匆忙混乱，采购了一箩筐的战利品，可也有一箩筐的失望。艺术品的价格只能用天价来形容！问题是我没办法把我喜欢的画全买下来，必须有所割舍，这样下趟旅程才有剩下的钱可以继续扩充我的收藏。你的杰克叔叔老是指责我，说我会害家里破产，不肯遂了我的心愿。你也知道鱼与熊掌不可得兼，但是我偏偏什么都想要啊！

现在来回答你所提出有关爱德加·德加先生的问题。亲爱的埃米莉雅，你知道的，你是我最亲近的亲人，也是我最好的朋友。你年轻，思想在波士顿女性中又是少见的进步，你是我唯一可以倾吐心声的对象。

即使你没有问起，我还是会向你倾吐，因为这样甜美的故事我怎么有办法埋藏心底？我相信这段话以及未来我俩之间所有的相关谈话，你都会高度保密。

要从何说起呢？我长话短说，尽可能忠实呈现我们互动的情景，好让你明白事情的经过。爱德加再度邀请我们参访他的画室，但你叔叔有银行的会议要开，因此不能前往。我向你坦承，我格外精心梳妆打扮，在约定的时间穿着合适这种场合的蓝色薄纱洋装，只不过波士顿仕女们可能会认为，以午间活动来说，这洋装的领口低了些。

爱德加替我和他各斟了一杯他最近行经勃艮第时买来极其香醇的葡萄酒，而后他滔滔不绝叙述起这趟旅程中种种趣味横生的经历，其中一桩趣事是他在艾涅勒杜克一座葡萄园中喝了太多我们喝的那种葡萄酒。我们笑得开怀，而后他拿出一幅画作，他以在勃艮第画的草图加以充填骨干而成。那是一幅赏心悦目的图画，可惜是幅粉彩画，而且采用了印象派的风格。他很清楚我对此不以为然，但我猜想他是刻意的。

接着他要我转而注意一幅新的画作，是上回我参访他画室时他正进行的系列画作中最新的一幅——《浴后女子》。这幅画看来像是用调色刀所绘，画面朦胧失焦，我非常惊骇。这时我理解到他是在刻意激怒我，于是我装作不以为意，还称赞他用色鲜明生动。

他谢过我的赞美，但他的眼光闪动，我现在看出那是爱德加式玩笑的先兆。他说："亲爱的嘉纳夫人，我有个提议，虽然说有那么点儿轻佻，但你一定会觉得很有趣。"

我推测爱德加的提议想必与画有关，我不想显得过分兴致高昂，因此持续保持着轻松玩笑的神态说："先生，如果你想要提出轻佻的提议，你不觉得应该称呼我为伊莎贝拉才对吗？"

他开怀地放声大笑说："你说得对，伊莎贝拉。"顿了顿后他又说："有人喊你贝拉吗？"

"有些人这么喊。"我回答，"格外亲近的人才会这么喊。"

我们的目光交接，有一刹那我觉得屋子里所有的空气都消散得无影无踪。"你可不可以把我当成你亲近的朋友之一呢？"他问。

我开心得简直不能自已，立刻答应了他的请求。"好，那你的提议是什么？"

"很简单，如果你愿意当我的模特儿，我就用你大为赞赏的多层次画法画一幅油画。"

嗯，埃米莉雅，我无法形容我有多雀跃。爱德加·德加将以古典手法绘一幅我的肖像！这是我最大的心愿。说不定他还会愿意以较优惠的价格卖给我。"你是说真的吗？"我大嚷。

"我希望你能裸体让我画。"他说得好像这是天底下最自然的事情，"作为我浴女系列的一部分。大伙儿一头雾水，不明白我怎么又重回年轻时代的老路子。评论家为了探究原因，会把自己逼疯。这会是我俩的秘密，贝拉，就你我两个人知道的秘密。"

"可是先生，你疯了，我年纪太大，不能当模特儿了。"

"就只有这一个理由吗？"他笑得淘气奸诈。

我还在为他的提议感到激动，因此没能理解他的话和笑容意味着什么。我继续说："我不是年轻女郎，更重要的是，我从来就不是美女，这件事完全不可行。" ·

他放声大笑起来，我这时才终于理解到我始终没提到他这提议有多么不得体。我开始收拾东西，火辣辣的热气爬上我的脸。"你的提议非常不庄重。"

"噢，亲爱的贝拉，"爱德加终于喘过气来，"你这么优雅，身材又好，肤色非凡，肩膀和手臂的线条娇艳动人，你浑身散发的美足以抵挡岁月。"

我用披肩紧紧裹住洋装低洼的领口。"我永远不可能答应，先生。"

"一定不会是你想象的那样，我保证不是。绝对不会让你难为情，这项工作相当耗时而且无趣。"

"我是已婚妇女，"我一面朝门走去，一面宣告，"我不需要工作。"

他再度闪现那种淘气眼神，"那就别当是工作，就把那幅画想成我为了感激你给我这个荣幸而回赠的礼物。"

礼物。我动也不动站着，面对着门，脑袋思绪飞旋。爱德加·德加提议要给我一幅他的画作为礼物。这礼物会替我的收藏增色不少，甚至于画本身就是珍宝，而我一毛钱都不用付。或者说，我必须要付出代价，但我只告诉你一个人，我心甘情愿而且备感荣幸。惹上丑闻我也甘之如饴，但是你的杰克叔叔会羞愤而死。

"别做梦了。"我一面说，一面关上身后的门。

请为我亲吻小杰克宝宝一百次，并向你的桑姆纳献上我最深的祝福。我们不久就将团聚，届时我们将可以尽兴畅谈。我真期待圣诞节在绿丘热热闹闹合家团圆，还有个新的小宝宝可以宠爱。

爱你的贝拉婶婶

一八九〇年九月一日于法国巴黎

第二十章

　　我打电话给桑德拉·史东翰，告诉她我正在筹备一本新书，内容关于伊莎贝拉·史都华·嘉纳与同时代艺术家的交谊。考虑到我的画室里藏着偷来的旷世巨作，转换心情去做这样的事应该最恰当了。桑德拉虽然好奇，但坚称她婶婆所有的一切都在嘉纳美术馆里，所以她没有什么能帮上忙的资讯可以告诉我。我抱怨嘉纳美术馆对我的研究态度冷漠，桑德拉立即邀请我上门造访。"那些人很难搞，"她嘀咕，"什么事情都要按他们说的去做！"

　　我在卡普利车站买了一小把绣球花。我想所有的老太太都喜欢绣球花，原因为何我不怎么明白。夏日的黄昏来得稍晚，映照电车车窗，我凝视着浓蓝色的球状花朵沉思。

　　她把路线形容得非常清楚，我毫不费力就找到了她的住宅，只不过最后一小段路坡度甚陡。她在电话中告诉我，这块地原本属于她的曾祖父桑姆纳·普雷斯考所有，但二〇〇〇年，她把地产连同房产，整套卖给建筑商，建筑商把房子一楼的一间"可爱小公寓"分给她，其余隔成一间间独立公寓，地产上又另筑了二十几间号称"小豪宅"的独栋小木屋。攀爬社区门前阶梯时，我看见游泳池和网球场。

　　我估计史东翰太太应该八九十岁，但她一开门，我就知道我推测错了。这位清秀的女子一身网球劲装,一头时髦秀发,绝不可能超过七十岁,很可能根本不到七十。

"请原谅我。"她一面抓起网球袋,一面领着我走进天花板挑高十二英尺、长窗有数十扇的宽敞空间,客厅、厨房和饭厅都在这里。"网球赛比到太晚,没来得及跟你改时间。"

"没问题,史东翰太太,没有关系。不过如果你想改时间,我也很乐意等候。我真的很感激你愿意拨冗见我。"

"没问题,我们来聊聊。还有,请叫我桑德拉。"她比比客厅里的一张椅子,"我已经结婚快六十年了,仍然觉得'史东翰太太'指的是我婆婆。她当年要我喊她'史东翰太太'。"

"那我就直接叫你桑德拉了。"我一面坐下,一面说。从她说话判断,她应该超过七十岁了。

她的艺术收藏也令我惊奇,其中多数是毕加索、傅康尼耶[1]和格里斯[2]的立体派高品质翻印版画,间或夹杂着波洛克[3]、罗斯科[4]、德·库宁[5]的抽象表现主义画作。我眯着眼窥视格里斯的画,那画看来是原版。还有几件复合媒材艺术品,以及一些极出色的金属雕塑与陶雕。一切都出乎我意料呈现当代风格,包括厨房的花岗岩早餐台及高档家电、艺术品、家具,还有桑德拉本人。很显然,我对八十岁老太太的印象应该改观。看到绣球花时,她的眼睛亮了起来。

桑德拉拿了只玻璃杯,压在冰箱饮水机的出水口,问我:"要来点什么呢?水、茶,还是汽水?"

我告诉她水就好,她把刚刚装满水的杯子递给我,自己又另外斟了一杯,一饮而尽,随即重新装满一杯,然后在我对面坐下来。

---

① 傅康尼耶(Henri Le Fauconnier),一八八一-一九四六年,法国立体派画家。

② 格里斯(Juan Gris),一八八七-一九二七年,西班牙立体派画家。

③ 波洛克(Jackson Pollock),一八八七-一九八六年,美国画家。

④ 罗斯科(Mark Rothko),一九〇三-一九七〇年,拉脱维亚裔的美国画家。

⑤ 德·库宁(Willem de Kooning),一九〇四-一九九七年,荷兰裔的美国画家。

"你有好多出色的艺术品，"我说，"那幅格里斯的画棒极了。"

她皱起了眼睛，"你很意外一个老太太竟会欣赏这些东西？"

"没有没有，我没有这么想。我……呃……我只是看到这么多艺术品，有点震撼。"

她大笑，我不禁在心里质疑，瑞克竟然形容她超级难搞。"我也有一些传统的艺术品，"她叹息，"只不过贝拉婶婆没有留给我什么东西。她的一切都在嘉纳美术馆。"

"她是你的婶婆？"

"其实是曾婶婆。我外婆埃米莉雅·普雷斯考是她的侄女。我要补充，是她最疼爱的侄女。我母亲芬妮是外婆唯一活下来的孩子，我则是后代中仅存的一个，是贝拉唯一在世的亲人。"桑德拉噘起了嘴唇，"一般人还以为嘉纳美术馆会很珍惜这样的人，才不是，他们一点也没兴趣保存贝拉婶婆的遗产，也没兴趣维护她在历史上的卓越地位。他们只关心他们的驻馆艺术家计划，以及替那些对我婶婆或她收藏品一无所知的人举办演讲。更别提想扒粪的人了，全都只关心她的绯闻以及她和同性恋者来往的事，那些事有什么重要呢？重要的是她的成就、她的美术馆、她的收藏啊！"

我担心我可能已经开始见识到"很难搞的桑德拉"了，因此绞尽脑汁思考有什么话题可以把她导引回美好的情绪。"那这里是你的当代艺术展区吗？比较古老的画是不是收藏在其他房间呢？"

她严肃的神情消失了，"没错，就是这样。因为这一区整修过，换成现代化风格了，我觉得和当代艺术比较搭。屋子里比较正式的区域，我就搭配传统的画作。我们收藏家都很疯狂，就连室内设计都要和艺术品互相搭配才行。而且这还只是入门。一旦一件作品进入你的心坎，你就打死也不肯放手了。"她站起来，"来，我带你看一幅我外婆收藏的十九世纪美妙画作。"

我尾随她往玄关走去。大门的正对面挂着一幅美丽少妇的肖像，少妇的肌肤光洁晶莹，唯有才华最为出众的画家才有办法呈现这样的剔透感。我进门时想必是太惊异于桑德拉的青春样貌，才会没注意到这幅画。

"这位是我外婆埃米莉雅，是个可人儿，对不对？"

我凑近去看画家的签名。"鲁戴尔？没听过这人。"

"是伦戴尔，"桑德拉纠正我，"维吉尔·伦戴尔，没什么名气的画家。"

"他功力很好，"我说，"真的很好。没错，你外婆真是个大美人。"但这幅画让人震撼不只是在埃米莉雅的美貌，而是她眼神中的光亮，伦戴尔捕捉到的温暖，她内心幸福洋溢，穿越时空，触动了此时此刻赏画者的心。

"她看起来好纯真，好幸福！"我说。

"因为这幅肖像绘于她和我外公结婚之前。"

我转身面向公寓的另一端，那个区域保存了原本的线板与装饰护墙板，有两扇堂皇美观的桃花心木推拉门，用一只造型巧妙的黄铜钥匙锁起，里头想必就是旧日的会客厅。我伸手指指那两扇门问："那么这里就是传统艺术展区啰？我可以参观吗？"

"若是有时间我很乐意带你参观。"桑德拉看看表，领着我走回客厅，她坐下来，我也跟着坐下。"那我们来聊聊你的书吧！"

"就像我在电话中说的，我正准备一本书的提案，内容是关于伊莎贝拉·嘉纳和诸多艺术家间的关系，但我找不到足够的数据。你的婶婆对当时的艺术风潮影响非常重大，"我谨记瑞克的忠告，大肆赞美贝拉，"她一定还影响了很多其他的艺术家，只是我不知道而已。"

"我相信事实的确如此。"她笑容可掬，"你是学术研究人员吗？"

"我最近才在波士顿美术馆学院拿到美术硕士，我一向都是贝拉·嘉纳的粉丝，所以决定尝试看看。光靠画画不够付我的房租。"

"你认识班·齐孟吗？"

"当然认识。"我装出热情的模样，"但我专攻绘画，所以没有选过他的课。"

"我是波士顿美术馆的董事，我和班合作过几次雕塑创作。"

"你也是嘉纳美术馆的董事吗？"我希望把话题引开，好让她别继续谈起她所认识的其他学校教职员。波士顿看似很大，其实小得很。

桑德拉皱起眉来，"我本来是的，后来不是了。还是一样，我不认同他们的理念。现在他们又做了恐怖的扩建，开一家大咖啡厅，弄了个更大的书店，还有玻璃走廊。我的老天爷，那是她的家，她的遗产呢！贝拉婶婆这会儿在九泉之下肯定气得七窍生烟。"

我无言以对，于是又把话题转回我的书："我要找的是……"

"你的创作媒介是什么？"她打断我。

"油彩。"

"你何时拿到学位的？"

她连珠炮似的发问令我不安，我迟疑了一会儿才回答："三年前。"

"啊，那你一定是艾萨克·科利恩的学生了。"她摇摇头，"真令人惋惜啊，这么年轻的一个人，这么有潜力。"

我一时难以招架，多踌躇了几亿分之一秒才回应："是啊，我是他的学生，他真是个了不起的才子。"

桑德拉端详了我良久，"我觉得你的名字有点耳熟。"

我垂下眼光，我的运气真是背得可以。

桑德拉俯过身来拍拍我的膝头："我不会为难你的，克莱尔。我有朋友在现代美术馆工作，我知道事情没有大家以为的那么单纯。"

"真的吗？"我正视她的目光，她确实不像是随口乱说。"谢谢！"

她不把这当回事。"那你想知道贝拉婶婆什么知名朋友的事呢？"

我从背包里掏出笔记本和笔。"我知道她来往的名人当中，有很多并不是艺术家，例如亨利·詹姆斯和茱莉雅·沃尔德·豪威，但我想聚焦于艺术家，这样应该很有意思。"我翻阅我的笔记，"我有很多她和惠斯勒、沙金及柯蒂斯①来往的资料，但我还想知道更多一点，我的资料不太够。"

桑德拉笑容可掬瞅着我，"嗯，她赞助艺术，就你说的，各类的艺术、音乐、文学、建筑都有涉猎。她是许多人的灵感来源，但她当然有特别偏爱的艺术家。"她的手指在椅子的扶手上点啊点，"我想想看，艺术家……有史密斯②、克兰姆③、毛尔④，喔，当然啰，还有邦克⑤。"

我匆匆抄下这些名字，笑吟吟看她，抄下她说的每个字。"有没有知名一点的艺术家呢？"我说，"我这本书不只想针对学术界，也希望针对一般大众。有没有马奈、卡萨特、毕沙罗？"

桑德拉摇头。"贝拉婶婆不大欣赏印象派，她和这些人可能都没太多交集。"

"可是她收藏了好几幅德加的画作。"

"如果你有注意到的话，会发现她美术馆里收藏的德加画作没有一幅是他印象派时期的作品。她买的德加作品，创作时间全都远远早于她欧游之前。《沐浴后》虽然是他较晚期的作品，但也是以他尚未加入印象派之前的传统风格绘的。"

"你这么一提我倒发现了，真的是这样，对吧？"我的嗓音里洋溢崇拜之情，"这可能会是个有趣的切入点。从她对艺术家作品风格的喜好来探讨她和艺术家的友谊。我再次提笔疾书，"如果她跟德加是朋友，那我的书就太有看头了！而且是有可能的，对吧？他们活跃于同一个圈子，兴趣也相投……"

"我实在没听说过他俩互相认识。"她说，"而且曾经有人告诉我，

---

① 柯蒂斯（Ralph Curtis），一八五四－一九二二年，美国画家。
② 史密斯（Joseph Lindon Smith），一八六三－一九五〇年，美国画家。
③ 克兰姆（Ralph Adams Cram），一八六三－一九四二年，美国知名建筑师。
④ 毛尔（Martin Mower），一八七〇－一九六〇年，美国画家。
⑤ 邦克（Dennis Miller Bunker），一八六一－一八九〇年，美国画家。

这个世界上对贝拉·嘉纳了解最多的人就是我了。我要强调，我对她的了解比她的传记作者以及她美术馆里的员工更多。这消息让你失望了。"

我极力压抑失望的表情。

"很抱歉。"她欠身凑近我，"我看得出这本书对你意义重大。"

我耸耸肩。"只不过是尝试一个新的方向而已。"

"所以说，你不画了吗？"

"啊，不是，我……我仍然在画画。"

她扬起一边的眉毛。

"我其实在创作几幅新的画作，准备参加一个冬季的展览。"

"那太棒了，克莱尔。"桑德拉看来是真心感到欣慰，"恭喜你！要在哪里展出呢？"

"马凯艺廊。"

她额头上的皱痕深邃起来。"艾登·马凯要在他的艺廊展出你的画？"

我点头。

"真不错，"她重新恢复平静，"这是好消息。往日恩怨当然是一笔勾销得好，没有必要心怀芥蒂。"她敏锐地望了我一眼，"那你这时候研究写书的资料，时机不会有点怪吗？"

"我要对生涯规划各种选项保持开放心态啊，画展也不过就是个画展。"

她点点头表示赞同，然后站起来。访谈结束。

我把笔记本塞进背包，也同样站起来。她没有资讯可提供，而我还有许多作品要画。"谢谢你拨冗见我，真的很感激！"

"很抱歉我没能帮上多一点的忙。"桑德拉说，"我还藏有好几箱家传纪念品，可以再帮你找一找。贝拉婶婆过世时，那房子里所有的财产都被美术馆接收了，但我外婆说不定抢救了一些东西，没落入美术馆那些人的贪婪之手。"

"那样的话就太好了，谢谢你！"我一面说，一面走出大门，心里想着，我这下该把贝拉和德加从脑子里甩开，好好来动手作画了。

我在画室里足不出户已经一个星期了，期间没有和任何人说话，靠着外送泰国菜及柳橙汁过活，一口气工作长达十四小时。我没有去洁可酒吧或爱尔美术社，甚至不曾踏进便利超市。瑞克、马凯和我妈分别打过电话来，我承诺"很快"就会和他们碰面，打发了他们。打发这些人听来不容易，其实并不难。艺术家摒弃世俗平凡的生活常规而疯狂作画，听起来是一件浪漫美好的事，人人都乐于成全。我只消说一句："我正在疯狂作画。"大伙儿就自动消失了。

但事实是，这事一点也不浪漫美好，反而艰苦疲累，但非常充实。我的进度相当不错，这都多亏了我所做的研究、所上的课，还有凡·米格伦，以及马凯的顶级烤炉。没有这些东西，这项工作可能会花上两年的时间，最后的成品也许还通不过最起码的检验。

凡·米格伦主要活跃在二十世纪上半叶。他被视为当时最具巧思的赝品画师，说不定还是古往今来最厉害的一个。他是个荷兰画家，自认为作品不受赏识是由于艺评家看走了眼，于是计划证实自己才华出众，且把那些对他嗤之以鼻的艺评家大大嘲弄一番。他决定创作高明的伪画，让那些对他全无好评的艺评家宣称他的伪画是荷郝①、伯赫②及维米尔等大师无比珍贵的杰作。经过了六年的实验，他达成心愿。

为了达成这个目的，他发明了许多方法，包括除去一幅古画的油彩，仅存底胶，然后在这底胶上绘制新画，以保留古画的龟裂痕；用苯酚甲醛作为添加物来固化油彩；烘烤每一层的罩染，脱去油彩的水分，使油彩的干燥程度一如历经了数个世纪的时光；最后再薄涂一层墨汁，

---

① 荷郝（Pieter de Hooch），一六二九－一六八四年，荷兰黄金时代风俗画家。
② 伯赫（Gerard ter Borch），一六一七－一六八一年，荷兰黄金时代画家，擅长肖像画和风俗画。

以及染了色的凡立水，以增添古味。

但米格伦故事里最有趣的一段，是他高明的仿制技术害他以战犯身份被捕。在德国占领荷兰的期间，身兼艺术经销商身份的米格伦把自己手绘的维米尔画作《基督和犯奸淫者》（*Christ with the Adulteress*）卖给一名德国银行家，这名银行家又把那幅画转卖给希特勒手下的头号大将赫尔曼·戈林。战后，这幅画在奥地利一座盐矿中被发现，有关单位循线找上米格伦。由于政府认定米格伦在战时出售荷兰国宝给敌方，他因而以通敌罪名遭到起诉，并且被送进大牢。

米格伦这下只有两个选择，要不承认自己伪造画作，要不就得在监狱里了度余生。经过一周的禁闭，他告诉监狱管理人，那画不是维米尔的旷世巨作，而仅是凡·米格伦一手绘制的伪画，但谁也不信他的话，这令他既得意又惊愕。于是在法庭指派的见证人与记者一刻也不松懈的眼光注视下，米格伦以军事指挥总部囚犯的身份重绘了这幅伪画。两幅画都获鉴定为伪画，米格伦战犯罪名因而得以洗刷。

画笔、调色盘、苯酚甲醛、画布。画笔、调色盘、苯酚甲醛、画布。我找到一种全新节奏，画了几层后，我抓到窍门。这样很好，因为我计划明天要完成第一阶段，后面还有两到三层罩染要上。

在现在这个初步阶段，我运用的色彩颇为有限，要先以中间色调打一层底，不能有绿色、黄色或红色，整幅画最后会从这个基底层散发光彩。为了营造德加惯常的手法，浓郁又幽微地表现出色彩的深度与明度，我得要从中间色调开始，一步步扩散至最黑暗以及最明亮的颜色。

这是由于光线会穿透一层层的透明罩染，从画布反射回来，反射入观者的眼睛，观者的眼睛则会将一层层半透明的色彩加以混合，从而"看到"用其他任何方法作画都无法展现的强烈色彩感。因此，罩染必须上得薄而多层。也是因为如此，在进行下一层罩染之前，前一层油彩的表面都必须毫无水分才行，这叫做"干画法"（wet-on-dry）。其他方法会让色彩糊掉。

我向蹲伏在画室东南角那头闪闪发亮的不锈钢巨兽走去，开启预热功能。由于油彩中的水分需要七十五年才会完全干燥，只要施展我用于《沐浴后》以及梅索尼埃画作上的酒精测试法，就可以轻易揪出当代制作的赝品来。运用米格伦的方法，以苯酚甲醛作为添加物，并用摄氏一百二十度的高温烘烤九十五分钟，可以把油彩中的水分清除得干干净净，就好像德加本人在一八九七年涂上的油彩一样。

　　预热完成后，我把画布塞进烤炉中一座铁架的正中央，设定计时器，关上炉门。烘烤过程要全程密切监控，因为很多东西都可能出错——油彩可能会起泡、可能会溶解、画布可能会烧焦，甚至起火。虽然我早已决定不再探究贝拉与德加的关系，却还是抓了几本德加的书，按下烤炉开关，在玻璃窗前一张椅子安安稳稳坐下来，一面观察，一面等待，一面阅读。

　　自我监禁的这段时间，只有一件事我始终坚守承诺，就是到少管所去教课。如果我不去上课，这些孩子就要在各自的囚室里待上一段时间，我可不想给他们增添额外的监禁，何况今天孩子们要替壁画上最后一层凡立水，如果金珀莉搞得定的话，今天会有一场小小的庆功宴。不会是多了不起的宴会，这些孩子没资格尽情享乐，但金珀莉自认为有办法争取到一些些饼干或布朗尼蛋糕，说不定还能弄到一两瓶苹果汁。这些冷血罪犯得知有好东西可吃以后，变得有多开心和孩子气，真是令人难以置信。

　　完成的壁画效果非常好，超乎我的预期，男孩子们自豪得理直气壮，在警卫冷眼监控的范围内尽可能开心笑闹，互相取乐。愈粗的画笔愈可能被拿来当武器，因此他们只准使用细笔，他们并不因此泄气，各自站在我分配的区域面前，开心涂抹凡立水。金珀莉从甜甜圈店买来几盒六小福，男孩子们时不时就会偷瞄一下那几只亮粉红色的盒子。

　　就连曼纽和沙维尔也不斗气了，但我还是把他俩安排在壁画的两端，隔得远远的。凡立水刺鼻的呛味，弥漫了整间教室，我好奇这气味会不会使孩子们联想起强力胶或是其他毒品。会不会就是因为这缘故，这些人才如此意气相投？

我跪在地上，仔细端详小沙的银色罐头。

"哟，洛斯老师，"瑞吉喊我，"你告诉这个混……这个家伙，"他指指沙维尔，"告诉他，我的针筒比他妈……比他的笨蛋啤酒罐好得多了。整幅壁画里就我画的最棒了，没得比，一等一的棒。我看你就别花时间跟那个没出息的家伙闲混啦，来帮帮我这个天才画家吧！"

沙维尔和瑞吉是好弟兄，传闻他俩属于同一个帮派。我说："大画家，你等着，下一个就看你的。"

这人才不是大画家，他的画糟糕到我怀疑当初以为这些男孩都有艺术灵魂潜藏于胸不过是我的误会。但瑞吉以幽默——或者说是他自以为的幽默——作为他的防卫，而在这个人人不是激愤就是绝望的地方，幽默是难能可贵的东西，因此我巴不得有他在班上。

"但你总该承认我的画比他的好吧？"瑞吉锲而不舍。

"这个我不予置评。"我举起双手，掌心摊平，用装模作样的语气说："但我必须说，马丁尼兹先生，你那个针筒和小瓶白粉的并置是强而有力的艺术表现，既真实，又发人深省。"

瑞吉朗声大笑，沙维尔满脸困惑。

"别担心，小沙，"我对他说，"你也画得很棒。"

他怯怯地笑了笑，"谢谢你帮我弄到银色颜料！"

"小事一桩。"我欣慰地回答。这些男孩不容易表达感激，在他们眼中，致谢意味软弱，因此能够突破这个小小的障碍，我颇为自豪。

金珀莉和我对看了一眼，她对我眨眨眼。

我站到克里斯彻身后，他画的棒球球员和比萨师傅真的是整张画里最出色的了，更别说比起针筒和啤酒罐、棒球员和比萨师傅更适合怀念渴望。"你画得真的很棒。"我对他说，"你以前画过画吗？"

他耸耸肩，继续涂凡立水。

"我是说真的，克里斯彻，你真的画得很棒。"这些孩子接受赞美的能力也不比表达感激高多少。"你真的有这方面的天赋。"

他挥动画笔的速度一刻也没有慢下来，头也不转过来看我，但从他肩头的紧绷看得出他确实在听我说话，我也隐约察觉他嘴角有小小的笑容牵动。

"我们画下一个题目时，可以更紧密合作，看看能……"

我眼角余光瞄到有事发生，禁不住住了口。回过头时，沙维尔和瑞吉双双面朝下倒在地上，两手被上了铐扣在背后，背脊上各有一名警卫以膝头压制他们，还有第三名警卫手捧一瓶白粉。金珀莉已经在对着对讲机大吼了。

"手举起来！"第四名警卫对其他的男孩嚷，"面对墙站好，手举高过头，两脚又开，动作快！"

"这东西哪儿来的？"压在沙维尔背上的警卫一面咆哮，一面猛拽他的手铐，把他从地面拽起来。沙维尔跟跟跄跄保持平衡，愤愤瞪着警卫，不发一语。

瑞吉的警卫也做了同样的动作。"这东西哪儿来的？不说清楚，就把你们关进华波尔重刑犯监狱，关到下个世纪！"他扭绞手铐，瑞吉大声哀号。"这样就受不了啦，小子？你不告诉我们这东西怎么弄来的，以后你就知道这才不过是小意思而已。"

"你说是不说，毒虫？"沙维尔的警卫质问："谁给的？"

我往后退开，还没退开前我看到了两个男孩共同的惊恐表情。如果我好赌，肯定会下注打赌提供他们白粉的人绝对比警卫更恐怖，也比在重刑犯监狱度日更恐怖。蠢笨的小孩，笨透了，笨透了！

"是她。"瑞吉用手肘指着我，大声说："是她带来的，她每个星期都带来。"

"我？"我强力质问:"你说是我带毒品给你？"我望着沙维尔。

沙维尔转向制伏他的警卫:"对,她每个星期都带白粉来。"

我不可置信地瞪着眼看他。

又有两名警卫冲进来,押着瑞吉的警卫对年纪较长的那个说了什么,后来才到的两名警卫于是神色凝重且面带威吓地朝我走来。

金珀莉一个箭步跨到我面前。"洛斯老师是在这里工作很多年的义工,这一定是误会,她是被栽赃的。除非你们能证明真的是她,否则请相信这是个误会。"

我简直无法置信。"除非你们能证明真的是她"？我转头对金珀莉说:"你该不会……"

"洛斯老师,请跟警卫走。"金珀莉的口气像在对一个刚刚认识的人说话,"我相信事情很快就会水落石出。"

我伸手去取包包,金珀莉说:"就放那儿吧!我们搜过以后会还给你。"

第二十一章

三年前

有一天,《波士顿环球报》出现一帧照片,艾萨克与一名穿着清凉且身材极其火辣的女子坐在洲际饭店酒吧,图注称是一位"不知名的美术学生"。看来所谓"回到玛莎身边"也不过是个幌子。第二天天刚破晓,我再度搭上中国城客运,直奔现代美术馆。那张照片成了谚语所说的最后一根稻草,我受够了,非得让凯兰·辛山默知道实情不可。

根据上回与凯兰的助理——称她为凯兰的哨兵比较贴切——交手的经验,这次我根本到不了她办公室,只能在她那个楼层的电梯口与楼梯口站岗。我运气很好,电梯口和楼梯口在同一个大厅,运气更好的是,那里有张长凳。我坐定位置,掏出一本老早准备好要当道具的书,开始静心等待。

手表指针接近一点半,我开始紧张。我昨天先打了电话,自称是艾萨克的助理,告诉她艾萨克今天要去纽约,想跟凯兰约个时间吃午饭,一会儿又再度致电取消约会。对于自己用这样聪明的办法确知凯兰这天会在办公室,我得意了一番。但显然这聪明的办法还不够聪明,她说不定病了,或是美术馆临时有什么事务要办,因公外出去了。真是气死人!

就在这时，凯兰从角落里大步走来。她目不斜视，压根儿没注意到我的存在，只以一分钟也不能浪费的坚毅神情按下电梯按钮。

我一跃而起。"凯兰！"我喊得像是忽然看见了久违的老友。

她转过头，嘴角有笑容蓄势待发，但一看到我，她的眉头皱起来。显然她不知道我是谁。

我伸出手说："我是克莱尔·洛斯，我们在艾萨克·科利恩的画室见过面，就是你决定把《四度空间》选为参展作品的那一天。"

她热情地与我握手，"喔，对对对，克莱尔，真高兴又碰面了，你最近好吗？"

"我有事情要跟你谈，私下谈。"

"很抱歉我还没有时间看你的作品，我保证……"

"我不是要谈我的作品，我是要谈艾萨克的作品。"我摇着头，"不对，我说错了，我收回，我是要谈我的作品。"

"我听不懂你说什么。"

"所以我们才需要谈一谈。"

凯兰的眉头皱了起来。"出了什么问题吗？艾萨克还好吗？"

"他现在很好，但我不知道这件事情过后他还会不会很好。"

凯兰看着电梯门敞开又关闭，叹了口气。"到我办公室去吧，但我先警告你，我没多少时间可以聊，更没耐性看艺术家耍花招。"

她踩着高跟鞋咯噔咯噔穿越走廊，我跟在背后说："我不是耍花招。"

在办公室坐定后，我直直迎向她的凝视。"《四度空间》不是艾萨克·科利恩画的。"

"当然是他画的，你一定是搞错了。"

"很不幸，我没搞错。"

"我看过他很多先前的作品，我非常了解他的作品。"

"但《四度空间》不是他的作品。"

她目光的焦点落在我肩头的上方，可能脑海中正在重现艾萨克的画作。"那不然是谁画的？"

"我。"

她的眼光猛然转回我身上。"这没道理，你干吗帮他画？"

"他碰到创作瓶颈，那幅画几星期后就要交出来，我想帮他起个头，好让他别错过这个大好机会。"凯兰没接腔，我继续说："他太沮丧又妄自菲薄，提不起劲来工作，于是我继续画。我们没打算要这样，我在他的画室里作画，他全程陪着我，给我指导。"

"指导？"

"教我怎样用全身的力量画画，教我怎样运用湿画法里的刀刮法作画，因为我自己平常是以古典的干画法作画。大概是这一类的指导。"

"那签名是他签的吗？"

"是截止日前一天签的。"我说，"他也没有什么别的可做了。"

"你当时怎么都不吭声？"

我摊开双手，"当时我爱着他。"

她的眼睛眯了起来，"那现在不爱了？"

"不爱了。"

"你有证据吧？"

"那些写实和抽象的沙漏是用我的风格画的。艾萨克只用湿画法作画。"

"我相信像艾萨克这样有才华的人，不会只用一种方法作画。"

"不信你问他。"

"你要我就这样没头没脑打电话给艾萨克·科利恩，问他《四度空间》是不是他画的？"

我点头，我们对望了许久。我知道如果凯兰就这么直接问他，艾萨克一定会一五一十和盘托出。事关真相与公平，何况，尽管他近来的行为表现很伤人，但他还是爱我，尊重我。

凯兰率先打破沉默："好，那我们来问他吧。"

我向后一靠。我累坏了，但也放下心中重担。我看着凯兰拿起电话，按了某个自动拨号按键。美术馆竟然已经把他的电话号码输入自动拨号通讯簿。有一刹那我对艾萨克兴起一股同情——他这一跤跌得可深了。

"艾萨克，我是凯兰·辛山默。很高兴你接电话了。"她停下来听对方说话，然后说，"我要把电话开成扩音，你的朋友克莱尔·洛斯在这里。"她按了另一个按键。

艾萨克的声音在整个房间里回响："在纽约？"

"是的，在我办公室里。她声称《四度空间》是她画的，而不是你画的，她还说我应该打电话向你求证。"

艾萨克那头无声无息，但在沉静中，我可以听见他脑海里的天人交战，一方面气我的胆大妄为，一方面为自己即将失去的一切感到哀伤，同时又为了终于可以卸下假面具而松一口气，在这种种情绪间摆荡挣扎。

凯兰的脸上闪过一抹忧虑。"艾萨克？"

"把真相告诉她吧，小艾，"我说，"这样对大家都好，尤其是你。"

他依旧沉默。

"艾萨克，"凯兰的口气强硬起来，"你是在默认吗？"

艾萨克重重叹了一大口气。"凯兰，"他的语气轻柔，"请别为难克莱尔，别为这件事责怪她，她感情受了伤，既愤怒又失落。她很有才华，非常有才华，只不过……"

"你胡说八道，你知道自己在胡说八道！"我打断他的话，"你把真相告诉她啊！《四度空间》不是你画的，就像《蒙娜丽莎》不是你画的一样。这事情到此为止了，艾萨克，我不玩了。"

"凯兰，我很抱歉克莱尔给你惹了这样的麻烦。"艾萨克继续保持不疾不徐的轻柔语气，"这是我和克莱尔之间的私事，不该把你扯进来的。我决定和妻子破镜重圆，克莱尔无法接受，打翻了醋坛子，你也知道女人吃醋是怎么一个情况。帮我个忙，让她回家，就当这件事情从未发生过。"

"就当这件事情从未发生过？"我跳起来，对着电话扩音器咆哮，"你想假装这事从未发生，可是你做不到，我也做不到！"

凯兰挥手要我坐回椅子上。"我待会儿再打电话给你，"她对艾萨克说，"我先处理一下这边的状况。"

我坐了下来，悲痛欲绝。骰子已落下，我输掉这一盘。艾萨克是个谎话连篇的混账，而我是个白痴，一个事业才刚刚起步就自己一手把它摧毁的白痴。

凯兰挂上电话，转身面向我，脸上带着困惑而且几乎是悲伤的神情。

"他骗人。"我淡淡地说。伟大的艾萨克和卑微的研究生比起来，凯兰显然情愿相信前者。

但凯兰并没有反驳我，于是我在椅子上坐挺起来。

"那些沙漏……"她喃喃自语。

我一动不动，大气也不敢喘一口。

最后她终于开了口："你听过凡·米格伦吗？"

"谁？"我完全不知道凡·米格伦是何方神圣，也搞不清楚她是要说什么。

"没关系，不重要。"她说，"是这样的，我决定姑且相信你，给你一次机会证明自己。"

"机会？"

"我要你重画一次《四度空间》给我看。"

第二十二章

两名警卫一人分别抓着我的一只手肘，把我带离活动室。我回头看金珀莉，她用嘴型对我说："别慌。"

这可不容易，因为我正被两名武装警卫架着，穿过迷宫似的走廊，经过一扇又一扇上锁的门，不知要被带往何处。我不断问他们接下来会发生什么事，他们要带我到哪里去，我需不需要请律师，但他们完全不理。

"你们不能把我关进囚室里。"我严肃地大声宣告，"我是无辜的，除非你们证明我有罪，否则我是无辜的，我没有犯罪，连想犯罪的意图都没有。那些小孩只是要自保而已。"

除了鞋子踩踏在瓷砖上的声响外，四下寂静。

"我跟人有约。"我说得仿佛这样就会使他们放了我似的。马凯晚一点要来看我的《沐浴后 II》进度如何。"是公事上的会议，很重要，我不能错过。而且你们不能把我关在囚室里，我有幽闭恐惧症，我可能会吐，或者……"

年轻一点的那个警卫终于对我产生了一点点同情心。"我们不会把你关在囚室里。"

他们的确没有带我进囚室，而是进了一个灯光昏暗的狭长房间，里头有一张桌子和两张椅子。这里想必是会见律师用的，也说不定是侦讯犯人用的。我寻找有没有外面看得进来而里面看不出去的玻璃，但整个房间都没有，唯一的窗嵌在门上，上面覆盖密密麻麻的铁丝网。其余几面墙空空荡荡，和少管所的其他地方同样漆着腐坏蔬菜的绿色。我看看两名警卫，盼望他们别把我一个人扔在这里。

"马上就会有人来跟你谈话。"年轻的那名警卫说完，两个人快速离去，把门咔哒一声关上。

我马上试拉门把，但上了锁。我透过铁丝网向窗外看，触目所及仅有一整条空心砖砌的走廊墙壁。我监督男孩子们画壁画才不过是几分钟前的事。

房间的气味闻起来像是廉价的古龙水掺混着闷久了的汗臭，气味令人作呕。收费低廉的律师，愚蠢且满心畏惧的男孩，然后现在换我，关在这里。房间里暖气开得过强，墙壁又如此密实，我开始冒汗。

我踱着步。犯不着惊慌，瑞吉和沙维尔很明显是在说谎，管理人员要不了几秒钟就能看出这点。房间里直的一侧可以走八步，横的一侧可以走四步。这是标准作业流程，毕竟是缉毒行动，和我没有关系，和我有没有罪也没有关系，只不过是办事程序，如此而已，标准作业流程嘛！

直的八步，横的四步。他们要把我和男孩子们隔离，防患于未然，还要搜查我的包包，确认里头真的没有毒品。一股寒意蹿遍全身。他们会搜我的身吗？"体腔搜查"几个字似霓虹灯闪过我的脑海。

不行，这样不行，我不能被这种思绪掌控。我仰头看看光线微弱的灯泡，天花板似乎不断沉降，愈压愈低。快想点别的事。

马凯五点会来到我的画室。他对烘烤程序很是好奇，我答应要示范一次给他看。但这表示在他来之前，我得要画点什么，才能烘给他看。我得要脱身才行。万一他来时我不在家，他会怎么想？会不会以为我在耍他？

这个也不能想。我一面踱步，一面计算步伐，直的八步，横的四步。很快就会有人来了。

但敲门声响起时，已经过了大约一个钟头，我真的已经浑身冒汗，而且就快要呕吐了。而尽管房间里暖气过强，我却浑身发冷，门开启时，我用手臂环抱身子，屏住气息。

来的人是金珀莉，她捧着我的包包，笑容可掬。我出乎自己的意料，流下泪来。

搭公车回家的路上，我为自己的过度反应感到羞愧。金珀莉向我解释，瑞吉和沙维尔很明显在撒谎，大伙儿立即看出来了，因此打从一开始，就没人把我当嫌犯看。但这个大伙儿一眼就看穿的事，我可一点儿也没看穿，我以为他们会展开侦讯，把我扣留在贝弗莉阿姆斯，直到事情水落石出。原来这不过是少管所的固定流程，他们只不过是照章行事。金珀莉说，就当作是洗刷污名的必经过程吧。我不知道原本就清白的人为什么有必要洗刷污名，但我没说出口。

她很贴心，递了面纸给我，不停向我道歉，但在类似的情况下，她只能采取这样的行动。无论她怎么说，我这个三十一岁的成年人，还是为了一件根本没事的事哭成了泪人儿。打从一开始我就该知道，这根本没什么。

回到家，我跌跌撞撞冲进浴室。再过不到两小时，马凯就要来了。我洗去皮肤上的汗水和恐惧的气味，却洗不去体内郁积的残存情绪。只要我一开始画画，这情绪就烟消云散。我上色进度早已远远超越了中间色调，现下涂抹着占据画布右下方绝大部分的各种橙色，轻巧且不动声色地将这橙色拓展到整个画面，让从右下角向左上角延伸的橙色与从右上角向左下角扩展的绿色水乳交融。一下子我就进入浑然忘我的境界。

我绘制《沐浴后 II》愈久，就愈确定马凯交给我的这幅伪画是直接临摹自德加的真迹。除了芳思华以及她周遭的空间以外，他用色的范畴、阴影的细致以及色调与光的并置绝对是根据大师原作而画，我不相信有哪个伪画家有办法凭空画出这幅画，这幅画最根本的核心精神还是来自德加的创作。如果我的推论没错的话，这幅画可能有正本原作存在世界的某处。绘制这幅画的时候，德加已经是知名画家了，因此这样有价值的东西不太可能会遭到摧毁。不过世事难料，这事谁也说不准。

马凯来到时，画布已经在炉里烤了将近一个小时，而我正在试调下一层要上的绿色。马凯用大拇指抹去我脸颊上的油彩，给了我一个拥抱。"你的脸色蜡黄，"他说，"红润一点比较好。"

我不排斥他这样的亲密举动。我们从不曾拥抱过，他的身躯抱起来比我想象中要大，也更坚实。他身上气味芬芳，像夏天。我也还他一个拥抱，抱得比一般同事间适宜的拥抱更久一些。

我松手退开，说："明天千万别来。"我往调色盘比了比，"我明天脸色会发绿，会变更丑。"

他转头看看烤炉。"在烤了吗？"

"大概再有十五分钟，第一次测试就结束了。"

他在我的椅子坐下，眼光直视烤炉。"烘焙画布，这景象真诡异。"

"我已经见怪不怪了。"

烤炉里灯火通明，马凯凑近看。"你已经画到鲜艳的颜色了吗？"他问，"你怎么有办法画这么快？"

"多亏了你那座忠实可靠的烤炉啊！"

"可以拿出来了吗？"

我咂咂嘴。"不行，艾登小朋友，很抱歉，圣诞老人明天才会来。"

"我不擅耐心等候。"他晃到桌旁。我的颜料、画笔及调色剂以只有我看得懂的凌乱秩序散放在桌上。马凯嗅了嗅，问："你这里有什么死掉的动物吗？"

"可恶，希望没有。"我走到厨房，蹲下去检查橱柜的底部，打开水槽下的橱柜门，小心翼翼探头进去。"不过这种事也不是没发生过。"

"不是，我的意思是说，我闻到福尔马林的味道，这里好像是科学实验室还是什么的。"

我松了一口气，站起来。"是苯酚甲醛，这是米格伦的另一项发明。我跟你说过，那是一种调色剂，但不是直接调在颜料里。这东西会使油彩硬化，帮助油彩干燥。"

马凯皱起眉。"可是如果德加没用这种东西，他们难道不会发现吗？"

"烘烤过程会把那东西分解掉，完全消失。油彩会硬化，但化学物质会消失。"

"你现在还在怀疑我为什么找上你吗？"

"只要有时间做研究，而且有临摹的能力，谁都做得来。"不是只有少管所的孩子不善于领受赞美。

计时器响起来，我拿了两只防烫布垫，蹲下身，打开炉门，小心翼翼把画布往我的方向一点一点挪移，然后从下方穿过铁架，在画的底部轻轻一顶，把画拿起来，搁在炉子顶。

我用酒精沾湿一块脱脂棉球，按压在新上的橙色油彩最厚之处的上方一英寸，马凯不发一语。油彩毫无改变，没有软化，也没有分解。我把酒精棉压在我刻意滴在画布边缘的油彩上，缓缓数到十。拿起时，酒精棉洁白无瑕。我用手指轻碰油彩，油彩硬得像石头。

"成功。"我一面说，一面把画布放上画架。

马凯的视线在我的伪作和他带来的原版画作间来回摆荡。"太惊人了，克莱尔，"他压低嗓子轻声说，"简直不可思议！"

"现在上凡立水。"我扭开一罐凡立水的盖子，倒了一些在一只小碗中。凡立水的气味冲进我的鼻腔，我恍然又回到少管所，浑身冒汗，满心恐惧。我赶紧拾起画笔，聊起米格伦。"他发现只要在画作刚烘好还没有冷却时，赶紧上一层凡立水，胶底上原本的裂缝就会在每一层油彩冷却时透上来。"

"真是个有头脑的家伙。"

"裂缝的事我原本只是略知一二，直到我去上了复制网的认证课程，又为了你这个案子做了研究之后，才清楚了解细节。以前我从没听过米格伦这个人，美术学校没教过这个人的事，世界上好像没多少人明白他的贡献。"

"我猜想学术界不会有兴趣帮一个制造赝品的人提升知名度吧！"马凯淡淡地说。

"油彩目前还很热，所以现在还看不出来，"我继续说，"再过几个小时，就会有如高山低谷般的神奇纹路浮现，最后在画的表面形成丘壑。"

"不但能画画，还能写诗！"他看着我，笑容灿烂，像个自豪的父亲。但他眼神中的温柔丝毫不带父爱，却饱含情欲。他向我跨近一步。"克莱尔？"他说。而我清清楚楚知道他问的是什么。

我渴望他的肉体，渴望许久了。这天我过得辛苦，此刻恨不得埋进他的臂膀里，等不及要他用欢愉抹去我的恐惧。但我在他面前已经做过太多错误的决定，而此刻我俩之间又存在太多秘密。我摇头。

他眨眨眼，向后退一步。"好的，没问题。这不会影响到我们的计划，也不会影响到其他任何事。"

他脸上的饥渴恰恰是我的心情写照。"也许过一阵子吧，"我一面说，一面在心中期待这一阵子不会太久，"也许等这整件事结束之后……"

"这样可能比较明智。"他的语气平板，显示他心中认为这样一点也不明智。

第二十三章

　　九月了，冷风从海上吹来，阳光照射的角度偏斜，我感受到了学年伊始的欢欣，未来充满希望，新的一年大有可为。我告诉复制网我有自己的画要创作，需要暂停接案几个月。贝弗莉阿姆斯放了我一段时间的假，以待进一步的调查。瑞克远行去了巴黎，我昭告洁可酒吧的大家，我最近灵感来了，因此疯狂作画。马凯来过几次，每次都只有短暂停留，而且气氛尴尬。他离去后，我总是但愿他不要走。

　　我已经看到尽头了，仿佛完工日就在不远处，我已尝到成功的滋味。我铆足全力往终点线冲刺，使尽吃奶的力量，我过去几周的努力完全相形见绌。我废寝忘食，除了作画以及等待烘烤的时间以外，一刻也不停歇。此外，虽然说我老王卖瓜自卖自夸，但《沐浴后 II》看起来真的美呆了。

　　苯酚甲醛烘烤加热后，分子美妙互动，使色彩如精致琢磨的珠宝般深邃而明亮，在灯光下晶莹闪烁，散放光芒。最后还要涂上一层墨汁，降低这种明亮光泽，模拟岁月的痕迹，我却想到我的窗户系列也许也可试着这么做。

　　接下马凯的案子时，我以为我会从绘画大师的作品学到东西，结果我习得最深刻的学问却是来自一名伪画大师。马凯同意在我的个展开展前，烤炉可以继续放在我这儿。想到能够创作自己的画作，我的兴奋感益加高涨，于是更奋力冲刺。

我的睡眠变得短而断续，昼夜不分，这打乱了我正常的生理节奏，并且更进一步切断我和外界的联系。我往往进行两或三小时的罩染和烘烤后，就会一头栽倒在床上，睡几小时。起床后，吃些冷的泰式炒河粉，喝一杯柳橙汁，又重新投入工作。我老感觉自己像是置身远方，从外在观察自己，但说来矛盾，我停留在忘我境界里的时间似乎又比过去我所能想到的都更久。

坏处是我不断做梦，重复的梦，梦见艾萨克，梦见贝拉和德加，还有马凯。多数的梦境里，我被艾萨克挟持，追逐着贝拉和德加，马凯追逐着我。有时情况相反，有时全部乱成一团。其中有几次，沙维尔也出现在梦境。又有许多次，我和马凯正在床榻缠绵。醒来时，发现这些梦极其无趣，情节完全在意料之中，但置身其中时，梦境却逼真而恐怖——或逼真而酣畅欢快。

我的冲劲一阵紧接一阵，画画的速度也一天比一天快。希望画作完成时，我的噩梦也会结束。我终于可以爬出这个漩涡，回归真实的生活。

于是，有这么一天，画作大功告成。我大笔一挥，签下德加的名字，还刻意在"德"和"加"之间留了稍大的空间。退后一步欣赏自己的作品时，肾上腺素在我体内涌起。

我把两幅作品做了整体上的比较。除了《沐浴后 II》的色彩较为鲜艳外，两幅作品看起来几乎一模一样。我凑上前去，仔仔细细检查每一英寸画面、每一道笔触。真是惟妙惟肖！我先前在《沐浴后 II》背面的右上角点上一个绿点，好让自己分辨得清哪一幅是哪一幅。我检查背面的绿点，然后仔仔细细检查画作。我闭上眼又睁开眼，欣赏画作，接着又重复了一次。

我打开衣橱门，让全身穿衣镜向外开敞，然后刻意将两幅画并排，以便一眼能同时看到两幅画镜中的倒影。我把其中一幅画转过来，上下颠倒，另一幅画也同样这么摆。

我的胃肠扭绞。《沐浴后 II》有个什么地方不大对劲，里头有某种德加绝不会做的动作。我想找出是画中的什么引发了这种感觉，于是视线在画上来来回回搜寻线索。芳思华左侧的阴影深度不够。我把视线移转回《沐浴后》，细细观察芳思华，并和我的芳思华互相比对。两幅画中的芳思华以及她的阴影都如出一辙，毫无二致。《沐浴后 II》或许不能算是德加的作品，但我的伪作和原本的伪作完全就像一个模子印出来的。

此刻只剩下一项工作。我在整面画布上了一层薄薄的凡立水。凡立水干燥后裂隙浮上表面，我又把画平放在工作台上，拿了一支宽笔和一瓶墨汁，随即迟疑了。我知道我非这么做不可，不做不行。但想到要把我千辛万苦创造出的鲜丽颜色抹去光彩，我就踟蹰不前。

我强迫自己下笔，强迫自己用蓝黑色的墨水覆盖整个画面，强迫自己看着整张画布变成墨黑，掩盖了每一个线条与每一滴色彩。墨水干后，我用涂了肥皂的抹布擦去墨水，又小心翼翼用酒精与松节油的混合液去除最新一层的凡立水。

我再一次为米格伦的天才创意感到无比惊奇。最后的一点点墨水黏附在裂隙的峰棱，呈现出一如原本的赝品那般网状的细纹。我最后一次涂上凡立水，这回添加了少许棕色，模拟出岁月的痕迹。这么一来，这幅假造的旷世巨作就完成了。

马凯站在两幅画前，眼神忽左忽右来回摆荡，一语不发，神情令人难以参透。我恍惚又回到了当年凯兰和马凯在艾萨克的画室决定《四度空间》能否参展的时节。那种昏眩欲呕的期待是相同的，马凯笑容灿烂转过头来，我心中如释重负。

"干得太好了！"他激赏地鼓起掌来，我看得出他想拥抱我。

我跨步退开，从冰箱取出一瓶香槟。"我们庆祝计划成立时喝的那瓶酒是你带来的，所以计划完成，换我来准备香槟。"

马凯全神贯注观察着画，因此没有察觉我嗓音里的尴尬。"我不知道该说什么，完全哑口无言。"他转向我，眼里充满了温暖的激赏。"哪一幅是哪一幅？"

我拿了两只杯子，走回他身边。"你猜。"

他凑上前，仔细观察两幅画作，又绕到背后，观察画的背面。"我还以为这画化成灰我也分得出来。"

"这是个好兆头。"

他回到画的正面，又观察了一番。"但我分不出来，真的分不出来。"

"噢，就放胆猜一下吧！"

他往右边的画作一指："这幅。"

我大笑，他的手臂随即旋向左侧的画："这幅。"

我不答，故意吊他胃口。

"克莱尔……"

"你应该坚持到底的。"

"你的手艺好高超。"他从我手中接过香槟，砰一声打开瓶盖。"敬你！"他举起酒瓶，任由泡沫从瓶侧汩汩倾泻。"世间第一奇女子！"

我捧着酒杯让他斟酒，视线锁在杯缘，回避他的眼光。我的半个自己恨不得扑进他怀里，但另一半的自己却清楚知道自己对他说了什么谎言，或者至少是让他相信了什么谎言。何况我也并不知道他对我又坦承了多少。虽然在心脏怦怦跳动而两腿间湿湿的时候我很难承认，但我实在不敢太信任他。尽管我对感情这档事判断力向来都不高明——我坎坷的情史就是证明，但我至少还有起码的判断力，知道这种状况并不是美满恋情的良好基础。

我们坐在沙发上互碰酒杯，为我们的成功干杯。我舒舒服服缩到角落里，盘着腿微笑，努力别让他看出我在刻意回避肢体接触。"下一步是什么呢？"

"真伪鉴定。"

我啜了一口香槟，酒精一路冒泡，滑落我的喉咙。"你真的相信她可以通过测试吗？"

"你最担心哪一点？"

这问题倒有趣。"我想我们可以安全通过传统的鉴识法，但是像原子吸收或质谱技术等新的测试法，就有可能会揪出一些我没掌握到的地方。就你说的，一切还是要看买家有多老到。"

"我打算找鉴定原来那幅画的鉴定师来鉴定。"

"这样好吗？"

"你好像很担心。"马凯说。

"也不是担心，或者说，你找其他专家来鉴定也一样。可是你要怎么向他解释为什么要重新鉴定一次？"

马凯一饮而尽，替我们两人又各斟了一杯酒。"就告诉他，我有疑虑，需要请他重新鉴定一次。"

"他会信吗？"

"怎么会不信？这样的情况，谁都会想再次确认。"

"有道理，说得是。"我用手指梳理我的头发，"对不起，我工作太久，累坏了，简直是精疲力竭。我连我们刚刚在聊什么都记不起来。"

他把酒杯放在桌上，站起身来，疼惜地对我笑了笑。"那是当然的。"他伸手拉我起来，"你需要的是睡眠，不是说话。"

我让他拉我起来，我们对视了好长一段时间，最后他搂住我的肩膀，把我扳转过身，往门边走去，我用手环绕他的腰。

来到门口，他放下手臂，用一根手指托起我的下巴。"我明天下午来把两幅画都运走好吗？我想尽快把你的画拿去鉴定，把原作放到安全处好好保管，顺便把该给你的钱带过来。"

我点点头，满心兴奋。兴奋不是为了钱，钱当然也很棒，但最大的原因是我终于可以摆脱这两幅画，终于可以重新拥有我的画室，终于不用活在阴影之中。可以来一场秋季大扫除，清出空间创作我自己的作品。

两幅伪画移开后，我的画室更开阔、生气勃勃，而且老实真诚。我自己也感觉开阔、生气勃勃而且老实真诚。我找回了我的画室和我自己，更别说还有一万七千美元的进账。《沐浴后 II》如果通过鉴定，还会有一万六千美元的尾款。我是说如果通过鉴定的话。万一没通过，马凯会怎么做呢？会不会放弃交还给嘉纳美术馆的计划，然后告诉卖方他找不到买主？他会不会把已经付给我的钱收回去，并且取消我的个展？说实话，我不知道他会怎么做。我努力排除这些思绪，就像努力排除绘制《沐浴后 II》的记忆一样。

但这些努力不见得都会成功。过去这几个月来的生活偶尔会忽然如潮水涌上心头，止也止不住。追逐和被追逐的噩梦依旧纠缠不去，片段的记忆则凌乱掺杂其中。有时我感觉这一切从未发生过，又有时这件事像个无法抹灭的污点，无论如何也冲刷不掉。有时我发现自己一天洗手二十次，整个人又陷入了疯狂。

但行走暗路的经验还是留下了一些好东西，那就是烤炉，以及苯酚甲醛。我对我的窗户系列始终引以为豪，这个系列集中了我目前为止所学习到的一切技巧风格之大成，是我最成功的作品。但添加苯酚甲醛后，这个系列呈现出一种超凡脱俗、珠光晶莹的色彩，让我心中充满希望。

希望是个危险的东西，这我深有体悟，但同时，希望也是强大的内在动力。驱使我完成《沐浴后 II》的动力疯狂迷离，但窗户系列的准备工作却出乎意料抚平我的情绪，犹如在珊瑚礁海岸浮潜，以慢动作徐徐沉入充满异国风味且令人屏息惊叹的美景，隐含其中的一丝危险性更增添了刺激。

而米格伦教给我的并不仅仅是色彩的操控，透过烘烤所争取到的时间才是我最大的收获。我的个展需要二十幅作品，全都采取写实风格，且全都要以透明油彩一层又一层精致罩染。我看着原本的十二幅作品，打从马凯第一次造访以来，那些作品就一直挂在那儿，始终没有取下来。我原本的计划是要展出其中的六幅或七幅，但现下我发现，若是采用米格伦的做法，我的颜色表现可以更宽广多元，我担心这么一来，新的作品会使这些旧作黯然失色。但这几幅真的画得很好，马凯就是看了这些作品，才提议帮我开个展。所以除非我想把个展延到明年春天，否则我就非展出这些作品不可。那么我就需要再创作十三幅新作。

我已经有至少三十张草图可以发挥，但也有一些新的创意在脑海中酝酿，例如有一个构思我已经命了名，叫《粉红媒介》。我打算用生产线模式来裁减画布、上胶以及打底，这样可以节省一些时间。我环顾画室，同时处理十三张画布有点拥挤，但空间大约刚好。新构思的那几幅我会先画好草图，然后快速替一幅幅的画打轮廓。正式开始作画时，我会用烤炉来缩减所需的时间。这是个艰巨的计划，但同时也是个不可思议的大好机会。

第二十四章

　　我战战兢兢在马凯家门前的花岗岩阶梯拾级而上。我不该来的，如今却站在一栋十九世纪豪宅面前，对面是一个宽阔的安全岛，里头有绿树环绕的林荫步道，这个林荫安全岛使联邦大道在后湾区所有的高级街道中独树一格，傲视群雄。更何况，我置身阿灵顿街与柏克莱街之间，这比联邦大道上其他所有的高级街区又更胜一筹。波士顿的这一区从不曾经历过翻修整顿，因为没有这种必要，上流社会对这个区域的偏爱始终不曾减退。

　　这个星期初，马凯来电邀请我上他家晚餐。"你知道我会烧菜吗？"我接起电话时，他这么问。

　　"你会烧菜？"

　　"可能烧得比你好。"

　　"你是说，你不只会做奶酪焗通心面？"

　　"你的惊喜晚餐想吃奶酪焗通心面？"

　　"惊喜？"

　　"对，事实上有两个惊喜。"

　　"能不能说详细一点？"

　　"不能。"

　　"好吧，如果你要大费周章下厨做菜，"我说，"那我就带些比奶酪焗通心面美味一点的东西过去。"

"就这么说定了。"他说，"周六晚间七点你方便吗？"

我迟疑了一会儿说："应该方便吧。"

"那星期六见咯！"他随即挂上电话。

我完全没机会拒绝，即使有机会，我可能也不会拒绝，我这人最爱惊喜了。那幅画通过鉴定了吗？还是和我的个展有关？会不会事成之后，他就打算在甜点里下毒，杀我灭口？换个窝囊点儿的女人，可能会逃之夭夭，但我不是那种女人，我想看看他的收藏。

我按下他名字旁的电铃，门吱一声开启，我跨进一个接待室，介于街道与房舍之间，镶有木质装饰护墙板，并铺设着大理石。两扇磨砂玻璃门矗立眼前，我推开门，走进一个典雅的挑高空间。十九世纪末期，衣着讲究的绅士淑女就在这样的地方接受招待，贝拉·嘉纳很可能也曾是他们当中的一员。

一道桃花心木楼梯贯穿大厅，转了两道弯才抵达二楼大厅。我踟蹰不前，不知该往何处去，这时马凯从楼梯走下来。

"在这里。"他喊，"欢迎！"光线凸显了他的颧骨与方正的下颌，他看来轻松且孩子气，自信且自在，见到我非常开心。这全套组合真是难以抗拒。

我踏上阶梯，朝他走去，向他行了个屈膝礼，伸出手说："幸会了，先生。"

他接过我的手，翻过来亲吻我的掌心，说："高贵的小姐。"

走进他家，我目不暇接，简直不知该先注意精致的建筑，还是混搭风格的装潢，还是毫无章法四处散放，却又搭配得无懈可击的艺术品。他带我参观。屋里陈设了巴尔代萨里^①的蜘蛛、费赫尔^②四

---

① 巴尔代萨里（John Baldessari），生于一九三一年，美国概念艺术家。

② 费赫尔（Tony Feher），生于一九五六年，美国艺术家，擅长抽象、极简雕刻及装置艺术。

只红盖罐子的雕刻、柯尔[①]拍摄的椰子蛋糕。有曾梵志[②]面具系列当中的一幅、帕克[③]的作品中我最爱的一幅——《四个裸体》（*Four Nudes*）。有一件昆斯[④]的作品、一件柯廷翰[⑤]的作品、一件安迪·沃霍尔的作品、一件李奇登斯坦[⑥]的作品，当然啦，还有一件科利恩的作品。

"真了不起！"我的嘴巴不住咕哝，"我的天，太妙了！"我简直没有别的话可说，他的收藏品足以媲美一座小型的美术馆。接着他带我看他的"印象派专区"，有一幅莫奈、一幅塞尚[⑦]，以及一幅小小的、完美无瑕的马蒂斯[⑧]。

"没有德加的作品？"我问。

"这是我收藏中一个不幸的缺憾。"他朝他所有的收藏摆了摆手，"这是经营艺廊的好处，我喜欢什么，就可以买下来，价格远比我开给客户的低廉。"

他的公寓占了这栋大楼的三层楼，一楼是客厅、饭厅和厨房，天花板挑高十七英尺，有三座壁炉，还有古建筑原本的天花板饰边及圆形浮雕。二楼是极其宽敞的主卧套房，另有一间独立办公室，整洁且阳刚，但阳刚得恰到好处。所有物品都做了现代化的更新，但也全都与十九世纪的背景风格搭配得天衣无缝。我们爬到三楼，这层共有三间卧房，分别是一间各类设备应有尽有的客房，以及两间小孩房。

---

① 柯尔（Sharon Core），生于一九六五年，美国摄影艺术家，以静物摄影见长。

② 曾梵志，中国画家，一九六四年生于湖北。

③ 帕克（David Parker），一九一一－一九六〇年，美国画家。

④ 昆斯（Jeff Koons），生于一九五五年，美国艺术家。

⑤ 柯廷翰（Robert Cottingham），生于一九三五年，美国超写实派画家。

⑥ 李奇登斯坦（Roy Lichtenstein），一九二三－一九九七年，美国普普艺术家。

⑦ 塞尚（Paul Cézanne），一八三九－一九〇六年，法国画家，风格介于印象派与立体派之间。

⑧ 马蒂斯（Henri Matisse），一八六九－一九五四年，法国画家，野兽派创始人及代表人物。

"你有小孩？"

"萝苹六岁，史考特四岁。他们跟妈妈一起住在威斯顿，但我常和小孩碰面。"

我唯一能说的就是一个"喔"字。我知道他十分早婚，也知道他已经离婚好些年，但我怎么从不知道他有小孩？艾萨克怎么从未提起过？马凯又为什么从未提起过？

我们回到楼下，下楼的途中我又注意到更多刚才上楼时没发现的艺术品——楼梯的壁龛中有座路易斯·布尔乔亚①的雕塑，另外还有一幅威廉·肯特里齐②的素描，以及一件亚历山大·考尔德③的动态雕塑。马凯执起我的手，领着我回到客厅。我们坐上沙发，眼前一张低矮的桌子上，一瓶香槟正在冰镇中。

"我们这阵子好像喝了不少香槟啊！"他的艺术收藏太过令人惊奇，我几乎说不出话来，好不容易才挤出这一句。

他斟了两杯酒，其中一杯递给我。"我们有很多事情可庆祝啊！"他戏剧化地顿了顿，又说："现在有更多事可庆祝了。"

我屏住气息。

"你的《沐浴后 II》通过了鉴定。今后不管是谁都会认为那幅画是真品了。"

一股宽慰流遍全身。"哇！"我一口喝下手中的香槟，举着空杯让他再重新加满。"真是不敢相信。"可是话又说回来，专家也会失手，这我太有经验了。

"你本来这么担心哦？"

"当然很担心啊，我不是告诉过你我很担心吗？"

---

① 路易斯·布尔乔亚（Louise Bourgeois，又作布儒瓦），一九一一－二〇一〇年，法裔美籍女艺术家，以巨型蜘蛛雕塑闻名。
② 威廉·肯特里齐（William Kentridge），生于一九五五年，南非籍艺术家。
③ 亚历山大·考尔德（Alexander Calder），一八九八－一九七六年，美国艺术家、雕刻家。

"如果没通过鉴定，我反而会大吃一惊。"

"看来你比较坚强。"

他从茶几抽屉里抽出一枚信封，递给我。"额外的奖金。"

"谢了！"我快速把信封收进包包里。这次的信封感觉比较厚。

"那个不是主要的惊喜。"他说。

"不是吗？"既然《沐浴后II》已经通过鉴定了，难道这会儿他要谈的是我的个展？

"嗯，那算是前奏，或者说是前半段惊喜，因为还有后半段要等。"

看来不是要谈我的个展。"你煮了奶酪焗通心面当晚餐？"

他放声大笑："你怎么知道？"

"是真的？"

"放了我从花园里摘来的三种蘑菇、番茄和香草。这样算不算得上是精致美食？"

我极力掩饰我的失望。虽然我跟天下人一样热爱美食，但美食在我眼中实在算不上是什么惊喜。"听起来很美味，多谢了！"

他递上一盘黑橄榄，那盘子细长，像是专为盛放橄榄而特制的，我从未见过这种东西。我扔了颗橄榄到嘴里，滋味美妙，浓呛而黝黑，既咸且油。"你的花园也种橄榄吗？"

"不只这样。"他说。

我一面吃橄榄，一面等他说下去。

"我卖掉了。"

我险些把橄榄核给吞下肚。"你说《沐浴后II》？"

"我和这个收藏家之前也有往来，我透过几个中间人，伸出饵试探一下，他上钩了。"

"他相信那是真的？是美术馆被偷的那一幅？"

他用他的香槟杯碰碰我的香槟杯。"不然他还会怎么想？"

我极力保持自己呼吸正常。我完全不知我为什么会这样反应，我以为会怎样呢？我们的计划一直都是要把我的画当真品来卖呀！

"事情成真的时候，感觉很奇怪，对吧？"他说。

他再度看穿我的心思。这种革命情感带来的亲密力量强大，这是无可否认的事实，尤其这革命经验又是我俩独有的。一股寒意沿我的背脊向上蹿。"你确定他不知道是你卖的吗？确定他不会追踪到你吗？"

"我们之间隔了太多手，而且每个中间人都只知道他的联络人和他要联络的人。"马凯话说得肯定，但我发现他没有直接回答我的问题。

"他要怎么处置那幅画？"

"他是收藏家，克莱尔，收藏家都是怪咖，这个收藏家又比其他的还更怪，是彻头彻尾的狂热分子，只在乎他能收藏到什么艺术品，其他什么都不管。所以要卖这幅德加的画作，我头一个找的就是他。"

"可是如果他不能卖，也不能展示给别人看，既不能用来表现尊贵身价，也不能在黑市交易，那买这幅画对他有什么好处呢？"

马凯向后靠在沙发上啜饮香槟。"知道自己拥有这个东西，确认这个东西属于你，除了你以外谁也见不到它。"他的眼光瞟过他的安迪·沃霍尔和李奇登斯顿作品。"这快感有点像上了瘾，不对，根本就是上了瘾。真的有意从事收藏的人无法克制，可能也不想克制。我们这会儿讨论的可不是一般人。"

我想起桑德拉·史东翰说过类似的话，也想起自己凝视短廊上的空画框时心中感受。全美术馆就只有我一个人知道失画的下落，我有多么兴奋！把德加的《沐浴后》藏在我的画室，随时心血来潮想看就看，想碰就碰，而且除了我，谁也看不到，摸不到，这令我多么自豪！忽然之间，我们全都不是一般人了。

"可是他会做真伪鉴定，"我说，"万一他找的专家发现那个是赝品，怎么办？"

"买主是印度人，但他得在这里做真伪鉴定。"

"可是你之前说来自第三世界的外国买主比较好，因为他们没有技术精良的专家，也没有高科技设备。"

他一只手搂住我，把我拉往他的身边。我太过激动，因此无力抗拒，乖顺地任他摆布。"通常是这样的，"他一面玩弄我一绺垂在额前的头发，一面说："但是这幅画声名狼藉，他没多少鉴定师可以找。"

"所以他只好用你的那个鉴定师？"

"他别无选择。"

"接着会怎样？"

"等鉴定师认可之后，我们协议让他把画布从框上拆下来，随身携带，搭船或飞机离境。"

"可是那安检呢？现在安检很严格。"

"画不会触动金属警铃。"

"万一他被抓了，他们会不会追踪到……"

马凯俯过身来吻我，是个甜蜜、温暖而湿润的吻，久久不去，热意一路下行，到了我的两腿之间，又重新回流，扩展到我全身的每一个神经末梢。光是亲吻从不曾让我达到这等热烈的欢快，但此时此刻看来就是那么回事。

马凯退开，问我："你之前说案子结束后就可以？"

"你哪里学来的吻技？"

"这是'赞美'的意思吗？"

亲吻结束，我稍稍恢复理智，疑惑又重新浮上心头。我用手指理理头发，坐正起来。"你怎么从没告诉过我你有小孩？"

"这有什么影响吗？"

"不会，这事本身不会，只是一般人通常会提起自己的小孩。"

"你知道我有几个兄弟姊妹吗？知道我爸妈还在不在世吗？知不知道我在哪里长大的？"他耸耸肩，"我也不知道你的这些事，我们从没谈过这种私事。"

"那倒是。"我说。即使事隔三年，艾萨克的背叛依旧是我心头的痛。我抽开身子，兀自站起来。"你号称是高档美食的焗通心面怎么样了？我饿得要命。"

他也站起身，吻吻我的鼻头。"我们有重要的事情要一边吃饭一边谈，有件事我要听听你的意见。"

晚餐非常美味，这使他的优点又增加了一项。他同时也是一流的东道主，体贴细心，却不会过分殷勤，魅力十足又客气谦逊。我们开心谈笑，喝掉一瓶葡萄酒，接着讨论我的个展。

"我打算再画十幅新画。"我告诉他。

"听起来不错。"他说，"预估什么时间完成？"

"我估计一周一幅，总共要十三周，那就是明年一月初了。"

"要十二月或三月才行。"他说，"一月和二月已经排定节目，十二月有人取消展览。十二月以前你赶得来吗？那时段不错呢！"

"月初还是月底？"

"月中。"

"何时就要确定？"

"至少要提前两个月，我才来得及宣传。"

十二月我赶不赶得及？提前两个月，那就是十月中，也就是说，我一个月后就要给他答复。这样很赶，非常赶。

"可以少展几幅啊！"他建议。

少一点不行，他会有空间同时办另一场展览，虽然说另外那场规模会小得多，但我不要，我要占满一整个艺廊。

"给我一个月。"我说，"我会尽全力，看能完成多少幅。这样我比较估算得出来。如果十二月办得到，我们就十二月展。如果来不及，就只好延到三月。"

"就我和艺廊来说是没问题啦，反正有好几个画家抢着要那个时段。"

"可是呢？"我的一颗心垂到了地上。

"我个人不大喜欢这样。"

我被办个展的雄心冲昏了头，起初被他的话弄得一头雾水，但随即我理解了。他指的是我和他的关系，他希望我多留点时间和他相处。"喔，对，还有我们那件事。"

"那件事有可能吗？"他问。

我不知道该如何回答，我还需要多一些时间来思考，但也不想把事情说死，我看得出我们之间有可能，我也喜欢他。"有。"我终于回答，"只不过不是今晚。"

他咧嘴一笑，整个身子放松了。"那明晚换你做菜给我吃，怎么样？"

"那样的话，就不会有'那件事'了，我们可能会食物中毒死掉。"我趁他还没来得及反应，抢先转变话题："你不是说有什么事要听听我的意见吗？"

他正色起来。"是把那幅原画交还给嘉纳美术馆的事。"

"原画现在在哪儿？"我问得谨慎。

"锁在除了我以外，谁也拿不到的地方。是个戒备森严的地窖。"

他想要保护我，也许只是他口头上说想要保护我，但这样含糊其词，弄得我很紧张，神秘兮兮的。

"在哪里不重要，"他说，"我只是考虑要挑哪种做法。"

我决定姑且信任他。"当然不能直接跑去交给他们，所以一定要放在某个地方，让他们去拿。"

"得要是个安全、有戒备的地方才行。"他说，"不能在室外，也不能跟我扯上关系。"

"不能在波士顿。"

"也不能太远，运送程序愈少愈好。"

"你打算什么时候归还？"

"等你的假画离境之后。"

"也就是卖方拿到钱，你也拿到佣金之后。"还姑且信任他呢，真是算了。

"对，等我拿到佣金之后。"他站起身来收拾桌上的甜点盘，把脏盘子一一放上厨房与饭厅间的台子上，动作利落。

"对不起，我不该那样说，我无权评断你。我在这件事里头也没有多清高。"我看着他认真的神情，果断的动作，我愿意相信他做这一切只是为了让那幅画物归原主。"对我来说，事情很单纯，可是对你来说呢？"我看着他身边墙上的艺术品，一件考尔德，一件昆斯。

"就算是我，也是要赚钱的，克莱尔。事情不能只看表象。"

"可是你有这么多艺术品？有安迪·沃霍尔、考尔德，还有马蒂斯？"

他在我身旁的椅子坐下。"还记得我怎么形容艺术收藏家的吗？他们都很疯狂，有时候还会失去理性？我就是那种人。"

"你想把《沐浴后》据为己有？"

"不是，"他说，"当然不是。我只是在说明我收藏艺术品的心情。我们这种没有艺术天赋的人，收藏就是表达自我的管道，是发现美、创造美的一种方式。收藏品可以超越收藏者自身的意义。"他摇摇头，"这些东西是非卖品，一样也不能卖。"

"你没卖过你的收藏？"

"我的收藏品只有增加，几乎不曾减少。就如我说的，这是一种瘾头。我是艾登·马凯，我是艺术收藏家。①"他笑得腼腆，"也许不像买《沐浴后 II》的那个人那么疯狂，但也够疯狂的了。"

"可是你住豪宅？"我不让他光靠施展魅力就回避掉我的问题。"你

---

① 戒酒协会聚会时，人人自我介绍："我是×××，我是个酒鬼。"马凯刻意模仿戒酒协会成员的台词，以凸显他像酒鬼罹患酒瘾一样地罹患了艺术收藏瘾。

还有艺廊？"

"都是靠贷款。你别以为有一大堆名贵用品的人就一定没负债。"他捧起我的手。"是的，我会拿到我的佣金，而且是很大的一笔，但那是次要的问题，重要的是要把《沐浴后》挂回短廊的墙上。这样犯法吗？是的，我承认这样犯法。但是值得吗？我相信答案是值得。"

我注视着被他捧在手心的手。他的话有道理，但我还是无法忍受被人戏耍。

他把我从椅子上拉起来，默默送我到门口，臂膀轻轻环着我的肩。"我明天没有事。"他说，"我们可以叫外送比萨。"他俯下身吻我。

我再一次迷失在他天鹅绒一般的甜蜜之中，迷失在他唇与胸膛的柔软温暖之中，他的身子贴紧我的身子，我的心朝着他扑扑跳动，他的心朝着我扑扑跳动。我抽开身子，我要想一想，要把事情想个清楚。我拥抱他，然后快速奔下楼梯，踏进沁凉的秋夜。

我在人行道停下来喘息，仰头看他的窗。他站在凸窗前看我，脸上一丝惆怅的笑意。他把手掌贴在窗上，那手势里含有太深的渴望，我的心里有个什么东西轰然崩溃。

我再次按门铃，门哗一声打开时，我以比方才下楼更快的速度冲上楼去。

第二十五章

三年前

我头一次到纽约去画第二幅《四度空间》时，先到凯兰的办公室找她。她介绍碧雅翠丝·考米耶给我认识。碧雅翠丝是个上了年纪的妇人，瞳眸湛蓝，眼神锐利，穿戴满身的珠宝首饰。

"碧雅翠丝是个大收藏家。"凯兰说，"她研究艺术史，还拿了好几个学位，对绘画的了解比多数的大学教授还深。"她交给碧雅翠丝一把钥匙。"你作画时她会看着你。"

起初我有些不快，我不喜欢作画时有人看着我，但我明白——现代美术馆有必要确证我的画确实是我本人画的。

"你要的材料都已经在画室里了。"凯兰指指我夹在腋下的纸筒，"那是我要你带来的作品吗？"

我不大乐意把画交给她，但还是给了。她要我带这些作品来供她和《四度空间》交相比对，这对我有利，但不知为何，这么做感觉像在逢迎谄媚，好像有错的人是我。

"我们用完马上就会还给你。"她这么说完，随即转头回到电脑前，一副打发我走的神态。"碧雅翠丝会带你到画室去。"

碧雅翠丝的司机把我们载到布鲁克林一个发展中但还不大繁荣的新

兴小区，这地方使我联想起索瓦区。最先发现这类地方的总是艺术家，我们是拓荒者，开发新的区域，等这个区域翻修成高级地段，房租上涨，我们就会被扫地出门。

我们乘电梯来到一间小画室，画室的主人出国去了。我看得出画室主人是个男的，但看不出他是谁，因此完全不知我占用了谁的领域。我猜这是凯兰的点子。这整个试画过程都很神秘，在他们证实或推翻我的说法之前，外人绝不能知道我们在搞什么勾当。也说不定在证实或推翻我的说法之后，也还是不能对外透露结果。

屋里的画架上立着一张和《四度空间》大小相当的巨大空画布，画布面南，因此北面的光线刚巧可以打在画布上。画架旁有张沾满颜料污渍的桌子，我要求的画材都摆在上面。我检查颜料、画笔、松节油，以及调色剂。

"需要的材料都齐全了吗？"碧雅翠斯问。

"应该是齐全了。"我说，"可是你不会无聊得要死吗？"

"我们来敲定时程，我好排进我本来的计划里。"她这么回答。

"我只有一堂课，在星期二。我的课差不多都上完了，现在要集中火力写专题报告，希望下学期结束时能拿到学位。"

"所以呢？"她客气有礼，但明显对我的生活细节毫无兴趣。

"所以星期二之前或星期二之后都可以。"

碧雅翠丝一面对着电话发号施令，一面说："最好是能尽快完成。你预估画这幅画需要多久时间？"

当初画《四度空间》时，我没花多少时间，我自己也觉得挺神奇的。用湿画法作画比用干画法速度快得多。但现在这幅能不能画得同样快，我却不敢保证。在压力下会遭遇创作瓶颈的可不是只有艾萨克一个人。"三四天左右吧？"

很不幸，碧雅翠丝极为忙碌，没有太多空档可以和我在一起待上两天，但我们还是排除万难，排出了两人都有空到画室来的时间。她告诉我，此后我暂时不要和凯兰联络了，碧雅翠丝手上有钥匙，她会负责开门，以及在我出来后锁上门。

事情就这么依照计划进行了。我总共进城作画三次，每次待两天。进城作画的次数比我预期中多，原因是碧雅翠丝从没有一天整天都有空，我只能在她有空监看时作画，夜晚在基督教青年会过夜。碧雅翠丝很好相处，我画画时，她都在看书，或小声讲手机，但一刻也没放松。这种工作看来像是要有大笔酬劳，才会有人愿意干，但碧雅翠丝明显是个有钱人，没有必要为五斗米折腰，我至今仍不清楚她是为了什么而帮这个忙。

只要不去多想事情背后的缘由，这整个过程其实还挺愉快的，可以远离波士顿，远离课程的压力以及竞争的压力。波士顿美术学院在大学排行中名列前茅，同学间彼此较劲是这个学校的注册商标。碧雅翠丝是个极好的同伴，专注留神，对我也尊重，话很少，但一点儿也不含糊地向我透露她很欣赏我的画。凯兰要我不用完全复制《四度空间》，只要画个类似的画，算是同一系列里的另一幅作品就行，于是我也就这么做了。

大功告成后，碧雅翠丝把画锁在画室里，她告诉我有人会和我联络。她感谢我的和善，我感激她的亲切。打从我们合作以来，她头一次对我温暖微笑，拍拍我的肩头。"干得好啊，小姑娘！"她这么说，并眨眨眼睛，然后坐上等着她的车，呼啸而去。

一直到漫长的六周之后，我才接到了正式的裁决。

第二十六章

我买了张双人床，有弹簧床垫，还有床头板和床尾板。孩提时代我睡过一张仿法国乡村风的单人床，从此以后再也没睡过正规的床。这是我平生第一次真正拥有钱，五千美元的额外奖金，我不义之财的清单又添上了美好的一笔。这样一来，让艾登屈就地板上的床垫就不太好意思了。

乌云终于飘散，我不再做窒息、追逐或禁闭的噩梦，不再被艾萨克、贝拉或德加苦苦纠缠，只有艾登经常在我身旁。

秋阳倾斜的角度不断增加，白昼也越来越短，我心情烦躁易怒，但我却感觉今年秋天比夏天更明亮，尽管事实并非如此。一如我所期盼的，《沐浴后 II》的完成把所有的恶魔都赶跑了。

我疯狂创作我的窗户系列，速度几乎和《沐浴后 II》一样快，但这回我有十三幅画要进行，得加快脚步才行。但再怎么加快脚步，我一天工作也无法超过十四小时。我没时间跋涉到后湾区去，所以我和艾登若要温存，他就得上我这儿来。他声称不介意过来，他说他喜欢走路，也喜欢松节油的气味，我想他真正喜欢的是床第之事。我对这点倒是没意见。

这人的床上功夫和吻技一样妙不可言，他的舌头让我飘飘欲仙。和艾萨克分手后，我谈过几场玩票性质的短暂恋情，也有过几次蜻蜓点水的一夜风流，但已经有三年没有持续规律的性生活了。老天哪，这事可是会上瘾的，所以说起来，有个严格的截稿期也算是好事，否则我们会成天赖在那张新床上，死也不肯起来了。

"我要工作了。"我们刚刚缠绵过一场，此刻正懒洋洋躺在床上，享受完事后的幸福。事实上，这已经是今天下午第二场完事后的幸福了，我的工作进度加倍落后中。

"我觉得三月对你来说是个很好的展期。"艾登用舌头描绘我耳朵的轮廓。"不画画的空档可以有很多时间享受一点小小的乐趣。"他说，"春暖花开，万象更新，多适宜呀！"

一阵战栗窜过全身。虽然我自知等不了这么久，却还是思索起这种可能，考虑了一瞬，趁他还没来得及说服我别跑之前一跃而起。"你是我的经纪人，你应该要考虑怎样对我的事业最有帮助。"

"我也是你的情人，"艾登坐起来，双手枕在脑袋后方，看着我穿衣，"所以我也要考虑怎样对你的身体最好。"

"这我很感激，"我一面说，一面把腿插入工作裤。这条裤子沾满油彩，变得硬邦邦，几乎可以直接立在地面，"可是你也知道成天贪玩不工作的女孩会怎样。"

"会很有乐趣？"

"会一败涂地。"

艾登故作绝望状地举起双手："世人哪，小心太有雄心壮志的女人！她们会扔下你，害你孤零零地哆嗦，蛋蛋都发青。"

我朝他吐舌头："小心说话太夸张的男人！"

他拾起地上的遥控器，瞄准一台小小的电视，它就放在一叠我从没看过的老旧食谱上。"我看一下收盘行情，"他说，"然后就回艺廊。"

我这辈子从没拥有过半张股票，因此对股市毫无兴趣，于是我拾起画笔，检视我进行中的作品。是我已经构思了数个月的《粉红媒介》，画出来的成果比我预期中更好，苯酚甲醛和烤箱使各种层次的粉红散发出美妙的光泽，令我大感兴奋。我贪婪地伸手取调色盘。

"可恶！"艾登忽然大吼，"可恶，克莱尔，可恶！"

我转过身。

"是《沐浴后》，我们的《沐浴后》！"他从床上跳起来，浑身光溜溜地站在电视前。"我想应该是。"

我忽然间理解"一颗心跳到喉头"这话的意思了，好像体内所有的重要器官都被挤到了咽喉上。我没放下笔，直接走到他身边。

"一九九〇年波士顿伊莎贝拉·史都华·嘉纳美术馆发生重大抢案，至今尚未破案，全球最知名的办案专家也伤透脑筋。此画可能是该批遭窃画作中的一幅。"有线电视新闻网的新闻播报员正经八百念着稿。

我看到新闻画面。如果那不是我的《沐浴后II》，那就是有人制作了惟妙惟肖的仿冒品。虽然我的电视荧幕太小，难以看清细部，但结构上而言，这幅画和艾登收藏的那幅一模一样。我的画笔当啷落地，我握住艾登的手。

"这幅画上周在旧金山一艘航往印度新德里的船离境通关时被查获。"新闻播报员继续报道，"倘若此画证实确是德加的《沐浴后》，那么此画就是该起一九九〇年抢案遗失的大师作品中，头一件被寻获的作品。该起抢案中，计有维米尔、伦勃朗、莫奈及德加等大师的作品遭窃。这幅被发现的画作目前正运往波士顿进行真伪鉴定，此案目前并未传出人犯被捕的消息，但联邦调查局已宣布要展开全面调查。我们一有最新消息，会立刻提供给观众朋友知道。"

我和艾登愣愣地对望，谁也说不出话来，但眼神中呆滞的震惊却说明了一切。

"你不是说他会随身携带吗？"我终于吐出了话。

艾登穿上裤子。"他们又没说他不是随身携带，只说是出境通关时查获的。这个人到底是不是我的买主都不知道。"

《沐浴后》，船，从旧金山出发，前往印度。还有可能是别人吗？

"静观其变，不要慌，这很重要。"艾登说，"不要跟别人提起这件事，我会想办法打听，一有消息我就回来。"

"你要去哪儿？"我看着他抓起外套。

艾登看着我，眨着眼，几乎像是诧异我怎么会在他跟前，而后他的眼神温柔起来，伸手拥我入怀。"没事的，我保证一定没事。我不会让你出事，也不会让我自己出事。"

我任由他抱着我，渴盼自己相信他的话，可我又清楚明白他既做不了这种承诺，也履行不了。

等着艾登回来的同时，我试图作画，但无法专注。我担心我可能会犯下致命的错误，导致进度比原先更落后，甚至不小心烧掉整栋大楼，只好强迫自己暂停工作。我让电视开着，但新闻只是重复播报相同的讯息，就连画作的镜头也完全相同。我查了网络，唯一的消息是海关一周前就查获了这幅画，只不过一直封锁消息，直到今天才对外发布。这表示他们所知的情报可能远比报道出来的更多。

我多穿了一双袜子及一件运动衫，仍然暖不起来，于是又加上一件羽绒背心，戴上剪去了手指部位的羊毛手套，问题是寒意好像从我的骨髓不断冒出。我想把暖气开强一点，但这种人造的热气对还没干透的颜料会产生奇怪的效果，于是我只好绕着圈子走个不停，希望运动能帮我暖起来。

艾登回来时天已经黑了，我扑进他怀里，既寻求温暖，也寻求保护。但由于他刚刚从冰凉的夜晚空气中走进来，也并不具有神奇的防御能力，因此我两方面的期望都落了空。

他在沙发坐下来，伸出手指按了按鼻梁。"帕特尔被捕了。"

"谁？"

"阿绍科·帕特尔，我的买主。"

"所以说，那的确是我的画？"

他看着我，神情像是觉得我疯了。

"对啦。"我一一思索可能的后果。"你说你从前和这人交易过，所以他认识你，知道你的名字和长相。"

"对，也不对。"

"哪个对，哪个不对？"

"他知道我是马凯艺廊的负责人，我们来往很多年了。但他不知道这桩交易跟我有关。我告诉过你，我透过了好几个中间人。"

"那这些中间人知道你是谁。"

"中间人也隔了很多层。我藏在幕后，因为我过去没做过类似的事，所以谁也不会联想到我和这件事有关。"

这话没有他期望的那么有说服力，但眼前还有更迫切的问题。"他们怎么逮到他的？"

"我不怎么确定，但我的中间人很明确地指示他要把画布从框上拆下来随身携带，我以为他会照做。"

"结果他没有照做？"

艾登从椅子上滑过来，一只手搂住我。"帕特尔不知道画是从哪儿来的，也不知道卖画的人是谁，显然也不知道画是假的。就算他很想把我扯进去，也办不到。"

"联邦调查局还是海关还是什么的，他们会有办法套他的话，透过一层一层的中间人找到你。"

"那些人办案没有电视演得那么高超。"

"可是嘉纳美术馆的窃案一定会重启调查，他们会查个彻底，找出画的藏放位置和持有人，就会从那个方向找到你。"

"我对其他人一无所知，其他人也对我一无所知，所以我可以全身而退。"他用双手捧起我的下巴。"最重要的是，这件事完全不会牵连到你。全世界只有我知道你和这件事有关，"他轻轻吻我，"而我会守口如瓶。"

"可是你怎么办？"

"我拿了一张品质高超的复制画，花八千美元请你复制，你所知道的就是这样。至于我，你不用担心，我是大人了，我会照顾自己。"

"事情真有这么简单吗？"

他短促地咧嘴一笑："我打心底希望是这么简单。"

那一笑笑得我心慌起来，我再度想起我对这个人的认识有多么粗浅。

"至少好消息是，我不用再烦恼要怎样把原画交还给嘉纳美术馆了。"他说，"或者至少暂时不用烦恼了。"

我咬着下唇。当然不用烦恼啦，因为根本就没有原画，或者至少他手上没有。艾登对我的认识也不深。"万一他们发现那幅画是赝品怎么办？"我问，"更糟的是，万一他们没发现，怎么办？"

艾登捧起我的手。"克莱尔，你这些问题会把自己搞疯，也会把我搞疯。我们用不着先预设未来的问题，按部就班，一样一样来，慢慢解决嘛！我奶奶说得好：'在还没得知最坏结果之前，先做最好的打算。'"

"好吧。"我知道我没办法这样沉着冷静，但还是这么说，"就听马凯奶奶的话。"

艾登拍了一下大腿，站起来。"要不要叫个披萨来吃？"

披萨来后，我们两个都吃得不多，只是玩弄着手上的披萨，假装全神贯注地观赏重播的剧集《宋飞正传》（Seinfeld）和《计程车》（Taxi），偶尔还开怀大笑。

"我们是不是在粉饰太平？"我们格外兴高采烈地狂笑了一番后，我问艾登。

他耸耸肩。"如果这样有助于平静心情，何乐而不为呢？"

这天我们早早地就寝了。自从艾登做奶酪焗面给我吃的那晚以来，我们头一次没有温存就睡觉了。

第二十七章

　　《波士顿环球报》的头版头条刊登嘉纳美术馆的《沐浴后》档案照。那是在短廊里悬挂了上百年的画，也是在抢案中被劫去的画。只有我和艾登知道，这和旧金山码头查获的不是同一幅。只有我知道这幅画不是德加画的。

　　"经典之作重见天日？"斗大的标题这样写着。这是网络上每个新闻网站的头条消息，晨间新闻节目《今日秀》也大幅报道。

　　我和艾登仔细查了所有找得到的资料，大声朗读报道的文字给对方听，结论是，有关当局在昨天发布新闻之后，坊间没有再出现更新的消息。没有人提起帕特尔，也没人提起有嫌犯遭逮捕，有关当局显然口风紧得很。

　　"他们是不是故意隐藏只有罪犯知道的证据，到时候好套口供？"我问艾登。

　　艾登翻白眼。"克莱尔，根本就没有罪犯，而且也没有什么东西可以作为证据。可能就是因为这样，所以他们才没消息可发布。"

　　"别装傻，你知道我的意思。"

　　他站起来，按摩我的脖子。这又是一件他很擅长的事。"我清楚知道你的意思。"

　　我向后枕在他熟练的手上，哎哎呻吟。我这会儿身穿画画工作服，

《粉红媒介》已经在烤炉里烘焙了一个多小时。我把头往前倾，好让他揉我肩胛骨上方酸痛的肌肉。

"你害怕吗？"我问。

他的手停不下来，嘴却安静无声。

这沉默吓到了我，我转头看他。"我们会坐牢吗？"

"别幼稚了，克莱尔。"他厉声回嘴。

我向后瑟缩。他从没对我大声说过话。

"对不起！"他把我拉回来。"对不起！你应该猜得到，我压力有点大。"

我仔细观察他的眼神。

他叹了口气。"什么情况都有可能，而且这不是小案件。可是我想我们不会坐牢，至少你不会。"

我抱住他。我想我承受不了再度为一件我也该负部分责任的事而失去一个男人。

"别这么担心。"他说，"我在研究一些自保的方案。"

虽然这话听起来充满希望，但他闪烁的语气令我不安。"怎样的方案？"

艾登温和地挣脱我的手。"我得走了，"他说，"今天大部分的时间我都要待在艺廊。一有什么消息，我就会打电话通知你。"

他离开后，我重新开始画画。此时此刻，忘我的画画境界是我最安全的栖身之所了。

两天后，官方证实，一名来自孟加拉的印度籍男子阿绍科·帕特尔因运送赃物被捕。新闻报导称，该画是撑在框架上，而不是像中间人指示阿绍科的那样，拆下卷起来带在身上，同时他也没有随身携带，而是封在一个装载牛仔裤的大型货柜里，预计要运往新德里的一家百货商场。

接下来几天，传言沸沸扬扬，说帕特尔即将送往麻省受审，会依抢劫罪起诉，还有小道消息指被盗的画作在印度现踪。但逮捕行动进行一周之后，无论是帕特尔还是《沐浴后II》的真伪鉴定，都不再有新消息传出，仅有一些毫无概念的新闻主播做一些无谓的猜测。要不是有窗户系列可以投入，我老早就发疯了。

在画画中寻找慰藉产生了双重作用，不但工作进度超前，而且由于我太过投入，也或者是太过疲累，因此没有办法关注帕特尔的事。这不仅是由于我最近工作狂发作的缘故，另一个原因是过去两年来，我已经花了难以计数的时间在这个窗户系列上，画了数百张草图，拍了数千张照片，眼前的问题不是找不到作画的题材，而是不知该挑选哪个构思。

我已经准备好十三张画布，上好胶，画上了全部的底图，也各自都涂上了底色。《粉红媒介》今天白天就会完成，《特莱蒙街》则预计是今晚。明天我会开始替《走廊》和《凸窗》上色。艾登对这几幅画很是激赏，我也颇为自满。

我看看月历，我的速度几乎比预期快两倍，一个多星期能完成两幅画，而不是原先预计的一幅。按照这个速度，剩下十周时间，有十一幅画要完成，十二月办展览绰绰有余，还会多出数周的空档。我重新计算一次，以免出错，算出来结果同样是十二月没有问题。

过去几天来，我隐约感觉到十二月应该没问题，但这会儿，我真的可以下决心了。我没有打电话告诉艾登，而是慢条斯理冲了个澡，花了比平常长的时间，好整以暇地吹头发，化了点妆——我已经有几百年没化妆了——穿上蕾丝内衣。我的衣橱没几件衣服，这天气反常，温暖得不像话，我想那件性感的无袖上衣搭配几年前在折扣商店买的可爱小外套应该效果不错。

来到马凯艺廊时，我踏进门内，看见艾登坐在艺廊后侧的办公桌背后。目前的展览以线条为主题，相当有看头，整体的规划别具创意。有以细线构筑而成的拟人化雕塑，看起来像一张张方格纸而实际上却是以墨水描绘出的细致网格画，一座由几公里长的铁丝组成的二十英尺螺旋，黑画布上蚀刻一个又一个的白圈圈。其中最引人注目的是一幅以单一线条构成的画，可能有二十五英尺那么长，覆盖了两面墙，描绘一座肯尼亚村庄的生活。这是一场很炫的展览。

艾登浑然不知我来了，正笑容可掬地讲着电话。看他那模样，谁也不会猜得到他脑袋里担忧着比下一场展览布置严重得多的问题。我忽然想到，如果艾登能够如此镇定，我当然也应该沉着冷静。

他看到我时，脸上泛起了灿烂的笑意。他挂上电话，走向我，先检查了一下自己的装束，然后拥抱我。我很担心别人若是得知我俩的关系，会以为我是靠这个才得以办展览的。不过话说回来，比起我取得个展机会的实际原因，这个看来还比较好。

虽然艾登觉得我这么想很蠢，但他还是迁就我，同意在公众场合会小心谨慎。"你今天真漂亮！有什么活动我不知道吗？"

我隔着适当的距离对他眨眼，睫毛眨了眨。"我只是来拜访我的经纪人，讨论十二月即将举行的个展。"

"确定了吗？"

"确定了。"

我们决定在十二月的第二周开展，一直展到新年过后。

"这个时段非常好，"艾登信誓旦旦，"非常好。十二月六日开幕，距离圣诞节还有好些时日，整个圣诞假期都会持续展出，那段时间街上挤满了人。你绝对想不到圣诞节之后的那一周可以成交多少生意。"

我听着他说话，看着马凯艺廊的负责人把我的名字记在他的日程表里，望着四周的墙面，脑海里偷偷把墙上的艺术品换成我的作品，可是这感觉一点也不真实。这种事情不可能发生在我身上，我是克莱尔·洛斯，是波士顿艺术圈人人喊打的贱民，头号冒牌货。这种事不可能发生在我身上，可能吗？艾登没察觉我心不在焉，不知道我完全无法专心听他说话，滔滔不绝谈起展场布置、宣传、价格，以及如何吸引策展人及收藏家前来等事。

"噢！"一股喜悦从我内心深处涌起，我呼喊出声，甚至还怀着最诚挚的欢喜拍击了一下手掌。这事真的要发生在我身上了！

艾登放声大笑，介绍我认识他的两名助理，湘朵和葵丝蒂。这两个女孩加起来，身上大约穿了二十个洞，腰部以下的布料合起来不超过一码，脚上的靴子倒是很长。

他告诉两位助理我即将在十二月办个展，并上了我的网站给她们看。两人对我的画作噢噢啊啊地惊呼了一番，艾登忙着啰啰嗦嗦向她们介绍我以古典技法结合当代主题的独特风格。有一刻我感觉自己似乎被排除在这场对话之外，像个旁观的局外人，入侵者。我提醒自己我并不是局外人。此时此刻，就在当下，我从不相信有可能成真的梦想成真了，这事几乎不可能发生，我整个人晕乎乎。

两个顶着时髦发型、身穿名牌牛仔裤的中年女子走进门，葵丝蒂立刻上前招呼。我点开几幅打算要在个展展出的早期窗户画作给湘朵看，又向她描述了几幅新作，她看来是真心感到兴奋。我尽力保持冷静沉着，装作若无其事，好像这样的事对我而言是家常便饭，但我感觉得到自己脸颊发烫，双手疯狂挥舞，我知道我掩饰得并不好。

湘朵也去招呼其他客户时，艾登问我："你打算如何庆祝呢？"

我把食指按在嘴上。"我听说有个地方离这里不过一条街，那里有世界上最棒的蚀刻版画……"

到达艾登家后，我们直奔卧房。我太兴奋了，完全静不下来。我喋喋不休谈论我的《粉红媒介》，谈论是要展出《摩天大楼》呢，还是既然时间上有余裕，就来多画一幅新画，又嚷着是否要为开幕酒会买套新装，无法专心。但艾登的耐性以及神乎其技的床上功夫终究还是征服了我，我的欢愉汹涌淋漓而热烈，一面娇喘喟叹："前所未有的棒！"一面抓紧他的身子，要他往更深处挺进。他笑了笑，果真达成了我的期望。

饱足且大汗涔涔之后，我们像两个嵌套在一起的问号一般蜷缩，艾登的心在我的背脊扑扑跳动。

当天晚上，我完成《特莱蒙街》，第二天，我花一整天替《走廊》和《凸窗》上中间色调。两幅画这会儿各上了三层油彩，也烘烤了三次，这速度恰恰符合我的需求。我考虑再进行一回合的烘烤，但决定还是暂时收工。几个星期后，艾登就会开始宣传我的个展，我得跟洁可酒吧的伙伴们说一声，以免他们从其他人的口中得知消息。

我轻声走进洁可酒吧，就好像过去这些日子来天天这么做似的。我已经有一个月没上洁可酒吧了。打从和艾萨克分手并且开始流连洁可酒吧以后，这是我消失最久的一段时间。

首先看到我的人是茉琳。"哎呀，是谁死而复生啦？"她说，"还是从画布中复生呢？"

迈可、小小和黛妮尔一眨眼就扑到了我身边。

"你还好吗？"

"画画进行得怎么样了？"

"你去哪儿了？我们好想你。"

"你是不是灵感来了，就觉得我们这些人太差劲，不配当你的朋友了？"

"我也很想念你们。"这话是肺腑之言，"可是我未来六周大概也不能常常来了。"

小小抓住我的手。"发生什么事了吗？你的事业有转机了对不对？"

我的喉头紧缩，眼眶噙满泪水，说不出话来。

小小跨近一步。"情况不顺利吗？"

我摇头。

"噢，亲爱的，"她说，"无论发生什么事，我们都挺你。"

176

我眨着眼，想忍住泪，但一颗泪珠滑落脸庞，大伙儿全都用同情又担忧的眼神望我。我抹去眼泪，终于说出话来："不是，不是坏事，是好事。"

一伙人全都松了一口气，茉琳把一瓶山姆啤酒推向我。"干掉吧！"她说。

我一口气喝掉半瓶啤酒，说："你们一定不会相信的。"我看着大伙儿充满期待的脸庞，却吐不出话来。

黛妮尔在胸前叉起双手。"如果瑞克在场的话，他会说：'你再不说，我都老了。'"

不如就快刀斩乱麻，别再拖拖拉拉了。"我要在马凯艺廊开个展。"

有一刹那，酒吧里一片死寂，忽然间，一片欢声雷动。

"太棒了！"

"不可思议！"

"马凯艺廊，太厉害了！"

"怎么办到的？"

迈可扳住我的肩膀。"你是实至名归，实至名归呀！"

"我已经请克莱尔喝一瓶啤酒了，"茉琳咕哝，"看来我得请大家都喝一瓶才行。"

大伙儿齐声欢呼。啤酒开瓶后，小小举起瓶子说："庆祝我们的伙伴成功！"

人人举起了各自的酒瓶，咕噜咕噜一饮而尽，当啷一声把瓶子放回吧台。"一点儿也没错！"大伙儿齐声说。

第二十八章

三年前

六个星期是一段漫长的时光，长到我开始头痛、失眠、消化不良、恐惧成功、恐惧失败、恐惧恐惧，以及其他各式各样的心理问题。等待凯兰·辛山默宣布最后裁决的期间，我深受这几个症状之苦，还出现一些其他症状。当然是自我诊断。凯兰终于来电时，我整个人已经萎靡得一塌糊涂了。

"很抱歉。"凯兰在告知我她是谁之后这么说。

我咬着嘴唇。"抱歉什么？"

"委员会断定《四度空间》是艾萨克·科利恩的作品。"

第二十九章

"你把最杰出的专家都骗倒了。"艾登说。艺廊已经打烊，我们坐在马凯艺廊朴实舒适的凹室里，平时生意都是在这里谈定的。

"嗯，你那位鉴定师相信我的画是真的，那是一回事，可是……我们的确处理得很好……我没有要贬低我们的成就，可是还是很不可思议。"我嗫嚅着说。

他刚刚告诉我，嘉纳美术馆聘请的鉴定师宣告《沐浴后 II》的确是德加真迹，也就是一九九〇年抢案中被窃的那幅《沐浴后》。经历过《四度空间》的事件后，我应该已经不会再为误判这种事感到意外，但我还是很诧异。

我甩甩头，想让脑袋清醒一点。"我复制课的老师有一次说，只有失败的赝品才会被抓包，因为成功的赝品都已经挂在美术馆墙上了。"

艾登呵呵笑起来，"看来你有很多好同伴呀！"

那当然啦，我又不是第一次干这种事。"这样会降低我们曝光的可能性吗？"

艾登转身面向艺廊的主要展厅。"你想要把画作在开放展厅里沿墙挂成一圈吗？还是要让每幅画有自己的空间？也许可以摆几道活动墙面，让观赏者在视觉和情绪上都感觉被包围？"

我头一次不想讨论自己的画展。"这对我们到底是好还是不好？"

他叹了口气。"我不会骗你。他们一定会尽全力侦讯帕特尔、寻找证据、寻找其他画作可能下落的线索，设法跟他谈条件，交换情报。"他顿了顿，又说，"你的指纹建过档吗？"

我摇头。

"很好。"

"你呢？"

他也摇头。"不用担心，克莱尔，情况对我们有利，我们多半不会有事的。"

我什么话也没说，心里想着，自欺欺人真是个不错的办法，就只怕总有一天会破功。

大众的想象力需要空间发挥。每个人贪得无厌地渴求《沐浴后》、嘉纳美术馆抢案、德加，以及和嘉纳有关的一切资讯，媒体当然迫不及待要填补大伙资讯上的空白。

抢案发生时，我还是孩子，虽然在波士顿城郊长大，又在波士顿求学，我对这件事的详情却没有多少了解。我当然知道那天的夜半时分，两名身着警察制服的人把两名经验不足的警卫上铐捆绑，并且偷走了十三件作品，其中包括伦勃朗的《加利利海风暴》、维米尔的《演奏会》，当然还有德加的《沐浴后》。虽然警察侦办了数千个小时，并且悬赏五百万美元，这些艺术作品至今仍然下落不明。

就在最近这几天，我得知——两名警卫的其中一名嗑了药；当天有一名资历较深的警卫临时请病假；抢匪开着一辆锈得一塌糊涂的斜背式汽车来到美术馆，在馆里待了约一个小时，把抢来的战利品装上汽车后车厢，就这样扬长而去。

我还得知嘉纳美术馆没有保险，而且那两名警卫只不过是夜间看守人，主要职责在于防止建筑物发生火灾或水管漏水，不太注意防范窃盗。此外我还得知抢匪告诉其中一名警卫，只要他乖乖不惹麻烦，就可以毫发无伤，那名警卫则回答："别担心，我的薪水没有高到让我愿意受伤。"八成就是嗑药的那位。

涉案嫌疑人横跨各界，包括波士顿的黑道分子、爱尔兰共和军、国际知名的偷画雅贼、地方上的恶棍、不走正道的警察、美术馆的离职员工，甚至还包括天主教廷。这所有的人，包括正在坐牢的、逃逸中的，甚至已经入土为安的，全都回到镁光灯下。许许多多新的线索也都受到严密检视，这对我和艾登来说不是太妙。追查此案的记者、警察，以及联邦调查局探员此刻追寻的是长远的名声和财富。这个题材令人兴奋莫名，却吓得我魂不附体。

我应该要给《老北教堂》上中间色调，却坐在烤炉前看着《门》接受烘烤。我强迫自己站起来，走向《老北教堂》，拾起画笔和调色盘，眼光却飘向床，考虑来睡个午觉。

艾登在承认鉴定结果使我们的处境更加危险后，提醒我要在得知最坏结果之前做最好的打算。但这会儿我那靠睡觉追求卓越的念头被一个新的想法取代——假使外人看到我和艾登卿卿我我，他们会以为我们在一切事务上都纠缠不清。于是我编造借口，回避在公众场合和艾登一起出现，甚至不愿让人看见我们进出彼此的住处。展期将近，因此理由不难编造，艾登却察觉了蹊跷。

"我了解你很忙，也了解你压力有多大。"这天晚上，他打电话来道晚安时这么说，"我比谁都了解，可是你不能这样宅在画室里都不出门，这样对你不好，对你的事业也不好。你就把这当工作，要建立人脉，出去和人交际。再一个多月就开幕了，新闻稿明天就会发出去，你要开始宣传你的画展和新作了。"

"宣传不是你负责的吗？"

"你也要宣传。这个周末文华东方酒店有个募款餐会，正好适合当作你的宣传序幕。这天刚好是新闻稿发出的第二天，而且……"

"我不想在这么盛大的场合揭开宣传序幕，那些人都知道我的过去，他们绝不会……"

"那不是正式的艺术界聚会，只不过是支持同性恋婚姻的万圣节餐会，各式各样的人都会来参加，是个初试啼声的好机会。"

"要打扮吗？"

艾登大笑："把你美丽的脸蛋遮起来真是可惜呀，是的，克莱尔，人人都要打扮。"

这倒是个优点。

"你神经兮兮地怕人家看到我们在一起，真是胡闹。"他继续说，"何况我们在一起有工作上的理由啊，我是你的经纪人。"

"我们不能等到开幕之后再公开现身吗？"

电话那端一阵沉默。

"好啦，"好一会儿后我终于说，"我去就是了。"

"在那之前，你出门透透气吧，远离一下油彩和松节油，尤其是甲醛。"

"甲醛是防腐剂，可以让我保持年轻。"

"我看不会吧。"他淡淡地说。

"你以前觉得我很风趣。"

"你以前的确很风趣。"

在万圣节的前一天寻找像样的服装不是件容易的事。杂货店里塞满了蜘蛛人、灰姑娘和哈利波特的塑胶面具，但我想这些东西应该不太适合用来参加一客餐点五百美元的募款餐会。步行距离内没有万圣节服装店，走访了几家复古服饰店却空手而回，我赶紧冲到附近的药妆连锁店，买了一顶蓬松的白色假发、一副缀有丰厚羽毛的狂欢节面具，回家的路上又买了一件剪裁凹凸有致的二手洋装。

身穿我那勉强算新的新衣，手提假发和面具走往文华东方酒店的路上，我后悔自己怎么不买套机器人或恐龙的装束。虽然说要费点工夫组装，但结果就相当于在头上套了个箱子。只要没有人认得出我是谁，就没有人会对我嗤之以鼻。而且我干吗不接受艾登的提议，让他来接我呢？当时我感觉拒绝他才高尚体贴，他家到酒店才不过几条街的路程，从我家走去却要二十条街。但此时此刻，孤零零走这样远的一段路真是一点儿也不好玩。我检查包包，确认面具乖乖躺在里面。

我从没去过文华东方，这酒店光是大厅就令我大为惊艳。大厅的装潢充满精致的亚洲情调，震撼人心，耶路撒冷石灰岩上覆盖着丝质墙面，家具以镶嵌木、上漆的竹子、玻璃以及珠母制成，典雅精致。展示的艺术品更是令人叹为观止，两幅法兰克·史帖拉[1]的手绘彩色版画分列入口处的两侧，一幅泰瑞·罗斯[2]的三联画挂在接待柜台正上方。我的右侧悬着大卫·霍克尼[3]风格独具的画作《二》（*Deux*），他在这幅画中，以柔和的色彩呈现毕加索式的人物形体。我左侧的壁炉上方是大卫·曼恩[4]的《已知事实》（*The Given*），这幅气势壮阔的抽象画以红与黑组成，显得立体，使人联想起宇宙生成时的大爆炸。

我耽搁了一些时间欣赏这些艺术作品，而后到洗手间去整理我万圣节的行头。然后一如计划，我迟到了一个小时。戴上假发和面具后，我弯弯拐拐在酒店里四处寻找宴会厅。这宴会厅简直足以媲美美术馆，里头有十幅泰瑞·温特斯[5]的阴影系列画，外头以竹席围绕，沿一座高耸的楼梯两两并排悬挂。二楼平台则悬挂着茱蒂·布拉斯特[6]的《生命线第三号》（*Life Line #3*）。

---

[1]　法兰克·史帖拉（Frank Stella），生于一九三六年，美国画家及版画家。

[2]　泰瑞·罗斯（Terry Rose），生于一九三九年，美国画家。

[3]　大卫·霍克尼（David Hockney），生于一九三七年，英国画家、版画家、舞台设计师、摄影师。

[4]　大卫·曼恩（David Mann），美国画家，生年不详。

[5]　泰瑞·温特斯（Terry Winters），生于一九四九年，美国画家、版画家。

[6]　茱蒂·布拉斯特（Judith Brust），美国艺术家。

我还没有来到宴会现场，已经先听到了扰攘声。我停下脚步稳定情绪。我掌心冒汗，担心到握住面具的手还在发抖。我提醒自己，更艰难的事我都做过了，例如告诉凯兰·辛山默《四度空间》是我画的。不过这不是个好例子，因为那实在不是明智之举。我终究还是举起面具，走进宴会厅。

眼前的景象令人目不暇接，有性感的警察、淘气的护士、海盗、山顶洞人、希腊女神、《辛普森家庭》的爸爸荷马、哈利波特、印第安那琼斯、印第安公主老虎莉莉、史瑞克、小丑、娜芙蒂蒂①和埃及艳后。因为主题是同性恋婚姻的缘故，埃及艳后是男的，印第安那琼斯是个美娇娘，还有些变装男子身穿美国小姐的全套盛装。不少男子肌肉勇壮、浑身油光，而且衣不蔽体，女性在这方面也不遑多让。我可以用我的个展当赌注，打赌这里没有人的服装是在杂货店买的。

鸡尾酒时间看来已经结束，进入了用餐时段。我四处寻找艾登，他装扮成希金斯教授②，一身燕尾服在这里众多飘逸薄纱之间应该不难辨识，在我找到他之前，我美术学院的绘画老师乔治·凯利教授侧着身挤过人群，走到我身边。他身穿尺寸明显小了好几号的军服，八成是他自己多年前的行头。

"克莱尔·洛斯！"乔治惊叹，"你可真是艳光四射啊！我听说你要在马凯艺廊开画展，我真是太为你开心了！"

我惊愕地放下面具。

他的背后站着一名二〇年代的黑帮分子，那人同时也是桑德拉·史东翰的朋友——雕塑系主任齐孟教授。他握起我的手说："克莱尔，我们真以你为荣！没有什么比看见自家人崭露头角更棒

---

① 娜芙蒂蒂（Nefertiti），公元前一三七〇－一三三〇年，古埃及法老王阿肯纳顿（Akhenaten）的皇后，容貌美丽，其半身塑像为埃及知名文物。

② 希金斯教授（Professor Henry Higgins），电影《窈窕淑女》（My Fair Lady）的男主角。

的了！"

　　我从没修过雕塑课，和齐孟只是见过面而从来没有交情。《四度空间》的事件爆发时，乔治则是头一个公开表态谴责我的人。我提醒自己，我是来这里建立人脉的，应该谦卑地接受他们的道贺。

　　顶着一头向后梳的油亮黑发、身穿高领燕尾服的希金斯教授向我们走来，他甚至有几分神似雷克斯·哈里逊①。艾登捧起我的手亲吻，操着标准的英国口音说："你看来可真是明艳动人啊，不是吗？"

　　我介绍三位教授互相认识，乔治和齐孟激动地献上一番恭维后退场。

　　艾登在他们背后喊："希望克莱尔个展的开幕式能见到你们。"

　　乔治行了个急促且难看的军礼。"我不会错过的。"

　　"你看吧！"艾登一面领着我到我们的桌旁，一面说："你是天生的营销高手。"

　　"是他们自己跑来恭贺我的。"

　　"会来恭贺的绝对不只他们。"

　　艾登说得没错。这一晚，我就像在这个宴会厅里破蛹而出，从人人嫌恶的毛毛虫蜕变成了人人钦羡的蝴蝶，这变化令我惶惶不安，起初我完全手足无措，但晚餐进行到一半，我已经变得自信满满且喋喋不休起来。头号冒牌货的事已经被抛到九霄云外，而看来谁也没察觉我和艾登有超乎工作伙伴的关系。当七层高的巧克力奶油慕斯蛋糕端上桌时，我已经比这些年来的任何时刻都更开心了。

　　有双手蒙住了我的眼睛。"猜猜我是谁？"

　　我立刻听出是谁的声音，一跃而起，扑上前用双手环抱瑞克。他打扮成法国画家的模样，头戴贝雷扁帽。"我还以为你还要在巴黎待上一

---

①　雷克斯·哈里逊（Rex Harrison），一九〇八－一九九〇年，英国演员，在电影《窈窕淑女》中饰演希金斯教授。

个星期。"我一面嚷，一面亲吻他。

"我一个小时前才回来，马上就赶过来了。"他往艾登瞥了一眼，"倒是没料到会在这儿看到你……"但没有人回应他的话。

"我记错日子了吗？"我赶紧问，"你本来就是今天要回来吗？"

"嘉纳美术馆的新闻爆发以后，"他说明，"我就铆足全力加紧办事。这新闻太精彩，我不要再继续错过了。"他在我的嘴唇上大大吻了一记，"《沐浴后》呢，小莱，难以置信啊！"

艾登站起来，向瑞克伸出手说："我是艾登·马凯。你想必就是鼎鼎大名的瑞克了。"

瑞克的目光从艾登转向我，眼睛忽然睁大了。"我想我没什么名气吧！"

"对克莱尔来说是鼎鼎大名。"艾登说，"拉张椅子来跟我们一起坐吧。"

瑞克把椅子拉到我们的背后，我和艾登各自向两侧的后方退开，好让瑞克可以靠近桌子。"嘉纳事件的案情更复杂了呢。"瑞克说。

"怎样复杂？"我急切地问。同一时间，艾登也正不疾不徐地开口："怎么说？"

瑞克再度看了看我，转头看看艾登，又再看看我。其他人或许可以轻易蒙骗，但什么也逃不过瑞克的法眼。

我刚刚吃下的佳肴这会儿在胃里像个沉甸甸的水泥块。"你有内幕消息吗？"我向他眨着眼，"快分享吧！"

瑞克俯过身来，"这还没对媒体发布，但根据小道消息，那个叫帕特尔的拒绝认罪，而且同意引渡到波士顿来受审。"

我一时之间判断不出这对我们是有利还是不利，只能用尽全身力量克制望向艾登的冲动。

"这样很怪吗？"艾登说起话来语气四平八稳，像是在讨论那个七层蛋糕。"通常不也都是这样吗？"

"怪的不在这里。"瑞克说。

我尽可能装作若无其事，稍感兴趣却又不过度关切。

"怪的是他的无罪答辩。帕特尔的律师说，他从头就认为自己买的不是真迹，也从来没打算要购买真迹。他声称就他所知，他是透过一家网络公司买来这幅复制画，这家网络公司专门制作十九世纪欧洲经典名画的精致复制画。"瑞克对着我嘻嘻笑，"要是他声称这幅画购自复制网，而且对方告诉他，这幅画是由知名的德加专家画的，那专家不就是你吗？"

隔天早晨，瑞克所说的一切都在媒体上得到了证实。这使我紧张起来，帕特尔可能要受审，可能会和检察官谈条件，他和艾登之间的联系人可能会走漏消息，复制网可能也会牵扯进去。我赶紧转念回想晚宴里较开心的片段，回想我所获得的欢迎与恭贺，以及人们所承诺将给予的支持。只有瑰丝朵·梅克的反应不怎么和善。

"是真的吗？"她质问。

"什么东西是不是真的？"

"别扭扭捏捏了，克莱尔。你是怎么办到的？"

"嗯，首先我准备画布，上底色，然后用炭笔画草……"

"就只有这样而已？"瑰丝朵冷笑，很明显在暗讽我和艾登有一腿。

"当然不只这样啊，"我的嗓音娇美甜腻，"我把颜料和调和油混合，涂了一层又一层……"

她把手向我一挥。"知道了。"

"我会记得寄开幕式邀请函给你。"我对着她逐渐远去的背影喊。

"我那天晚上应该很忙。"她说完这话后，消失在人群。

除了她以外，所有人似乎都真心祝贺我咸鱼翻身，这表示他们会来参加开幕式，艺评家、收藏家、策展人都会来。我的作品若真如艾登说得那样好，我就朝飞黄腾达的路迈进了。

《查理餐厅》正在烤箱里烘烤，我上前检查一番，然后走回画架给《夜车》上最后一层亮橙色。《夜车》如果不是整个系列我最喜爱的一幅画，至少也是我最爱的几幅之一。疾驰的列车车窗中，一张张在隧道永恒的黑暗里怔怔凝望窗外的脸庞，流露出琥珀式的空无，但油彩的明度以及烘烤使他们肌肤色调更具真实感并显得立体，比真实人物更栩栩如生。

烤箱的计时器响起时，我很开心。因为计时器一响，不但意味着《查理餐厅》已经可以上最后一层凡立水，同时也意味去贝弗莉阿姆斯的时间到了。他们中止了我的假期，不再视我为罪犯，我又获准回到少管所。虽然截稿期迫在眉睫，但我得走出画室透透气，要让自己从画作中抽离，从自我中抽离一会儿才行。那些孩子比我的状况糟得多，能够思索一下别人的问题是好事。我预留了相当多的时间，以免迟到。

但是一踏进观护所，看见那腐败蔬菜颜色的墙以及铁丝网窗，我的心开始扑通扑通跳得厉害。我慢吞吞走向金属探测门。

"姓名？"警卫早就知道我是谁，他看看照片又看看我，然后对我吼叫。

我的手握成了拳头。"克莱尔。"我的鼻腔充斥着廉价古龙水的气味和陈腐的汗臭，我依稀又重回了这栋建筑物深处的窄小房间里，被上锁监禁。"呃，是克莱尔·洛斯。"

他仔细且满怀警戒地看我。"来访的目的？"

这房间暖气太强，空间狭小且令人窒息。我头晕目眩，身躯摇晃。我伸手抓住桌缘。他的脸开始模糊。

"来访的目的？"他用些许不耐的语气质问。

我想说话，却什么话也吐不出。帕特尔会泄密，一切都完了，我和艾登会蹲一辈子的苦窑。

"有什么问题吗，洛斯小姐？"警卫狐疑地问。

我想象男孩子们在各自的囚室里，愤怒，挫折，又无所事事，只好咒骂我和金珀莉，把金珀莉搞得一个头两个大。她已经干了个史上最艰难的差事，却有个软弱无用的义工来给她增添更多麻烦。"没事，长官。"我说，"我很好。"

我拉开绿东一〇七号教室的门，金珀莉一跃而起。房里除了她没有别人。

"我打电话找你找了一个小时。"她说。

我拍拍背包的外袋，外袋扁扁的。我又忘了把该死的电话带出门。"大伙儿都上哪儿去了？"

"真抱歉，克莱尔，我打电话给你就是要说这个。高层刚刚才传令下来，不准再上美术课了。"

"不准再上美术课了？"

"真抱歉害你大老远白跑一趟。"

"你是说永远都不上了？"

"他们是要我们'听候通知'。"金珀莉说。

"那孩子们呢？"

金珀莉摇摇头。

"是因为那天发生的事吗？"

"有可能。也可能是预算的问题。"她耸耸肩，"我只接获通知，没人告诉我原因。"

"可是我没领酬劳啊！"我跌坐在椅子上。"那沙维尔呢？"

金珀莉在我身旁坐下。"他不太好。"

我想起我带银色颜料来时，沙维尔有多惊喜。他显然一点儿也不习惯得到他所渴求的东西。羞涩的点头和蜻蜓点水的眼神交会是他唯一不失面子的道谢方式。"送去监狱了？"

"我前次听到的消息是，沙维尔和瑞吉都被送到华波尔重刑犯监狱去了。"

"可是他们还这么年轻!"华波尔是戒备最森严的监狱。

"就像人家说的啊,蹲不了苦窑就别干坏事。"

出自伊莎贝拉·史都华·嘉纳之手

亲爱的埃米莉雅：

　　十二万分感谢你的电报！喜获千金！还有什么比这个更美好的吗？这消息令我精神振奋，使我更渴望回到你身边。我真心喜欢你为她取的名字——弗朗西斯·伊莎贝拉。你对我这样好，我既感动又自豪。我也同意把宝宝昵称为芬妮更为合适，我心底也早都将她唤为芬妮。你赶紧在信里仔细描述这个小东西才好，当然啦，也要仔细说说你和你先生的近况。可爱的小杰克对这个新妹妹有何看法呢？我猜想不是太感兴趣吧。相信你产后一定恢复得不错。

　　虽然此刻的巴黎最是精致美丽，大理石建筑物在阳光下闪烁，这趟旅程却是迄今以来最令我受挫的一次。前次造访欧洲，我以为物价已经够离谱，但是，噢，我的天，现在的物价比当时更贵更贵更贵。这里非常不景气，就连伯纳·贝然森等交易商也都心情低落。不过我敢说令他们心情不好的一定不是他们抽佣的成数，而是销售量的低迷。

　　你叔叔声称我父亲的钱快用光了，我花钱必须有所节制，否则我们就会淹没在债务之中。我很难相信史都华家的财富有可能会用罄，也很难想象嘉纳家的资产支应不了我小小的放纵。

还记得多年以前我告诉过你，爱德加·德加邀请我们到他的包厢去观赏隆尚马场的马术竞赛开幕吗？我和你叔叔之前从未有空，但上周我们去了！爱德加在隆尚有间别墅。那别墅不折不扣是个男人的住宅，一丝丝女人的痕迹也没有。虽然有一屋子的仆人，弄出来的菜色却与一流美馔相差甚远，屋内的摆设亟待加强。爱德加声称他痛恨乡村，但他的举止却丝毫没有流露出什么痛恨，我们在那儿玩得非常开心。

　　我们在他的别墅里住了三天，因为大师在整间房里无所不在，因此我们从清晨到黄昏都在谈论马。当我和你的杰克叔叔有机会全副武装前往隆尚马场，我们都兴奋得不得了。

　　这天虽然有点热，但天气非常好。我对于沃斯替我打造的宽边白帽非常满意，这帽子戴在你头上想必闪闪动人，因此我打算带回家让你试戴看看。亨利和约翰·沙金也都来到了包厢，还有许多其他人，整个活动欢欣鼓舞，出席的人个个穿着讲究，露天的赛马会精彩出色，真是个愉快美好的下午！

　　但接下来这段内容请你务必严守秘密。我相信你一定还记得去年冬天我们在绿丘谈过，爱德加在信中重提三月时的提议。没错，这回情况也差不多。我们回到别墅后，爱德加邀请我们到他位于城里的画室，去欣赏他正在创作的一幅新油画，预计要命名为《赛马场的马车》或《赛马场的下午》，画里的背景正是隆尚马场。我当然决不会错过啰！

　　虽然我们一整季相处下来，爱德加始终都是彬彬有礼的绅士，但当你杰克叔叔不在我身边的时候，我还是稍稍有点戒心。但我想，既然爱德加曾提议送我一张裸体画像当礼物，我说不定也能说服他改画张穿着衣服的肖像。

　　我到达时，他先展示正进行中的画作给我看。那可真是一幅赏心悦目的画作。爱德加有个特长，擅于捕捉既私密却又寻常的瞬间，我所认识的其他画家没一个有这种本领。这幅画里，有个母亲和保姆坐在马车里，母亲看保姆膝上的宝宝看得出神陶醉，自豪的父亲则站在一旁，同样偏着脑袋注视宝宝。这是一幅令人心醉而感动的画面，构图至为独特，半张画布都被天空占满，马与马车则朝着画布的右下方快步离去！这无疑是一幅伟大的杰作。

我同样尽可能详尽地描述当天的经过。女仆奉上茶，我和爱德加坐着。爱德加斟了茶，并递上一个柠檬塔，那柠檬塔真是人间美味！他在城里的仆人很显然比乡间的高明太多了。

"你考虑过我的提议了吗？"我才刚啜饮第一口茶，爱德加就忙不迭地问。

我早就不是容易害臊的小姑娘了，但如同上一次，我感觉脸颊一阵潮热。"我说过了，先生，那是不可能的。"

"噢。"他的眼里闪烁着光芒，"我还以为没有嘉纳先生陪伴，你说不定会改变心意。"

"绝对不会。"我刻意把话说得坚决且轻快，好让他明白这事没得商量。但我的语气听在德加先生的耳里却完全不是那么回事。

他站了起来。"我有个礼物要给你。"

我必须告诉你，埃米莉雅，我的心开始跳得飞快。有礼物要给我？是一幅画吗？他会不会终究还是替我画了肖像？他走向某个乱七八糟的角落，蹲下身，开始到处翻找，我交握起双手。回来时，他手上拿了个包装鲜艳明亮的纸盒，细细窄窄，不可能装得下一幅画。

我调整脸上的神情，以免辜负他一番好意，何况我也真的很好奇。"里头是什么呢？"

"你自己看。"

我的手飞快解开缎带，上层包装很快就脱落了，露出一层又一层的薄绵纸。我扔开一张又一张绵纸，心情兴奋起来，最后，盒子里出现一块长长的布料，看来像是某种典雅的织物。我看起来想必满脸困惑，爱德加笑了，并且把布料从盒子中拿起。

"是件长袍。"他一面说，一面拎起那块布料。果真是件长袍，淡蓝、半透明，希腊款式，以最细致的丝绸制成，质地轻，整件衣服几乎像飘浮在空中。

我恨不得碰碰这块布料，体验它的触感，但这当然也是不可以的。"我不能接受……"

他俯过身来，手指搁在我的唇上，同时把那身衣服搭在我的肩上。衣服散发着薰衣草味，轻声呢喃着飘落在我的脚边。我无法克制地用手指摩挲这块布料，把它贴紧在我的胸前。"噢！"我喟叹。这是我这辈子见过最美的物件之一。

爱德加站着看我，脸上似笑非笑，眼光凝望远方，我知道他在揣想衣服穿在我身上的模样，揣想他会如何描绘衣服飘扬的皱褶。

"我……我不懂你的意思。"

"这是我们的折中方案。"爱德加说。

我呆呆望着他。

他从我手上接过长袍，我万般不舍地放手。他把长袍拎得离身子远远的，好让我看见光线从后方照射过来的效果，我忽然明白了。那袍子并不是完全透明，但也不是完全不透光。

"你愿意吗，贝拉？"

我动也不动。袍子在灯光之下闪闪熠熠，剔透又朦胧，皱褶里漾着彩虹的七种颜色。

"看在我的分儿上？"爱德加苦苦相逼。

我像是中了魔法，定定站着，然后伸出手臂。爱德加把长袍交在我的手里，用手势示意我到一面我先前完全没注意到的屏风背后。我仍旧着了魔似的乖乖照做了。我更衣时，他放起音乐，虽然是极为熟悉的旋律，我却说不出是什么曲目。此时此刻，我试图一五一十告诉你事情的经过，但整件事却如同美好的酣梦一场，我只能捕捉其中的片断，细节早已飘散在白昼之中。

我走出屏风，爱德加重新调整我只覆盖了单边肩膀的丝绸，于是长袍的衣摆以最性感的样貌垂落在我的腰际。我们都知道我不是美人，但我想我从未感觉自己这样美过。他要我躺在沙发上，要我的身体弯曲成这样那样，要我歪下头又扭转方向，好让他仅能看到狭长的一点点轮廓。在这调整姿势的期间，柔软的丝绸爱抚着我每一寸的肌肤，撩得我体内最深处一阵颤栗兴奋。

保持他所要求的姿势并不容易，我向他抱怨，他却毫无反应。他的炭笔在素描本上疾飞，目光专注于我躯体的每一个细节，但我怀疑他压根儿没看到"我"这个人。

最后，他终于容许我伸展躯体。伸展的感觉放松、温暖而美好，我自然而然摆出了自己的姿势，我都不知道自己的姿势如此美丽动人。爱德加不停地画，他称赞我天生是做模特儿的料。

我必须告诉你，这件事从头到尾都纯洁无瑕，我们不过就是画家与模特儿，而不是男人与女人。但我必须承认，我从没有一刻比这个下午更感觉自己是个彻头彻尾的女人。

我亲爱的埃米莉雅，我得停笔去着装用晚餐了。再过两个月，再过八个星期，我们将再度聚首。我无法形容我有多渴望把可爱的小芬妮拥在怀里，对着她小巧美丽的脸蛋微笑（你看，我已经知道她很美丽了），让疲累的眼光在你、小杰克，以及你英俊的丈夫桑姆纳身上歇息。届时我们可以像闺中密友一般促膝长谈，向你倾诉我不敢形诸笔墨的事。

爱你的贝拉婶婶

一八九五年六月十七日于法国巴黎

第三十一章

第二天，瑞克短信给我，要我和他碰个面喝一杯，地点哪里都好，就是别在洁可酒吧。我们商定上克雷里餐厅去。餐厅里到处是野心勃勃力争上游的年轻专业人士，这些人兴致高昂，为了向彼此证实他们玩得开心，以超乎必要的高亢嗓音吵嚷嬉闹。在这样的喧嚣中，我们保证能享有谈话的隐私。

这天夜晚热得出奇，我来到酒吧，看见瑞克在临街的矮墙附近占了几个位子。即使是这里的位子，依旧吵得不可思议。瑞克已经点了两杯啤酒，搁在小小的桌上。我尽可能挤在他身边，对着他的耳朵嘶吼："幸好我们只有两个人，要是三个人就根本不能谈了。"

"你在募款餐会上为什么没告诉我马凯艺廊的事？你走了之后我才听到消息。"他也同样吼着对我说话，"我要知道每一个甜美的细节。"

"那天没有时间说。"我吼着向他诉说时来运转的经过。

他聆听时满脸的欢欣。"噢，小莱，"他一面嚷，一面把我搂进怀里大大拥抱一番。"这真是史上最棒的消息！"他放开我时，眼眶湿润。

我低头望桌子，眨着眼忍住泪。

"苦尽甘来的人是你。"瑞克拍拍我的臂膀，"没关系，想哭就尽管哭吧！"

我用餐巾抹抹眼睛，笑起来。

"那马凯的事呢？"他对着我的耳朵嚷。

我强迫他发誓保密，然后承认了我俩的恋情。"没有别人知道。"

他交叠手臂，细细观察我的神情。"他头一次参观你画室的时候开始的吗？当时你还说那场会面一事无成。"

"不是啦。"我啜了一口啤酒，"不过回想起来，事情的确是从那时候开始发展的。"

"你是不是也从那时候开始发现马凯的优点？"

我往他的手臂打了一拳。"不要闹我了啦，你这个……"

"你脸红了！"他尖叫，"你真是个淘气的姑娘！"

"不是啦！"我紧张起来，"不是从那时候开始的，是后来……"

瑞克放声大笑，举起双手。"不用解释啦！"

"恋情是从他提议帮我办画展之后才开始的。"

瑞克咧着嘴嘻嘻笑。

"我不是为了在马凯艺廊办画展才跟他上床的。"我强调。但我的确替他伪造古画。

他严肃起来。"你喜欢他吗？"

我点头。

"他也喜欢你？"

"我想是吧。"

瑞克吹了声口哨。"真有你的！"他举起啤酒杯，"庆祝你情事得意！"

我用我的啤酒杯碰碰他的杯子。

"老天！"瑞克说，"我才离开不过几周而已，世界都翻天覆地了。"

"谈谈你的巴黎行吧！"

瑞克描述着在巴黎四处奔波，和策展人、档案保管员、图书馆员、艺术史家以及美术馆馆长谈话的情景，一面说，我们一面喝干杯中的啤酒，又再叫了一轮。

"下次我能不能跟你一起去？"

"只要你自己筹机票钱……"他忽然住了口，眼睛睁大起来，"你马上就可以到处旅行了，想干什么就干什么。见鬼了，小姑娘，你办完个展以后就发了，还会声名大噪。"

我举手投降。"发财我很乐意，声名大噪就别了。"

他端详我的脸，伸手握住我的手。"当个有名的冒牌货和成为伟大的知名画家是不一样的。"

我低头看自己断裂的指甲。如果是因为冒充别人而成为知名大画家，那一不一样呢？

"克莱尔，你看着我。"瑞克命令。

我目光向上。

"这一次，你会因为艺术创作杰出而成名，大家会因为你的才华而欣赏你。艾萨克的成功跟他的名声有关，媒体为了自己的利益炒作他的名声，但那不过是一个形象、一个名字，你不要在意。"

"你最棒了！"我说得真心诚意。

"很高兴你这么想，因为我没帮你从巴黎带回来任何东西。"

"有没有贝拉和德加相关的资料？"

"完全没有。"

"你觉得这有道理吗？"

"他们在同一个圈子游走，认识同一批人，甚至结交同样的密友。贝拉买了好几幅德加的作品……不，不怎么有道理。"

我耸耸肩。"时代不一样，当时没有即时通讯，他们是黑暗中互不交会的两艘船。"

"记不记得我跟你说过，贝拉过世前烧掉了她所有的信件，也要她的亲戚朋友烧掉他们的信件？说不定一切的秘密就藏在那些烧掉的信件中。"

"喜欢叛逆的人不是都希望自己的事迹广为流传吗？"

"贝拉没办法归类成任何一种类型的人。"

"我跟桑德拉·史东翰谈过了。"

"她帮上了什么忙吗？"

"没帮上什么忙。"我说，"但我觉得她一点也不坏。她人很好，还带我欣赏她的艺术收藏。不过她对你们美术馆看来印象不是很好。"

"岂止是印象不好而已？"瑞克嘟囔，但随即又快活起来，"猜猜我帮你带了什么？"

"巴黎带回来的礼物？"

"不是，我是说是啦，我在巴黎帮你买了个礼物，但这个东西比礼物更好。"他顿了顿，故意营造悬疑，"我多弄了一张归位典礼的票，要送给你。"

"归位？"我重复他的话，故意拖延时间。

"《沐浴后》的归位。这是本季最重大的活动，当然啦，我是说除了你的画展开幕以外最重大的活动。我们美术馆全体动员，波士顿大众管弦乐团（Boston Pops）会来演奏，国际媒体、文学大家、艺术家、明星专属的外烩师傅……很郑重其事呢！"

"艾登会去。他想帮我多弄一张票，但弄不到。"当时我还有些如释重负，因为对于再度看见自己的画作悬挂在知名的美术馆里，却冠上别人的名字，我好像还没做好心理准备。

"我们现在要改称他为艾登了吗？"瑞克故意皱起眉头。

我又往他的手臂打了一拳。

"在感恩节那一周的星期六晚上。"他说。

"那距离我的画展开幕才两个星期呢！"

"只不过一个晚上的时间嘛，克莱尔。"

"我会累得一塌糊涂。"

"这是大好机会，可以结识有权有势的艺术爱好者。"瑞克甜言蜜语诱惑我，"你再也找不到更好的宣传机会了。"

"你的口气跟艾登一模一样。"

"不准拒绝。典礼过后会有一场超级盛大的半正式晚宴。"他咧嘴一笑，"你要弄一套艳惊四座的新衣裳，好跟富商名流把酒言欢。万一你忙到累瘫了，我跟艾登会帮你出面，宣传你即将登场的画展开幕。"

我提醒自己，这次和现代美术馆的那次情况不一样。《四度空间》是我的原创，这幅不一样，是德加的作品，德加构的图，德加下的笔。多少算是啦。

"会很好玩的。"

"好啦，"我说，"那我就去吧。谢了！"这次如果有什么尴尬的情况，艾登会伸出援手。他会和我站在同一阵线，我不会是唯一了解内情的人。

瑞克向我凑得非常近。"说不定到时候我们就会多知道一点消息了。"

"什么消息？"

"克莱尔？你睡着了吗？《沐浴后》的消息啊！我们前一分钟还在聊这个的！"

"对不起！"

瑞克大大叹了一口气。"归位典礼上，我们会多得知一点这幅画的流浪经历，说不定还会得知其他几幅画的下落。"

我深吸一口气。

"有传言说，联邦调查局建议帕特尔当污点证人，他正在考虑。"

"他要出卖同伙？"我惊呼。

瑞克笑了，"我不会这样形容这事啦，但没错，就是这样，而且天晓得他知道多少内情。"

艾登对我告诉他的新消息无动于衷。"帕特尔没有情报可以提供给联邦调查局。"

"照瑞克的说法不是这样。"

"瑞克的消息都是二手或三手的。"

"可是目前为止他的消息好像都没错。"

"这次不会了。"

我应该要回家赶绘窗户系列，但一走出克雷里餐厅，我就打电话给艾登，并且直奔他家。他正在做奶酪番茄三明治，我们站在他的厨房谈话。我推测他的奶酪番茄三明治跟我在白面包上直接放两片起司的三明治大概吃起来差不多，就像他的焗烤通心面跟我从超市买来的冷冻通心面吃起来也差不多一样。

他把他的成品放到我的盘上，数片奶酪、小番茄以及新鲜罗勒从自制的杂粮面包间探出头来，色香味俱全。三明治太厚也太黏，不容易用手拿着吃，因此艾登在桌上放了刀叉。我的胃紧缩纠结，毫无食欲，我用叉子把三明治在盘里戳得团团转。

艾登在我的对面坐下，咬了一口他的三明治。"你不吃饭就不会有力气完成你的窗户系列。"

"帕特尔不是白痴。"我说，"他一定知道自己将会面临什么命运。"

"他不可能多聪明，不然也不会被逮。"

"那就更糟了。"

"你吃吃看这罗勒怎么样。"他用刀指指我的三明治，"这是新品种，我不太喜欢。"他又咬了一口，"有点苦。"

"我们要有点计划才行。"

"好，"他语气和悦，"我们来计划吧！"

"你比较了解情况啊！"

他站了起来。"要不要来点酒？"

"啤酒好了。"

他打开一瓶山姆亚当啤酒，递给我，自己则从一瓶开过的红酒瓶中斟了一些，又坐下来，继续吃三明治。

"万一你被抓了，我要怎么办？"

"湘朵和葵丝蒂会处理画展的事。"

"我不是在说画展，你不要故意装傻。你怎么会这么淡定呢？"

他放下三明治，用充满耐心的神情望着我。"就跟他们说你对这件事一无所知。"他冷静得令人恼怒，"画家不需要为经纪人的行为负责。"

"你想他们多久会查出我专门画德加的伪画？"

"这个问题我们先前讨论过了。我带了一幅精致的复制画给你，出钱请你绘制一幅精致的仿复制画。我告诉你我会用复制画的名义出售那幅画。"他得意扬扬地举起刀叉，"我们的说辞和帕特尔的说辞刚好吻合，这不是更好吗？"

"可是你拿给我的并不是精致的复制画，对吗？"我细细端详他的神情。

"谁也无法证明你心中认定的真相是什么，"他说，"也没有人能证明我告诉你什么。"

我发现他并没有回答我的问题。

"我保证我不会被抓。"他握起我的手。

我只是怔怔望着他。

他放开我的手，重新靠回自己的椅背。"克莱尔，我知道个展让你压力很大……"

"我不是在担心个展，我是在担心你，担心你会坐牢。"

"担心对事情没有帮助。"

"装作若无其事就有帮助吗？"

"别紧张兮兮比较好。"

"总比你把头埋在沙子里要好。"我恨不得把他摇醒，让他别再这样扬扬得意，让他承认我们的处境危在旦夕。

"就算帕特尔想提出证据，他也不知道我牵涉其中。他只举得出一个小喽啰，那个小喽啰知道得比他更少。他的证据对联邦调查局毫无用处，他根本没有条件可以协商。"艾登说起话来胜券在握，那样的沉着太过完美了。我猜想他知道某些我不知道的事。又或者，他以为他知道某些我不知道的事。

我双手掩面。他在对我说谎，我也在对他说谎，我们的命运无可拆解地纠缠在一起，成为情侣的我们处境加倍危险。

"我不知道。"我透过指缝看着我动也没动的三明治发软，起司已经硬了，盘子里暗色的油光闪闪发亮。我轻声喟叹。

我扬起头来和艾登目光相对，他眉心的皱痕更深了。"不知道什么？"他问。

我重新低头看潮软的三明治，有片罗勒叶从两片吐司间凸出来，像条蛇在吐信。

第三十二章

三年前

　　凯兰·辛山默向我道别并挂上电话后，我仍死命盯着手里的电话。我膝上的肌腱化作烂泥，整个人摔倒在地。这感觉就像是有人告诉我有个朋友意外猝死，我一半的心思飞快回溯方才得知的讯息并解读意义，另一半的心思则凝结僵立，拒绝承认事实。虽然几个星期来，我都战战兢兢担忧着这件事，却绝没料到这事真的会发生。

　　怎么可能呢？《四度空间》是我画的，我还又画了一幅，而且另外提供凯兰三幅作品比对。美术馆有渠道可以取得艾萨克的画作，他们一定会拿来交相比对。那些专家怎么可能会出错呢？他们不是有一大堆神奇厉害的高科技可以用来鉴定吗？那些人不是都拿了博士学位，还拥有几十年的经验吗？我的视线在画室里飞窜，寻找有什么东西可以拿来砸，什么都好。

　　真是活见鬼！不公平！不只对我不公平，对艾萨克也是。而且不是我故意夸张，这对所有的艺术家及艺术爱好者也都不公平。一所顶尖的美术馆错认自己馆内画作的创作者，这算什么？这对全天下的美术馆与全天下的伟大作品代表了什么意义？艾萨克应该理解到这个问题，应该明白这是多么不正当的事。毕竟艺术家是他的头号身份。

我写了电子邮件给他，发短信给他，打了电话给他，留了一通又一通的留言，要他和我联络，告诉他这件事很重要，但他毫无反应。我改变策略，转而诉诸他的罪恶感。"你这样怎么对得起热爱你的作品、欣赏你作品的人呢？""你的遗产里包含了一幅我的画作，你作何感觉呢？"没有反应。"你看着镜中的自己，能问心无愧吗？"他更改了电子邮件地址和手机号码。

　　"干得好啊，小姑娘！"碧雅翠丝·考米耶当初曾这么说。她的用词新潮，话中又隐约透露她相信《四度空间》是我画的，当时的我很意外。她并没有明说她是这么相信的，但凯兰说碧雅翠丝是个艺术史家，也是个大收藏家。不知她对事情的发展有何看法。

　　我透过约翰与碧雅翠丝·考米耶基金会联络上她，她立刻接起我的电话。"克莱尔，"她说，"我最近刚好想起你。"

　　我拿电话的手抖了起来。"是因为最近发生的事吗？"

　　她顿了许久。"还有最近没发生的事。"

　　"你赞成他们的决议吗？"

　　她再度顿了许久。"我们能不能碰个面？"

　　"除了星期二以外，我随时都能上纽约去。"

　　隔周的星期一，我们坐在下东区一条小小巷道里的轻食餐厅角落。她提出这个地点时，我感觉十分怪，话又说回来，如果她不想让人看到她和我在一起，那么这个地点就不太怪了。

　　"我没有什么权威消息可以提供给你。"我们各点了一客犹太丸子汤和沙拉后，碧雅翠斯告诉我，"我在委员会里没有表决权，我只是去报告我的观察。"

　　我等着她说下去。

　　"我告诉他们第二幅画是你画的，我看着你画下每一笔。虽然我不负责判定真伪，但我告诉他们，我和你共处了这么久，和《四度空间》也共处过许多小时，我的看法是，两幅画都是你画的。"

"谢谢！"我轻声说，"可是没有人同意你的看法吗？"

她看着我，眼神充满同情与悲哀。"投票时我不在场，但我听说后来有其他委员加入表决。"

"可是怎么会……"

"这不采取共识决。"

我用汤匙戳其中一粒丸子。"我试图联络艾萨克，要他出来招供，他不肯。"

"现代美术馆可能也不肯。"

"为什么？"

"不是只有艾萨克一个人的名誉岌岌可危。"碧雅翠丝说，"也不只是名誉而已，还牵涉到大笔金钱。"

我放下汤匙。"所以说，他们为了确保自己的狗屎利益而干出这种事？"我一说完，就立刻为自己的言辞粗鄙感到抱歉，但碧雅翠丝似乎没有注意到，或者是注意到了却不在乎。

"你听过认知失调理论吗？"她问。

"没有。"

"基本上，这种理论是说，人会在潜意识中重新诠释自己的动机和行为，好让自己事后感觉良好。但重新诠释之后，他们就会相信这诠释的基础也是真实无误。"

完全就是在形容艾萨克。

"所以你是说，"我慢吞吞吐出这些话，"虽然他们知道《四度空间》是我画的，却告诉自己《四度空间》是艾萨克画的，因为这样才最符合美术馆的最大利益？"

"有些人可能是这样想的。"

"那我要强迫他们面对真相，说出真相。我要去找美术馆高层，去找媒体。"

碧雅翠丝用她纸一般粗糙的手握住我的手。"我建议你别这么做。

你才华洋溢，前途无量，这种时候不该往后看，过去的就让它过去，你专心往前冲吧！"

于是我回到家，努力让自己听从她的劝告。

第三十三章

　　我像只躲避光线的蟑螂，匆匆钻进自家大门。我根本不该去找艾登的，应该出了克雷里餐厅就直接回家，甩开我的忧虑和艾登老早准备好的答案，回去画我的窗户系列。我想起我们头一次讨论起仿冒画作时，艾登提到出卖灵魂，随即又改口说棋盘上的棋子是比较好的譬喻。他应该要坚持原本的说法才对，这桩交易不折不扣就是桩出卖灵魂的魔鬼交易。

　　回到屋内，不再有几百万不在乎我有没有出卖灵魂的群众看着我，我感觉好多了。我煮了一壶咖啡，把《湾村》[①]和《苹果》放上画架。两幅草图静静地看着我，使我想起艾登平静的神情。眼看帕特尔很可能抖出实情，他居然泰然自若。我拾起调色盘和一支画笔。我厌恨在心里探头探脑、冒出丑陋的小苗头的狐疑感，但又不敢置之不理。我不能任自己对艾登的感情蒙蔽我的直觉和判断力。

　　我调了些中间色调，开始作画。如果我为了这场画展，连灵魂都失去了，那不把工作赶完可就真是亏大了。作画的感觉真好，没花上几小时，《湾村》就进了烤炉，这会儿我正调着淡蓝的色调，打算画倒影。

　　烤炉叮当响起时，我取出《湾村》，换了《苹果》进去。我累坏了，

①　湾村（Bay Village），波士顿郊区的小镇。

随时可以进入今晚的第一次梦乡，但是在《苹果》烤好之前，我不能睡。于是我又煮了一壶较浓的咖啡，给自己倒了一碗谷片，一面吃，一面在网上搜寻帕特尔的新闻。根本没有他的新闻，这却一点儿也没有减轻我的忧虑。如果帕特尔知道的比艾登以为的要多，艾登就很有可能被捕。而仿制画作虽然不犯法，但知道自己的仿画会被当成原版来贩售，等于是共谋犯罪，因此我也有可能被逮。何况持有赃物也是有罪的，更何况，这还牵扯到多幅大师经典作品的窃案。

我咬着指甲边的死皮。如果我找出原画在哪里，对我们的处境会不会比较有利呢？我仿佛能找到线索似的环顾画室，眼光落在德加的草图上，忽然想到，或许我可以反向操作。说不定我可以先找到复制者，然后再循线找出原画在哪里。

我知道希望很渺茫，但处境危急的人不能太挑剔。我开始在纸上振笔疾书。我所得到的每一个线索都引导到同一个结论，就是艾登交给我的那幅《沐浴后》，和嘉纳美术馆一九〇三年开幕时挂在墙上的是同一幅，而且是幅伪画。假定德加原始的《沐浴后》绘于一八九七年，那么伪造的《沐浴后》就绘于这六年之间。当时交通不便，绘制此画的人想必不是住在巴黎，就是住在波士顿。也就是说，这位伪画家生活在法国或美国。同时我推测他作画的年龄介于二十岁到八十岁之间，也就是说，他出生于一八二〇到一八八〇年之间。

我用谷歌搜寻"一八八〇到一九〇三年间的仿画家"，并没有相关资讯，我所能找到最相近资料是"知名的仿画家"，这张名单约有五十人左右，全是男性。天晓得，说不定我是开天辟地以来头一个跻身这个显赫族群的女性呢！那可真是好极了，我一向就渴望当个打破性别藩篱的模范人物。

我一一排除背景不符的艺术家。多数艺术家的年代都不符合我的要求。乔凡尼·巴斯提亚尼尼（Giovanni Bastianini）一八六八年就死了，东尼·泰特罗（Tony Tetro）及我的老友米格伦则出生得太晚。另外，其他艺术家地缘关系也不合。威廉·布朗戴尔（William Blundell）住在澳洲，张大千①在中国，艾米尔·霍里（Elmyr de Hory）在匈牙利。另有一些人的专长在雕塑，或中世纪的泥金装饰手抄本。最后，我只剩下四个可能人选，以及几十则可能对我自己人生有所启发的故事。

头一个故事的主角是艾奇欧·多希纳（Alceo Dossena），他是个意大利石匠，也是个苦苦打拼却得不到赏识的艺术家。他仿制古希腊罗马的雕塑，他的经纪人瞒着他，把这些雕塑当成文物，贩卖给收藏家和美术馆，其中还包括波士顿美术馆。根据多希纳的说法，他在美术馆中意外看见自己的作品展示于馆内古典艺术区，才得知经纪人海捞了一笔，却仅付给他区区两百美元。他和经纪人对簿公堂，声称自己浑然不知作品被以诈欺手法出售。他打赢了官司，获得数千美元的赔偿。这对我来说应该是好的预兆，问题是他在获判无罪后，在大都会美术馆举行的个展一败涂地，这消息却不太令我雀跃。

又有个法国画家名叫大卫·史坦（David Stein），他模仿自己最爱的大师，贩卖夏加尔②、克利③、米罗④和毕加索的伪作，狠赚数百万美元。他的一幅伪画在纽约一间画廊被人识破后，他遭到逮捕，但起诉的过程却非常艰难，因为艺术品经销商担心自己的专业能力遭到公众质疑而拒绝与检方合作，收藏家也声称史坦的作品填补了他们收藏的空缺，而拒绝缴出伪画。最后他还是受了法律制裁，因伪造艺术品及盗窃罪而锒铛入狱。这对史坦和我来说都是不幸的结局。

五十则故事里，每一则都充斥着才华、野心、贪婪、狂妄，以及反

---

① 张大千，一八九九－一九八三年，国画大师，早年曾多次仿制中国古画并当作真品贩售。
② 夏加尔（Marc Chagall），一八八七－一九八五年，俄国超现实主义画家。
③ 克利（Paul Klee），一八七九－一九四〇年，瑞士裔德国籍的画家。
④ 米罗（Juan Miró），一八九三－一九八三年，西班牙画家、雕塑家、陶艺家、版画家，超现实主义代表人物。

体制的报复心态。我在每一个故事里都看见自己。而这五十则故事的结局都是一样的——他们的造假行为被揭穿，世人看清了他们的真面目。

"你为什么要这样折磨自己？"我把这些仿画家的故事告诉艾登时，他这么回应。他九点左右出现在我的画室，昨晚我一吃完饭就离开他家，他来看看我好不好。

"因为好奇吧！"我说。

"我看是为了自虐。"

"那些造假的人，每一个都背负着相同的往日阴影，多半的动机都和我一样。"

他双手高举上天。"所有念医的学生都想救人啊！"

"他们几乎每个人都带着某种报复心态，多半是得不到赏识，要对艺术圈施以还击。"

艾登的眼神软化了。"你是有真才实学的，克莱尔。"他的手往沿墙挂了一整排已经完成的窗户系列一挥。"而且你的委屈和他们的很不……"他在《夜车》面前蹲下来，瞪眼凝视，然后转头看我。"这幅画很棒，很有震撼力，色彩的深度……"他伸出手指想碰画布，又止住了。"这可能是你最棒的一幅，我考虑放在前橱窗，镶个大画框。"

"你这样说只是为了要安抚我。"

"你别说那种屁话。"他走回来，和我一起坐在沙发上，"我从你的表情看得出来，你自己也很满意这幅画。"

"盗窃罪是偷窃的意思吗？"

"你没偷东西。"

"我持有赃物。"

"画现在已经不在你手上。而且你持有画的时候，并不知道那是赃物。"

我想起艾登多么轻易就相信了他自己的谎言。"可是万一……"

"你知道这样下去会惹出什么麻烦吧？这样没完没了地前思后想、在网上扒粪、担心一大堆万一？那些人就是这样被逮到的——做蠢事、让自己陷入不利的情境、神情紧张，引起别人的疑窦，然后一切就完了。"

"就像那个……"

"你一定要答应我，不准再这样了。"他说，"你要专心画画，专心准备画展，管控好你的情绪。"

我知道他说得对，因此我答应了，但他并不了解完整的事实，有些事他不知道。虽然我感情上极乐意和他分享秘密，但他说谎说得脸不红气不喘，危机当前却如此泰然自若，这令人忧虑，使我不敢吐露真相。

他离开后，我重新回到网上，搜寻四位可能人选的进一步资讯。这四个人当中，有三个是法国人，一个是美国人——伊弗·绍德宏（Yves Chaudron）、尚·皮耶·谢克胡恩（Jean-Pierre Schecroun）、埃米尔·舒芬尼克（Émile Schuffenecker）和维吉尔·伦戴尔。他们全都活跃在德加与贝拉的年代创作并绘制赝品。

十九世纪末及二十世纪初期，不得志的画家伊弗·绍德宏和德加一样，居住在巴黎的蒙马特，他因为伪造同伙佩鲁嘉（Vincenzo Peruggia）偷窃的《蒙娜丽莎》而声名大噪。至今仍有人在猜测，罗浮宫中悬挂的《蒙娜丽莎》究竟是真品，还是由绍德宏伪造而由佩鲁嘉贩售给外国收藏家的多幅高品质伪画之一。现在我得知纽约那位同时贩卖真画和伪画的艺术品经销商伊莱·萨凯是从哪儿得来的灵感了。

我发现尚·皮耶·谢克胡恩并不是生于一八六一年，而是一九四〇年——维基百科不是个太可靠的资料来源。但埃米尔·舒芬尼克则涉嫌重大，他是高更和梵·高的好友，这两人同时也都是德加的好友。虽然他从不曾被定罪，但人们怀疑谢克胡恩伪造印象派大师的画作，尤其是塞尚的画作。他声称自己不是造假，只是要告诉世人他的画作如此精湛出色，不欣赏他的人有多么愚蠢。

维吉尔·伦戴尔也有相似的遭遇。他的作品不受当时的经销商赏识，他因此转而制作伪画，在企图贩卖一幅沙金伪画时被捕，一九二八年自杀身亡。这名字听来耳熟，但我一时想不起来。随后我想起了，他替桑德拉·史东翰的外婆埃米莉雅·普雷斯考画过肖像。埃米莉雅是贝拉的侄女，而且桑德拉还忙不迭地补充，是她最疼爱的侄女。

我闭上眼睛，回忆《埃米莉雅肖像》，伦戴尔精湛的技巧呈现在我眼前，埃米莉雅的皮肤散发光泽，满脸洋溢的幸福跃然纸上。那是一幅震撼人心的画，情感丰富，刻画细腻，看得出是由一位具有高度才华的画家以古典大师的技法画成的。我的眼睛猛然睁开了。这位画家很有可能和贝拉·嘉纳熟识。

出自伊莎贝拉·史都华·嘉纳之手

亲爱的埃米莉雅：

　　你的婶婶今天脾气非常坏，在这种情绪下，我不该写信，但过去这一整个月来，我们家热闹滚滚，好不容易有了独处时间，一定要好好利用。最近的气候糟透了，冷且风大，偶尔还下点雪，我们全都窝在室内。人们不断和我攀谈，不停问一个又一个问题，我觉得压力好大，所以这会儿卧病在床，我甚至觉得很开心。

　　请别担心，我不过是害了伤风，但是是最凄惨的一种伤风，喉咙痛得要命，脑袋简直撑不直，差点儿就发烧。医生说，如果我的呼吸再不顺畅，就要把我送到乡间去休养，可我们再过不到一个月就要动身离开了，我还有几项买卖还没完成，断断不可能到乡间去的。

　　你也知道，我们这趟旅程非常漫长，跑了英国、法国、荷兰、德国，在巴尔巴罗宫度过夏天，而后又重回巴黎。我在这趟旅程中获得好几项战利品，所有的辛苦都是值得的！我买下了波提切利的《卢克莱西娅的悲剧》、鲁本斯[1] 的《阿伦德尔伯爵二世托马斯·霍华德肖像》(*Portrait of Thomas Howard, Second Earl of Arundel*)，以及我本年度最爱的作品——一幅小小的圣母像，不到一英尺见方，此刻正位于我面前的一张椅子上。

《玫瑰花架前的圣母与圣子》(*The Madonna and Child in a Rose Arbor*) 是施恩告尔[2] 的作品，他和霍尔班[3] 还有丢勒[4] 同时代，但就我看来，他画得比另两位好太多了。这幅画现有的画框非常恐怖，对我可爱的宝贝来说太粗俗艳丽，只要等我能够下床，我就立刻要去定制一个新画框。最棒的是，这幅画很小，可以塞在我的手提箱里偷偷夹带，就可以躲开那些邪恶的税务人员以及恐怖的关税了。既然你杰克叔叔同意了我开美术馆的计划，我就可以铆足劲全力采购。

你叔叔还是抱怨我们钱花太多，但我猜想他对于即将展开的计划也是兴致勃勃充满期待。这点子很令人兴奋，我已经迫不及待想回家和建筑师一起开始筹划了。当然啦，也恨不得快快和你及我最爱的两位小朋友——亲爱的小杰克和可爱的芬妮——见面。七个月前我起程时，芬妮宝贝已经会说好几个单词了，现在她恐怕能说成串的句子啰！

昨晚我们和亨利·詹姆斯及爱德加·德加共进晚餐。我们透露了想开美术馆的计划，他们两位都非常喜欢这个点子，我们讨论该买些什么人的作品来收藏，一路聊到深夜。爱德加说，若我们

---

① 鲁本斯 (Peter Paul Rubens)，一五七七－一六四〇年，法兰德斯（比利时北部）画家。

② 施恩告尔 (Martin Schongauer)，生年不详，约为一四三〇至一四四五年间，殁于一四九一年，德国画家、版画家。

③ 霍尔班 (Hans Holbein the Younger)，一四九七－一五四三年，德国画家。

④ 丢勒 (Albrecht Dürer)，一四七一－一五二八年，文艺复兴时期的知名德国画家。

考虑收藏他的作品，他会感到非常光荣。我告诉他，如果我们能讨论出一个价钱来，嘉纳先生和我都会非常兴奋，这人竟然厚颜无耻地说，我已经知道他的价钱了！幸好你叔叔和亨利都没有仔细听我们说话。

你杰克叔叔说，这一星期的后半段，他都要在银行忙碌，爱德加听了，便邀请我星期三到他的画室去。他说了稍早的话之后，我变得有点紧张，但什么也挡不住我的。知道你一向对这个冒险十分感兴趣，所以等我从蒙马特回来后，我会继续把这封信写完。

星期三晚间

我回来了。一如往常，我所告诉你有关爱德加的事，你一定要严格保守秘密。为了对你叔叔保持尊重，请你看完信后立即烧掉。万一此信落入有心人的手中，后果就不堪设想了。

一如我所料，我一到达画室，爱德加就主动提议要画一幅画，供我在美术馆展示，但条件是我要做他的裸体模特儿。我拒绝了，他似乎并不吃惊，反而问我要不要穿上我的丝绸袍子，我答应了。我发现，一旦冒过一次险之后，第二次就容易多了。

这袍子和上次一样，穿起来柔软曼妙！他生起壁炉火，感觉比酷热的夏天更愉悦舒适。保持同一姿势很困难，但是当他放我自由、容许我随意伸展四肢时，我只能说我从未感觉如此顽皮又自在过。我闭上眼睛，仿佛是在与一位轻飘飘的天使共舞。

但爱德加这次没有如上次一样，不停地画，而是跪在我身边，手触着袍子唯一的衣带，轻声说："拜托你，贝拉，让我把这个拿开，让我看看你真实的样子。"

当时我躺在沙发上，睁开眼睛，直直望入他的瞳孔，他的眼眸深邃、坦白而充满哀求，我不知不觉举起手臂，任他把滑溜溜的丝绸从我的肌肤上拉开。噢，埃米莉雅，我无法形容那种美妙，那种欢欣，那种狂野，我感到无拘无束，任性奔放，比过去任何时候都还要敞开心扉地感受到自己活着，仿佛我是个新生儿。

"你这些素描不会给别人看吧？"我轻声咕哝。他调整我手臂和腿的姿势，解开我束紧的头发。他的抚触尊重有礼而不带情感。

他含笑拾起素描本。"你真是个美人胚子。"

"我不是。"我说。但我承认当时我自己也不大确定了。

而且我愈来愈不确定。当爱德加再度容许我随意变换姿势时，一股暖意与兴奋从我的体内升起，愈涨愈高，终于从我最深的内在爆发，向外流淌到我的每一处肢体末梢。这股暖意与兴奋之强劲、愉悦，令我惊诧地倒抽了一口气。

我感觉像是突破了多少年来禁锢着我的蛹，像是平生第一次挣脱了束缚，终于真真切切和真实世界有了联系，和我自己有了联系，当然也和爱德加有了联系。

我知道正经端庄的妇女绝不会做这种事，史都华家或嘉纳家的正经妇女尤其不会，我也很清楚，这件事情万一曝了光，那些打从我来到麻省就围绕纠缠着我的各种闲言闲语小道消息恐怕都不够看。但是容我告诉你，无论发生什么后果，我都不会后悔的。你千万别说出去。

爱你的贝拉婶婶

一八九七年一月于法国巴黎

第三十五章

艾登正大力宣传我的画展，远至巴黎或孟买都有买家询问，要他将我的作品集制成影片。随着开展时间逼近，这项展览愈将肯定成为事实，我却出现了不折不扣的冒牌货症候群，开始担忧自己到底有没有资格登上这种大舞台，艺评家会不会纳闷马凯艺廊是不是吃错了什么药。被唾弃了许多年，我这会儿惶惶不安，不知自己会不会是在争取一种我不够格担当的身份。我的研究所同学珍如此形容我："没有安全感，容易心慌。"

有关帕特尔的唯一新消息是他被起诉了，但他不认罪，目前被羁押于纳秀瓦街监狱，没有半点要与联邦调查局协商的风声传出。我稍稍安了心，但对于维吉尔·伦戴尔与贝拉·嘉纳可能有所关联的兴奋却不得不暂时搁在一边。我打了电话给桑德拉，她正急着要赶飞机去雅典参加一趟为期十天的游轮旅程，她鼓励我等她回来后和她联络，这个邀约我当然欣然接受。

这天天气晴朗，是秋季的临别一吻，我决定跋涉到纽伯瑞街，去采购瑞克一直催促我买的归位典礼服装。我进出了几家高档店家（谁会想花一万美元买一件"典雅的晚宴外套"啊？）、中价位店家（谁又会想花一千美元买一件只够当上衣穿的洋装呢？），最后我走进我的忠实老友——复古服饰店。店里有过多的架子，所有的东西胡乱堆放在上面，屋里连站人的空间都快要没有了。我什么衣服也没有试穿。

我改变主意，走进马凯艺廊。艺廊里只有艾登一个人，于是我给了他一个大拥抱。

"你的气味好好闻！"他在我的颈子上磨蹭，"一点苯酚甲醛味都没有。"这时他猛然抬起头，皱起了眉。"你怎么没在画画？"他指指手表，"时间都被你浪费掉了！"

我皱起鼻子。"一直在进行中，没问题的啦。我来就是要告诉你，我有把握一个星期之内就能全部完成。"

"只是'有把握'而已？"

"是很有把握，非常有把握。"

他笑得满面春风。"我就知道你办得到。"

"可你还是直到现在才松一口气？"我逗他。

"邓波顿已经开始制作第一批画框了。我还没看到成品，他说替现有的画加框需要一星期的时间，拿到最后一批画以后，也还要一星期的时间才能完工。"邓波顿是和艾登配合的画框师傅。我们原本的计划是所有的画都要以无画框方式展出，但几星期前艾登改变了心意，这使我的截稿期提前了好几星期，也大大增加了艾登的成本。

我用手环抱自己。"真的快完成了。"

"然后你就有时间去进行你一直不肯面对的宣传了。"

"喂，我过几天就要去上广播了。"

"你不情不愿的。"他用谴责的眼光看我，"你要买几套新衣才行。"

我笑了，"上广播受访也要穿新衣哦？"

但他可不是说着玩的。"你别装傻了，克莱尔。佛要金装，人要衣装，你又不是不懂。何况也不是只有广播。"他在抽屉里一阵翻找，掏出一枚信封。"我本来要等你全部完成后再给你，不过也差不多了。这是礼物。"

我接过信封，摇了摇，翻过面，又翻回来。

"奖励你表现卓越。"

"里面是什么？"

"打开就知道了。"

我打开了信封，全然不知眼前是什么东西。那东西像张收据，来自峡谷牧场度假中心①，上头写着三天两夜，另有一张汽车接送服务单。我困惑地望着他。"给我的？"

"你完工之后，我希望你离开波士顿几天，宠爱自己一下，休息休息，放轻松。未来的工作会更辛苦……"

"那你一直敦促我要做的宣传工作怎么办？"

"才不过三天而已，你回来再处理就好了。"

"我不能接受这个礼物。这个地方住一晚大概要五百美元吧。"

"这问题由我来担心就好了。"

"不行，我不要，我不能接受，也不愿意接受。"

艾登把我的双手捧在他的手里。"好，那等你开完画展以后再还我。到时候你就会有满手钱了。"

"可是还要准备展览啊？我们要把画挂起来，我想要参与展场布置的每一个步骤，而且……"

"你回来之后我们才会开始布置。邓波顿做画框没那么快。"

"可是我……"

"你不去的话，我就要取消画展。"

"你才不会。"

他耸耸肩。"大概不会，可是要这样说，你才能理解我觉得这么做对你有多重要。"

"因为我快抓狂了？"

---

① 峡谷牧场（Canyon Ranch），美国一家高级度假中心。

"泡泡汤，按摩按摩，什么问题都能化解。"

事实是，我一向都渴望去峡谷牧场，甚至连做白日梦也想去。我并不认为这个幻梦有实现的可能，那毕竟是我梦想清单上的名目，是放纵的绮念。我倾过身吻他。"你是个体贴暖心的男人，你知道吗？"

"我才不是。"他说，"我在你身上投资了很多，我是在保护自己。"

不到一个星期，我就完成了全部画作。大功告成。这时是凌晨三点，我走到我常站的窗边位置，一面揉搓我的腰背，一面俯瞰荒凉冷清的街道。天气很糟，冬雨夹杂着霰与冰雹，还有几丝雪片预告着更坏的天气。十一月末的波士顿不是美好时光。

我如释重负，自豪且欢欣。但同时也疲累、头痛，充满强烈的失落感。我的二十幅画全在我背后，即将踏上战场。我创造了它们，为它们劳心劳力，把它们塑造成现在的模样，但接下来会如何，就看它们的了，而不是我来决定。不知做母亲的人送孩子上大学时，是不是也是同样的心情？

我扑倒在长沙发上，伸长腿，在脑袋下方塞个枕头，两只手枕在脖子下，想象开幕式的情景。我闭上眼睛，仿佛置身开幕式。只不过马凯艺廊变大了，天花板比较高，窗户也比较宽阔。墙上挂了至少有五十幅画，不可能都是我画的吧？但每幅画旁的白色小卡片都写着"克莱尔·洛斯"。我完成的画作一定比我以为的更多。

我周遭的色彩繁多，像个万花筒，色彩来自我的画作，也来自整个房间。屋子里男男女女的衣着都如宝石般五彩缤纷，璀璨鲜丽，绽放着浓郁的光泽。其中最令人垂涎的是我，我穿着一件单肩的丝绸袍子，颜色如最具魔力的紫水晶般，晶莹剔透，闪闪发亮，裙摆垂落在脚上，我每走一步，袍子就轻轻呢喃。

我在展厅里晃晃荡荡，四处接受恭贺，这时我发现每种色彩都散放着自己的香气，却未必与这颜色通常引人联想的气味相符。例如我身上散放着清晨森林的幽香，而不是薰衣草芬芳。但即便如此，每一种色彩的香气依旧让人心醉神驰。这会儿我发现了，这些色彩全来自我的烤箱，这是调制色彩的唯一方法——捏制、塑形、烘烤、放凉。画作幻化成了立体的三度空间，形成一种专属于它们自己的感官知觉，混合了形象、气味与滋味，远比单一的感觉更大也更强烈。

我睁开眼，清晨的曙光一条条映照在天花板上。我再度合眼，沉入深沉平静的梦乡。

九点，我被电话声吵醒。"怎么了？"艾登问。

我揉揉脸颊，一时搞不清身在何方，挣扎着从沙发爬起。我身上仍穿着肮脏的画画工作服，口干得仿佛有人把干燥颜料挤在我嘴里。"嗨！"

"要我派湘朵用卡车去载吗？"

我贪婪地扫视了一遍整批完工的画作。"要！"

"大功告成了？"

"大功告成了。"

"我就知道你一定没问题的。"他说。

我走到咖啡壶旁向里看，是空的。"那你干吗还问？"

他笑了。"何时出发？"

我打开冷水，开始舀咖啡豆。"我还要跟汽车公司确认一下，不过应该是今天下午晚一点。"

"有没有空来画廊跟我说声再见？葵丝蒂今天休假，湘朵一天都会在外面跑，我不能出去。"

我环顾凌乱不堪的画室。我不是个爱好整洁的人，但对于绘画材料我颇为讲究，我不能任我的工具这样散放三天。何况，为了防止老鼠出现，我也不能放着我的厨房不管。"恐怕没办法，但我晚一点会打电话给你。"我说，"我这里脏透了，我自己也是。"

整理工作花的时间比我预期要多。我已经很久没拿海绵刷洗过东西了，浓咖啡加上把事情告一段落的渴望使我一反常态，把屋子上下清理得干干净净。下午一点，我打电话给艾登，要告诉他我没时间过去了，但画廊的电话转成了语音留言系统，他的手机也转入语音信箱。我发了通短信给他，告诉他我一回来就会尽快和他联络，并再次谢谢他让我去峡谷牧场度假。

我从没接受过专业人士按摩，但我可以轻易想象强壮的手指按压我紧绷的肩颈肌肉，舒缓我的焦虑，分解小小一直敦促我务必去除的体内化学毒素。瑜伽，美食，睡到自然醒，啊，真是天堂！

终于打扫完毕，湘朵也来载走了画之后，我冲澡，更衣，打包行李。车子预计四点来接我，大约七点可以把我载到目的地。绝对来得及慢条斯理准备吃晚餐，牧场的小姐这么告诉我。快四点时，汽车公司打电话告知他们会迟到十五分钟。我转开新闻台，舒舒服服躺在沙发上放松身心，但主播提起马凯艺廊时，我陡然坐起身。难道有线电视新闻网会播报我画展的消息？我的心怦怦跳起来。艾登的宣传活动真搞得这么成功？

我花了好一会儿才搞清楚是怎么一回事。他们报道的不是我的画展，提到马凯艺廊只不过是因为那是艾登经营的画廊，因为他是在画廊里被捕的，因为他们播出的那段画面背景是马凯艺廊。画面里，警察领着艾登走上纽伯瑞街。他的手上戴着手铐。

第三十六章

三年前

大约就在我和碧雅翠丝·考米耶碰面后的一个月左右，传言开始甚嚣尘上，说有个女人跑去现代美术馆，声称《四度空间》不是艾萨克·科利恩的作品，而是她的创作。起初这传言不过是人们一笑置之的耳语，但没有多久，谈论艺术的博客以及报章的八卦专栏开始刊出报道，指出现代美术馆鉴定《四度空间》为科利恩所绘是错误的判断，认定那女人的说法有其合理性。

接着又有消息指出，艾萨克曾与一名"年纪小他很多的研究生"过从甚密。消息曝光不久，人们就推论出这两则新闻里的女人指的必定就是我。艾萨克当然矢口否认，现代美术馆也斥为无稽之谈。起初就连我也拒绝承认。我还没从美术馆判决的震惊中恢复过来，况且也不知道要如何应付这事。

但其他人仿佛都已知道是怎么回事。人们对我指指点点，交头接耳谈论我。素昧平生的人会劈头问我唐突的问题，朋友就更不用说了。其中有些问题颇为残酷。

"你这么做是因为被他甩了吗？"关你什么事？

"你想《四度空间》贬值了多少？"你以为我知道啊？

"你还爱他吗？"问这问题像话吗？

"你为什么想害这么有才华的人身败名裂？"你以为这是我的目的吗？

虽然八卦小报替我取了"头号冒牌货"的诨名，大众也普遍认定我不过梦想出名却用错了方法，但我的说法未必全是凭空捏造，或许有其合理性，这也挑起了部分人士的兴趣。有社论批评美术馆的专家对自己不愿承认的迹象视而不见，而收藏家则不惜重金，只是为了拥有一个名字。记者及名嘴天马行空大谈这其中的是非曲直与责任归属。

"艺术的价值来自何方？"《艺术世界》的一篇社论提出质疑："如果《四度空间》的作者是个研究生，这幅画仍然是经典之作吗？"

这些问题真是好问题，连我也经常自问。尽管所有的评述最后都归结，画的价值在于画的本身，品牌或响亮名声只不过是"消费社会的虚幻釉彩蒙蔽我们自我中心"，但只要看看《四度空间》爆红之后，艾萨克的画作价格如何一飞冲天，真相就不辩自明了。

当时我睡得正沉，因此电话响了许久我才听见。时钟收音机显示凌晨三点二十四分，我摸索着接起电话。

"凶手！"有个女人在电话那头尖叫。

"啥？"

"你杀了他！你杀了他！要是没有你，他现在还活着！"说完后，她开始剧烈地大声抽噎。

我摇头，想把脑袋摇清醒。"你应该是打错电话了。"

她继续啜泣，啜泣得比刚才更厉害，更悲痛。

"女士，我告诉你。"我说，"我很同情你的遭遇，但我没有杀人，所以请你挂掉电话重拨一次，要不找个人来帮帮你吧！你一个人在吗？要不要我帮你通知什么人？"

"都是你那个见鬼的自尊。"她终于在啜泣间愤愤吐出话来，"如果你没有……如果你没跑去跟他们说，如果你就顺其自然，他也不会，也不会……"

我猛然坐起来。"你哪位？"

一阵凄厉哀号，我骨骼中的骨髓都凝结了。

"玛莎吗？"我抱着一丝希望，但愿我猜错了，但我知道我没错，她是艾萨克的太太。

她深深吸一口气，啜泣了一声，打了个嗝。"克莱尔，他死了。"

"你是说艾萨克？"我轻声问。

她再度开始啜泣。

"不是真的！"我的话吐出口却变成哀泣，"你骗我的，拜托，你是骗我的！"

"他举枪自尽了。"她的声音忽然变得冷酷而清晰，"但这不是自杀，绝对不是。你永生永世都要为结束他的生命而负责。"

"结束他的生命？"我复诵她的话，这些字眼令我作呕，"不，我没有，我没做什么……"

"你爱怎么否认就怎么否认吧，但事实就是事实。"她愤愤说完，就挂上了电话。

我松手把话筒摔在床上。我浑身麻痹，冷得不能动弹，像发了高烧似的颤抖。我拿了条毛毯裹在身上，想在画室里踱步，但膝盖撑不住我的身子，我瘫倒在地上，蜷缩成胚胎的姿势，摇晃，摇晃。艾萨克死了，他丰富的才华也随之而去。如果我没做那事就好了，如果我没做就好了，如果我没做……但是，我做了。

在卡普利广场三一教堂举行的丧礼是一场暴动，教堂门口的空地塞满了记者和新闻转播车，往来的行人无不侧目。瑞克陪我一起去，幸好有他陪我。我向玛莎·科利恩致哀，她背着身子不理我，幸好有瑞克在一旁搀扶我。美术馆学院的教授谁也不愿正眼看我，瑞克在一旁握住我的手。我不忍注视艾萨克的棺木，于是瑞克带我回家。

玛莎告诉媒体，她认为艾萨克的死是我一手造成的。她说我之所以提出"荒谬的说法"，是为了报复他回到她身边。理智上我知道他的死不是我的过错，但我内心充斥着罪恶感。

媒体纷纷来电要我做个说明，我一概不理。我的朋友都恳求我说出事实真相，但我自责太深，无力捍卫自己。我吃不下，睡不着，无心工作，而且足不出户。瑞克劝我搬到他父母位于康乃狄克州的谷仓，去完成我的毕业专题，但我哪里也不想去，疯狂地收看连续剧和日间谈话节目。然而我渴望把美术馆学院的那段经历彻底忘掉，这渴望太强烈了，终于迫使我动身前往谷仓。

我带着最先完成的两件作品返回波士顿，教授们却一点也不欣赏。"模仿性太强。"我的毕业审查主任委员玛雅·迈尔斯这么说。我看见另两位委员乔治·凯利以及丹·马丁都露出得意的窃笑。

"模仿什么？"我问。

"回去好好看看这两幅画。"玛雅说，"重新研究一下早期的表现主义，你就会明白我的意思。"

表现主义？我瞪着我的作品。夏加尔？蒙克[①]？扭曲现实以传达情绪效果？差得远了！我画的是游民的肖像，其中一幅是一个男性游民，另一幅是两个女游民，两幅画都很具象。画中蕴含着很多情绪没错，我要表达的本来就是情绪，但我并没有扭曲现实，只不过是让现实赤裸裸地逼视观者。

我看着乔治和丹，等着谁来提出反对意见。

"我同意玛雅的看法。"丹说。

"我也是。"乔治说。

我收拾起我的画作，直奔瑞克住处，把画靠在他厨房餐桌背后的墙

---

① 蒙克（Edvard Munch），一八六三－一九四四年，挪威表现主义画家。

上。"你觉得这算是表现主义吗？"

他仔细端详了一番。"嗯……的确会引发人的情绪感受，强烈的焦虑。所以就这方面来说，我想可以算是有表现主义的味道。"

"透过扭曲来表现？"

"不能这么说。"

"模仿性太强吗？"

"模仿谁？"

"是玛雅说的，她和她那两个傀儡。"

瑞克这会儿改为端详我了。"你认为这是由于艾萨克的缘故？"

"不然还会有什么缘故？"

"也许她在激你，想刺激你往创作的更高峰迈进。"

"问题是我一开始提出我的创作概念时，她很喜欢我的点子，看了草图就叫我直接大胆下笔。"

"你要放下这事，小莱，发生在你身上的事不是每一件都和艾萨克有关。"

但其他的所有事似乎都和艾萨克有关。虽然飓风来袭，热浪肆虐，国际动荡，国内又举行着总统大选，媒体对这条新闻却不肯松手，到处引述艾萨克的朋友及同僚的说法，称赞他禀赋出众，叹息世界痛失英才。我最后终于接受《波士顿环球报》专访，澄清事情原委，诉说《四度空间》是我的作品，所以我才到现代美术馆去匡正视听。但除了我的家人及少数朋友外，谁也不相信我。玛莎的说法显然比较能博得同情。

因此，当我带着"非表现主义"的画作以及刚出炉的硕士文凭，再一次从谷仓复出，却发现整个世界都对我这大冒牌货视而不见，我没有太过意外。但当我向艺廊与竞赛投递作品集时，对方却都同样冷漠以对，当我的求职履历全都石沉大海时，我明白瑞克错了，一切的确都和艾萨克有关。俗话说："世上没有所谓的负面宣传。"我很快就发现，这话是错的，知名度真的有好坏之分。

第三十七章

　　纳秀瓦街监狱看起来不大像矫正机构，而比较像高档饭店或气派办公大楼，门前面对宽阔的查尔斯河，宏伟的外观与斜窗和多数的法院大楼不相上下。但走进室内，目中无人的警卫粗鲁的态度、汗臭夹杂着消毒水的气味，以及绝望的气氛，处处使我想起贝弗莉阿姆斯。

　　进去贝弗莉阿姆斯前的繁文缛节令人丧气，纳秀瓦街则有过之而无不及。这不仅仅是由于贝弗莉阿姆斯不过是少管所，而纳秀瓦是戒备森严的监狱，更重要的是我此刻的身份是访客而不是老师，我不再是义工，来访是有求于他们。不过身为白人，口操流利英语，既没有攻击性，也不哭哭啼啼，穿着也还算体面，都对我有加分效果。

　　警卫让好几个人都吃了闭门羹——一个穿着超大运动裤的男孩、一个衬衫太紧的女孩，以及一个只提供了出生证明影印本作为身份证明的男人。有个老妇人用结结巴巴的英语诉说，她花了两个小时才抵达这里，却被告知她孙子本周已经有过三次会客，不能再接受访客了。苦苦哀求、流泪哭泣、贿赂利诱、小朋友哭爹喊娘，在这里都徒劳无功，咆哮谩骂甚至捶打墙壁，更是适得其反。

　　轮到我接受询问、搜身、扫描、在文件上盖章，然后被命令走进一间和厕所隔间同样大小的斗室时，我真不知是该庆幸还是该难过。小小的房间里暖气过强，空间幽闭得令人恐惧。墙上黏着一张金属凳，我坐在凳上，眼前是一片玻璃，底部有一圈小小的圆孔。

玻璃的另一侧是一张相似的铁椅以及一扇关闭的门。我的鼻腔里充斥着臭袜子的气味，胃酸和胆汁涌上喉头，但我为艾登感到心疼，想到他被关在这里，我就心痛得如同肋骨被压了个粉碎。打从他被捕，我至今还没和他说上话。

显然帕特尔了解的比艾登以为的要多，要不就是联邦调查局比他想象中厉害，突破了艾登以为能保护他的层层中间人。根据报载，他被控贩卖赃物、运输赃物，以及共谋欺诈。联邦调查局的发言人说，他们预计还有可能再添上一条重大盗窃罪。

我专注聆听左右两侧喃喃的说话声，完全听不出这些人在说些什么。警卫咆哮呼喊着人名和编号，我竖起耳朵聆听有没有艾登的名字，闭上眼睛，尽可能平和呼吸。我感觉像是等了数个小时，但不知实际究竟等了多久。墙上的时钟指着六点十五分，但打从我进门，钟的指针就没有移动过。我的表被锁在置物柜里了，这里要求我们摘掉身上所有饰物，只有结婚戒指和医疗器材可以带进去。

我对面的门终于开启，艾登走进来。乍看之下，他的气色还不坏，身穿过大而略皱的褪色连身裤，胡须剃得很干净，站得挺拔。但他在我面前坐下时，我发现他脸色惨白，布满血丝的眼睛周围皱痕处处，下方有乌黑的眼圈。

我挤出笑容。"嗨！"我说，声音莫名地高亢尖锐。

他俯身对着圆洞说："你得快跑，宝贝，现在就跑。"

我用手贴着玻璃。"你好不好？他们有没有跟你说什么？你什么时候可以出……"

"我是说真的，"他说，"离开波士顿，跑远一点，不要再来这里了，这里太危险了。"

"艾登，我要你知道我会帮你。我们是命运共同体，要同舟共济。等你出来，我们就可以开始……"

"我有逃亡之虞，他们不会放我出去的，他们已经告诉我了。"他的嘴巴一瘪，露出一脸苦相。"因为嘉纳抢劫案的关系。"

"可是可以改判的，不是吗？你的律师怎么说？他们有没有帮你提出抗辩？还是应该提出什么东西？你要的话，我可以帮你另外找一个律师。"

"你不要介入这事。你没做错事，别来蹚浑水。你愈少和我联系，愈少管这个麻烦事就愈安全。"

"可是既然我没做错事，我就不会有危险，所以我会尽我所能救你出来。"

"你没听懂我说的话，我出不去了，没有机会交保了。"

"可是……"

他举起手，好像这么做可以阻止我继续说话似的。"没有可是了，他们认为……"

"发生什么事了？"我质问。他的右手食指裹着缠有胶带的铁架。

"没什么。"他放下手。

"看起来不像没什么。"

"拜托，克莱尔，有些事情别管比较好。"

"你受伤了。"我说。

"没什么大不了的。"他还是这么说。

"告诉我发生了什么事。"

"我之前警告过你。"他迟疑了一阵，叹口气说，"我一直没机会付钱给卖家。"

"什么卖家？什么钱？"我的话才一出口，我就知道答案了。"帕特尔的钱？你是说给你《沐浴后》的那些人？"

"他们逼我尽快付钱。"

"那跟你的手指有什么关系？"

"这是一种威胁。"

"什么威胁？"

他的黑眼圈更黑了。"如果我不把钱交出来，他们就要砍下我的手指。"

"他们要打断你的手指？"

"已经打断了。"

"他们想怎样？"

他举起右手食指，用左手在指根划了一下。"他们要切掉我的手指。"

我的胃一阵翻搅，我以为我会呕吐。"这太荒谬了。"我说，"没有人会做这种事。"

他静静看着我，下颌紧咬，眼神冷峻。

"可是你在牢里，他们碰不了你……"

"他们会用和这次一样的方法。"他举起手指给我看。

"钱在哪里？"我嚷嚷，"告诉我钱在哪里，我去交给他们。"

"不行。"

"我不是小孩，你不用保护我。现在需要帮助的人是你，我要帮你。难道你真的情愿少一根……少一根……"我说不出那个字眼。

"钱没了。"

我看着他放在小小台桌上的两只手，狭窄的斗室天旋地转起来。"你说什么？"我每说一个字，嗓音就高个几度。

"克莱尔，"他厉声说，"不要这样。"

我的眼眶满是泪水。"我好替你担心。"

他的表情柔和了。"如果你答应不要惊慌，而且一听我说完就走，我就告诉你怎么回事。"

我闭上眼睛，深吸一口气。我不知道我能不能承受他的说明。"好，我答应。"

"我艺廊的保险库要用我右手食指的指纹才能开启。"

我愣了一会儿才理解，理解后，我想我真的要吐了，但我死命忍住涌上喉头的酸水。

"你答应过的，"艾登说，"不准惊慌。现在走吧。"

"可是，可是……"我结结巴巴。我不想就这么把他一个人留在这里。"你那些有钱的朋友呢？你的客户？总有人会借你钱的？"

"都问过了。"他说，"我现在变成不受欢迎的人物了。"

"那你那些画呢？你可以卖掉……"

他摇摇头，我理解他情愿少一根手指头，也不要割舍他的收藏。"那争取保释。"我说，"只要你能出去，即使只出去一天，一小时也好……"我绞尽脑汁思索解决办法，脑中却一片空白。

"求求你。"他语气中带着深沉的哀伤，深沉到像是我自己心中的哀伤。"快走吧！"

这时我理解我能做什么了。我要去把原画找出来，那样就能证明艾登售出的《沐浴后》是假的。那样的话，至少会有一小段时间，他被控的罪名都不能成立，他运输和买卖的不是赃物，所以不是欺诈，更不会牵扯上最初的抢案。他的律师于是就可以替他争取保释，即使只交保短短的时间，也足够保全他的手指了。

"艾登，艾登。"我的嗓子沙哑了，"对不起，真的很对不起，我一直都没告诉你，我应该要告诉你的，你给我的那幅画不是你以为的那一幅，我知道……"

"搬去你妈妈家，或投靠朋友，哪里都好。"他打断我。他太担心我的安危，无心听我说话。"我不能让你也到这里来。"就像我们第一次温存的那一夜一样，他把左手掌平贴在我俩之间的窗上。"我爱你。"

我啜泣起来，在啜泣间努力轻声挤出话来。"我也爱你。"一说出口，我就知道我是真心的。

"你个展的细节就交给葵丝蒂和湘朵，她们会处理。"

"我不是担心个展，你知道的，我是担心你，担心你在这里，我担心他们会……"

"我美丽的克莱尔，"艾登站起来，打开门，转头对我邪邪一笑，"我还需要你卖掉那些超棒的画作，这样我们就有钱打官司了。"

桑德拉·史东翰引我进入她家时，我站在门口仔仔细细端详了《埃米莉雅》一番。维吉尔·伦戴尔在技巧上绝对有足够的能力仿制德加的《沐浴后》，而且品质保证高超，可是他为什么要做这种事呢？他会不会是用自己的画作调包偷走了原画？会不会他威胁贝拉，强迫她把原画给他，而以他的画作取代？原画会不会是遗失或遭窃了，而贝拉雇请他仿制一幅？但就艾登此刻的处境来说，这人画假画的原因和方法完全无关紧要。

"你的婶婆认识维吉尔·伦戴尔吗？"我一面试图辨识他运笔的方向，一面发问。

桑德拉皱起眉头。"你不是要研究知名的画家吗？"

"的确是的，没错，但伦戴尔画得真不错。看到这幅画，我好奇起来，不是想要把他写在书里。"

桑德拉用奇怪的眼神看着我。"我想应该是不认识。"

我意有所指地往通往会客室那两扇紧闭的桃花心木门看了一眼，但愿她会让我瞧一眼她较传统的收藏。她看出了我的好奇，刻意不予理会，而是挥手要我跟着她走往另一方向的走廊。

"我在阁楼里找到了几个箱子。"走到客厅时她说，"我才刚开始整理而已，但我整理得很开心。我找到了各式各样我都已经忘记是放在那里的可爱东西。我决定趁我还有能力时，把所有的东西仔细编成目录。"她往散放在茶几上的物品比了比，包括一只破损的盖子上雕了个小小芭蕾舞者的药盒、一个瓷娃娃、几枚老硬币、一叠旧照片、几张泛黄的剪报。"这些都是重要的历史遗迹。"

"这是很值得做的工作。"我嘴上这么说，心里却觉得这些东西乍看之下既无历史重要性，对我也毫无帮助。

"但是，很不幸，"她继续说，"我一样贝拉婶婆的东西也没找到。"她噘起嘴，"美术馆那边死命霸占了贝拉婶婆名下的一切——所有的画作，所有的艺术品，就连她的衣服和少数还留存的信件都占据了。"

"是因为她遗嘱里立的条款吗？"我问。

"是美术馆如此诠释她遗嘱里的条款。"桑德拉纠正我。

"这样对她的家属真不公平。"我表达同情。

她用笑容回报我。"套句年轻人的话，'你这么说就对啦！'"

我的眼光从茶几挪移到地板上的六个纸箱。我不怎么确定自己在找的是什么东西，但相当确定绝不会是破旧的药盒。

"我还没检查完那几箱东西，但里头看来好像大半是纸、文件、纪念品之类的。就我电话里跟你说的，好像多半是二十世纪的东西，而且大半是我妈的。我们家族的女人都很爱藏东西，都会把祖传的东西保存得好好的。这种事情本来就该是家人做的事，而不是美术馆的工作。"

我咧开嘴对她嘻嘻笑，"你这么说就对啦！如果是二十世纪早期的东西，也是有用的。"

"你也知道，贝拉婶婆活到一九二四年，运气好的话，你说不定会找到一些我没注意到的东西。"桑德拉这么说，但她的语气透露她一点也不相信有这种可能。"好，那这些就交给你啦。我会在房子另一头整理账单，你有什么事要找我，大叫一声就好了。"

她走到屋子后侧，我则坐在地板，伸手去拉第一个纸箱。我捧起一叠剪报，但手指才刚刚握住这叠剪报，这些纸如薄薄的水晶片一般碎裂，又重新落回箱子中，化成了一片片无法阅读的泛黄纸张和尘埃。

打从艾登被捕，我就再也没有过超过一小时的完整睡眠了，他被打断手指的样子在我的脑海挥之不去。我把报纸碎片塞到箱底，好看看箱子里还有些什么。我只有几个小时可以用，几小时后我要赶去马凯艺廊。我的画全都裱好框运到艺廊了，葵丝蒂要我去检查一下，然后她们才能把画挂起来。画展的事情仍持续进行。

我用力翻箱子。里头有一次大战期间的情书、可能早已不在人世的孩童的照片、压扁的花、字迹浑圆的泛黄成绩单、一九三○年代人气餐厅的菜单。一条精致的女用披肩，当年洁白气派时想必是主人的珍贵宝贝。我把手指按在泛灰破旧的布料上，从披肩渺小而不具重要性的存在中汲取些许的安慰。

我迅速挪移到第二只箱子。这箱子里塞满婴儿服装，以及看起来很难玩的硬邦邦洋娃娃。其中一个娃娃的脸涂了颜色，使人联想起《绿野仙踪》里的西方坏女巫。只是一眼望去第三只箱子就立刻发现它比前两只有希望。箱子里的东西看来较为古老，有一八九四到一八九八年的家庭账簿、一张全家福相片——全家大小都一身十九世纪的恐怖装束，一个比一个拘谨僵硬。但贝拉并不在其中。

这时我找到一本右上角写着"维·伦"的笔记本，里头全是难以辨识的鬼画符，有些标了日期而有些没有。这是一本日记！头一个稍稍可以辨识的日期看来不是一八八四就是一八八五年，最后一个看得清的日期则大约是一八八九年。我快速扫阅，希望能找到个什么名字。这日记的作者看来是个年轻人，疯狂爱恋着一个名叫埃米莉雅的女子，这女子正搔首弄姿供他绘制肖像。这想必是维吉尔·伦戴尔的日记！我的心脏开始扑扑跳动。年代是符合的，作者也是画家，问题是，他的日记怎么会收藏在嘉纳家的阁楼呢？

看到他提及贝拉时，我不再继续翻页了。他把贝拉称为"杰克太太"。就我所能辨识出的字迹来说，他对贝拉的描述全都不是好话。

"杰克太太是我所认识过最固执的女人。"

"埃米莉雅不会接受的，我也不会。"

"她是她姉姉，又不是她妈。"

"就算她有钱而且人脉广，也不表示我们就该乖乖听命。"

还有许许多多完全看不懂的潦草字迹，这日记很明显只是作者自己写给自己看的，但每一页或两页，总会有一个清晰的句子映入眼帘：
"桑姆纳·普雷斯考是个假道学的混账，埃米莉雅绝不会同意嫁给她
的。"本子末页处写着："贝拉·嘉纳真虚伪，表现得好像反叛波士顿社
会似的，内心还是对她的阶级怀有优越感，甚至不惜破坏她侄女的幸
福。我再也不要踏上绿丘一步，也不要再走进她在比肯街那栋装潢浮夸
的恐怖房子了。从现在起，我再也不要和杰克太太这个人有任何瓜葛。"

看来我那套贝拉雇请伦戴尔画伪画的推论算是失败了。我看了看
表，已经过三点了。葵丝蒂缩短了画廊的营业时间，以防媒体骚扰，但
又坚决要求我今天之内务必去检查画作。我踌躇着，终究不情不愿地把
维吉尔的日记放回箱中，然后大声呼喊桑德拉，告诉她我得走了。

"这个箱子我还没看完，"她走进来时，我告诉她，"但我要赶去市
中心开个会，快迟到了……"我说得吞吞吐吐，暗自期望她会主动提议
让我把箱子带回家。

"我明天下午会回家准备感恩节晚餐。"她说，"你那个时间想过来
继续看的话，我没问题。"

我接受了她的提议，匆匆赶去搭绿线捷运。在寒风中等车时，我回
想伦戴尔的话："我再也不要和杰克太太这个人有任何瓜葛。"

埃米莉雅后来是嫁给了普雷斯考，而不是伦戴尔。这八成是受了她
有钱有势的婶婶影响，她认为维吉尔的家世背景配不上她的侄女。如果
伦戴尔决心展开报复，这故事就会往莎士比亚的情节发展。还有什么
比以狸猫换太子的手法窃走她最有价值的收藏，更能让伊莎贝拉·史都
华·嘉纳身败名裂呢？

出自伊莎贝拉·史都华·嘉纳之手

亲爱的埃米莉雅：

　　你一打开这封信，就请找个隐秘的地方，并且要确定周遭都没有人之后再开始阅读。读完之后，请务必把这封信烧掉，连灰烬都务必毁掉。这样听起来可能有点神经兮兮，但你读下去就会明白了。这些想法我不该写成白纸黑字的，但我非找个人说说不可，而且我急需你就这件事给我一点建议。

　　我让自己陷入了最不可思议的困境之中。噢，埃米莉雅，我真的是太笨了！你还记不记得去年夏天，我们在绿丘谈论我和爱德加·德加先生在他的画室会面的情景，我说这一切我都完全不后悔？我错了，错得离谱。但愿我可以把做过的事情全收回来！

　　去年十月，就在我们准备离开伦敦之前，我收到爱德加的一通电报，他听说我们今年冬天又要出国，要我务必去找他，因为他有个惊喜要送给我。我稍稍调整了行程，在圣诞节前成功抵达巴黎。一到达巴黎，我立刻送了张卡片到爱德加的住处。

　　隔天下午，他没有事先通知，就忽然来到我们投宿的饭店。当时你杰克叔叔碰巧去了共济会，相聚的人无巧不巧，正是你的公公，我想你应该也知道，他也到巴黎去过圣诞。他真是个好人，我很高兴你和你的孩子都姓普雷斯考，若是嫁给其他的人，你现在的生活会是什么样，我真是不敢想象。不过我好像岔题啦。

爱德加的马车就停在饭店门外，一刻也不耽搁地带我前往他的画室。"亲爱的嘉纳夫人，你猜我给你的惊喜是什么呢？"马车行驶在宽阔的大道上时，他问我。

我当然希望是一幅画，但万一不是，我也不想显得失望或无礼，于是我说："又一件袍子吗？"

爱德加呵呵笑起来，命令马夫加快速度。"说不定是。"他说，"我就担心你会猜到。"但他的眼睛闪着光，我知道那意味着我并没有猜对。

我难以形容当时我有多兴奋。我知道他一定是要送我一幅画让我在美术馆中展示，但我不知道他用什么风格来画这幅画，也不知道他是要当成礼物送给我呢，还是需要付钱。我相信你一定猜得到我希望这两个问题是什么答案。

走进他的画室时，房间正中央有个画架，上头架着一张巨大的画布，画布上盖了一块布幔。我把一只手压在胸前，想控制心脏不要乱跳。我告诉你，埃米莉雅，我的心跳得好厉害，我真担心心脏会从胸口跳出来。爱德加看着我，脸庞开心地亮起来。

"打开来让我看看。"我像圣诞节早晨的孩童一样恳求他，"拜托！"

"镇定点，小姑娘！"他往沙发指了指，"要不要我请用人端杯茶给你？"

"不要。"我不在乎我的口气极端无礼，"我要看我的……我是说你的画。"

他开怀大笑。"你真是豪迈！你要是个男的就好了，不晓得能成就多少事呢！"

我交叠起手臂瞪他。"容我提醒你，先生，我正在进行很多未来会很有成就的事，其中很多都没有什么男人做过。"

"你说得一点儿也不错，亲爱的贝拉。"他说，"我向你以及全体女性致歉。"

他朝我的方向鞠了个躬，然后以花哨炫丽的手势掀开盖在画布上的布幔。

起初我唯一注意到的是明亮鲜艳的色彩，蓝色、绿色、桃红色跃然纸上，生气蓬勃，娇艳欲滴，浓淡分明，色彩饱和，笔力千钧，这是一幅精心力作！这人是个天才！我为自己终于说服他回归早期的古典风格而喝彩。

"这是我的第五幅《沐浴后》，也是最后一幅。"他自豪地说，"你喜欢吗？"

我眨眨眼，专注端详他的构图。图中有三名裸女，正用毛巾擦干身体。这是爱德加经常描绘的题材，但这一幅比他近来的其他作品出色得多，晶莹剔透的亮丽色彩层层交叠，以唯有上帝才创造得出的色彩明度，展现无可形容的美。我恨不得用手碰一碰，心痒难耐到必须握紧拳头，才能把手固定在身侧。

"如何呢？"他问。

我依依不舍地把视线从画布移到他的脸上。"你问我喜不喜欢？"我低声说，"这是你的旷世巨作。"

"那你愿意接受吗？就算是我送给你新开美术馆的礼物？"

虽然这是我梦寐以求的愿望，一时之间我百感交集，说不出话来。

爱德加的脸上满是忧虑。他真以为我有可能会拒绝吗？

"当然接受！"我嚷着，"当然接受，我会好好珍惜这幅画，会把它挂在美术馆某个醒目的地方。"

"不过是某个醒目的地方哦？"他逗我。

"我是说最最醒目的地方，我保证！"我向他承诺。

他笑容满面。"那不要请你喝茶了，改喝香槟怎么样？庆祝你获得最新的收藏？"

我们在沙发坐下来，他的女佣送上香槟和造型可爱迷人的小蛋糕。我欢喜得精神恍惚，喝香槟喝得飘飘欲仙，因此没怎么仔细看我的这幅最新收藏。我和爱德加畅饮香槟，开心谈论我对芬威庭园①的计划，以及巴黎的各种八卦流言。

直到我们喝光了一瓶酒，我才仔仔细细看了这幅画。噢，埃米莉雅，看来我刚才只看到了我想看的东西，这么长的时间，我都对近在眼前的东西视而不见。对你说出这话真令我感到痛苦——那三名裸女的其中一个竟然是我！

人人都将知道我是画中的女子。你还记不记得沙金画的那幅我的肖像，有个心型领口的那幅？杰克叔叔好生气我在那幅画里这样"暴露"，禁止任何人在他有生之年公开展示那幅画。而我在那幅画里可是衣着整齐的呢！

我要怎么办？爱德加是特地为我的美术馆画这幅画的，不展出他的礼物对他来说会是一种侮辱，可是这幅画不能展出，我也不能拒绝他的礼物！这幅《沐浴后》是他最了不起的杰作，而他把这画送给了我！这幅画是我的，未来也将永远是我的，我一毛钱也没花，就得到了这样的旷世巨作，我说什么也不能放弃，决不放弃！

所以，亲爱的埃米莉雅，你现在明白这封信为什么一定要烧掉了吧？请你尽快烧掉，并且尽快拍电报告诉我你的看法，我迫切需要你的忠告。我们非拟定一套应对计划不可。

你愚蠢而绝望的贝拉婶婶

一八九八年一月于法国巴黎

---

① 芬威庭园（Fenway Court），即嘉纳美术馆主体建筑的名称。

第三十九章

　　马凯艺廊拥挤不堪的后侧房间工作台上堆了三叠包裹着气泡纸的画布，我要展出的二十幅画从裱框师傅那儿热腾腾出炉，全数到齐。由于前一档展览还要两天才结束，因此我的画还不能上架，但葵丝蒂喜欢预先把小鸭鸭集合整队。

　　我抚摸着气泡纸，想起我和艾登一起拆封《沐浴后》的那个午后。没有他在的感觉完全不对劲，我的胸中盘桓着一股深深的悲伤。我那些鲜亮的色彩就和德加的画一样，穿透了半透明的气泡纸，但今天明显缺乏那天的兴奋感。待在这个地方，却没有艾登在身边，一切如常地处理画展事务，仿佛什么也没发生，仿佛事情不会恶化得更严重，这令我感到哀痛。

　　湘朵在外场招呼客户。艾登被捕以来，上门的客户络绎不绝。葵丝蒂在讲电话，她答应一讲完就马上回到内室来帮忙我拆卸气泡纸。我们装作艾登是在开会或外出午餐，一会儿就会回来，回避提起他的名字。

　　正常情况下，我可能早已经把所有的画作拆封、倚在墙上、搬几幅到前厅去模拟吊挂起来的模样。但此时此刻，我坐在一张只有一只扶手的歪斜椅子上，想着维吉尔·伦戴尔勒索贝拉的事。如果我的推论没错，那《沐浴后》的正本可能在他后人的手中，而他们可能知道那是德加真迹，但也可能并不知道。我是说，如果他当初有成家的话。

我的电话响了起来。"小莱，你还好吗？"瑞克问。

"我很好。"我说。但我的话说得抖抖颤颤。

"你知道我支持你，对吧？"

我的喉头紧缩，一时间说不出话来，好不容易才终于轻声吐出："我知道。"如果他知道我在艾登垮台事件里扮演什么角色，他仍然会挺我吗？

电话里一阵空虚的静默，然后瑞克用装出来的快活语气说："你买衣服了没有？"

我知道他是好意，想分散我的心思，但这是我最不想谈的一个话题了。"我前几天到纽伯瑞街逛了一下。"

"成果如何？"

"没看到什么。"

"有没有试穿什么衣服？"

我害怕独自去参加典礼，没有艾登，我寂寥空虚。"时间还早。"

"感恩节不算的话，就只剩四天了。"

"等我这边弄好，我就去买。"

"如果你可以等到八点，我就陪你一起去。"

我不想要他陪我，他只会没完没了地谈那些预计要参加典礼的达官显贵，晚宴上的名厨美馔，马友友会表演大提琴，会场会装饰着荷兰郁金香。这一整个星期以来媒体全在报这些事，而提到归位典礼，谁也不会遗漏艾登的事。我不谈这个话题就已经够思念艾登了，还会顺便懊悔我俩怎么这么笨。

"不用了，谢谢。"我说，"我在马凯艺廊，就在纽伯瑞街这边，我直接去比较快。"

"你有没有去看艾登？"

我压低声音："我们晚一点再聊这个。"

瑞克迟疑了一阵。"要不要剪个亮丽发型来搭配你的新衣？"他试图提振我的精神，却再度用错方法。"你没去成峡谷牧场，那我请你去艾诺沙龙剪个头怎么样？如果要宣传画展，没有比剪个漂亮发型更能吸引众人目光的了。"

我的眼里全是泪水，近来我愈来愈常这样。不过就是个画展，艾萨克当年说过的，"又不是治疗癌症"。"拜托，瑞克，我的心里很乱……"

葵丝蒂走进来，我赶紧把握这个好借口。"我有会要开，"我对瑞克说，"不能跟你说了。"

"星期六晚上七点左右，礼车会去你家接你。"瑞克说完，我挂上电话。

葵丝蒂拿来两把剪刀，把其中一把从桌上滑过来给我。"我们来看看邓波顿怎样帮这些小朋友画龙点睛了。"

她说得没错，我简直不敢相信这些杰出的画作是我的作品。裱框就和亮丽的发型一样，使画作焕然一新。有一刹那，我的烦恼全都烟消云散，心中满是纯粹的喜悦。这是我创作的，这个也是，这个也是。我的心血结晶昂然排列，散发着美与生命力，就将踏入这个世界，未知的前途充满了无穷的希望。

我坐在桑德拉家的地板上，翻看最后几只箱子。我已经翻了一个小时了，并没有找到什么好东西。伦戴尔的日记没有再提起贝拉或埃米莉雅，箱子里也没再找到伦戴尔的其他什么东西，倒是发现了几张桑德拉年轻时的照片。女人的容貌通常随年纪而衰败，桑德拉是躲过岁月摧残的例子。

昨晚我在网上疯狂搜寻伦戴尔的资料，但除了原本已经查到过的以外，没有太多新的内容。没有资料显示他曾不曾结婚，有没有后代。除了指称他伪造画作并且自杀身亡以外，没有资料描述他的绘画生涯。我知道要找到属于他的物品，可能性微乎其微，但我和艾登也就仅存这么一点点渺茫的希望。

"找到了什么没有？"桑德拉从早餐台的另一侧大声问。她正忙着切菜，要煮感恩节晚餐的汤。

我摇头。"我推断至少要有五位艺术家的确切资料，才能写出提案来，但我只有三位艺术家的资料，也许勉强算四个吧。我真的期望能在这里找到第五位的资料。"

桑德拉露出会心且温暖的微笑。"另外那四个是哪些人？"她问。

"就我上次说过的那些，惠斯勒、沙金、柯蒂斯。我还找到一些邦克和你婶婆的资料，但根本不够。谈到跟史密斯、克兰姆、毛尔有私谊的资料也很少。"

"你可以用一些行销手法给提案灌点水。"桑德拉建议，"如果看起来有可能畅销，光是一个加了注释的目录和三个内容充实的章节，出版商可能就会满意了。"

"看来你写过书的提案。"

"等你到了我这年纪，"桑德拉说，"全天下的事你大概都会至少经历过一遍了。"

我把最后一个纸箱往我身边拉。这箱子里所有的物品、文件夹、成叠绑着缎带的信件，年代看来都介于一九三〇到一九四〇年之间。起初我对于纸箱内的所有东西都非常好奇，但现在，我对于不知名女孩保留的压花没有半点兴趣，这女孩和当初送这鲜花的老家伙恐怕已经结婚五十几年了。我把箱子里所有的东西都拉出来，扔在地毯上，又感觉愧疚，担心桑德拉可能会觉得我对她的家族历史缺乏尊重，于是较为慎重地把这些物品一一摆好。但桑德拉全神贯注在切菜上，几乎不大察觉到我的存在。

这时我看到一本看来像是素描簿的东西。我提醒自己，目前为止，这个箱子里所有的物品都比伦戴尔的年代要晚，我没有理由期待伦戴尔的东西会出现在桑德拉留下的纪念物里面。但我还是把那本素描簿挖出来，掸掉封面上的尘埃。和先前找到的那本日记一样，这本书上方的一角写着小小的缩写——"维·伦"。我把书夹在两手间，抬头瞟了桑德拉一眼。她正以名厨茱莉雅·柴尔德[①]的气势，兴致勃勃地把洋葱切丁。我打开那本本子。

本子的前四分之一全是风景画，之后的十多页则画着一位老妇和四个年轻女子的肖像，那四个女子很可能是老妇的女儿。再有就是裸体画了。前面几幅画得精细，丰乳肥臀，性感美丽。但愈到后面，女人的躯体就愈魁梧粗俗。

我翻到某个页面时停住了。左右两页各是一幅画的草图。汗水从我的发线冒出，浑身的血液往我脸上冲。我眨眨眼，料想一定是绝望与渴望扭曲了我的视觉。但我再眨眨眼，画面仍在。

右页的草图中，杰奎琳站着，席梦与壮硕丰满的芳思华分别坐在她的两侧，就和艾登的那幅《沐浴后》一模一样，也和我的《沐浴后 II》一模一样。但左侧的页面上，一个不是芳思华的娇小女人站在杰奎琳身旁，弓着身的席梦则在杰奎琳脚边，就和德加的草图一模一样。我的脑中一片空白，房子天旋地转。

我听见洋葱扔进热油的滋滋声，闻到浓烈的甜香，我像是从酣梦中初初醒转，分不清自己身在何处。我看看自己膝头上翻开的素描簿，目瞪口呆，混乱困惑，想不出接下来该怎么办。桑德拉的刀咚咚敲击，滋滋声再度响起，可能是在下芹菜吧。我慢吞吞把满地散放的物品一一放回箱子里，但紧抱着素描簿不肯放。虽然两幅草图似乎证实了我的看法——《沐浴后》有两幅，一幅是原作，艾登交给我的是维吉尔·伦戴尔的伪作。但没有和德加的草图交相比对，我也不敢肯定。

---

① 茱莉雅·柴尔德（Julia Child），一九一二－二〇〇四，美国名厨，曾主持电视烹饪节目，其故事被拍成电影《美味关系》（*Julie & Julia*）。

我绞尽脑汁思索要用什么方法把伦戴尔的簿子带回家。如果我就这么放进背包里，桑德拉不会知道，这个点子很具诱惑力。尽管我干了铤而走险的事，对艾登也并不诚实，但要我就这么偷走画册，我却下不了手。于是我站起来，用畏颤的声音怯怯地说："你猜得没错，我什么也没找到。"

"噢，克莱尔！"桑德拉没停下切菜的手，以悲伤的神情注视我，"真遗憾！"

"没关系，研究历史本来就常碰到这种事。也许我根本就不该写这本书。"

她振奋起来。"如果马凯艺廊的展出成功的话，你根本就不需要写书了。"接着她又皱起眉头，"真可惜，这么俊俏的一个年轻人。这事情会影响到你的展览吗？"

"一切都按照计划进行。他有几个聪明能干的助理，把事情处理得很好。说来你可能不信，但自从发生那事之后，画廊的来客量加倍了，甚至有从前的三倍之多，销售量也增加了。"我装得乐观快活，但桑德拉一眼就看穿了我的强颜欢笑。

她的眼神充满同情。"听老太太一句话吧，如果这次展出不成功，一定有别的事情会成功。人生就是这样的。"

我举起伦戴尔的簿子。"这本子里有些草图很有意思，"我说，"上面没有名字啊什么的，但画得很不错。"

她往汤里扔了点牛至叶，尝了尝，又再扔了一些进去。

"我可以把这本子借回家吗？只要借一两天就好。我想好好研究里头的几张素描。"

她对着素描簿眯起眼，"这样好吗……"

"我保证会小心保管的。"我恳求她，暗自但愿她对我的同情能转换成对这件事的首肯。

她犹豫了一下，然后耸耸肩。"我想没问题吧。说不定这样能缓和你的失望。"

"那太好了，谢谢你！"我把簿子塞进背包，趁她没来得及改变心意前赶紧打道回府。

搭着通往卡普利广场的电车时，我不敢打开背包，而是把背包紧紧抱在胸前。我想等回到画室，等我把德加的草图摊在面前时再拿出来。草图里的那个人不是芳思华，她在整个构图中的位置变了，体型也变了。我凝视着电车车窗外杭亭顿大道上打结的交通，尽可能别去想我是不是找到了重要线索，别去想这东西帮不帮得了艾登。

回到家，我手忙脚乱在书堆里寻找《爱德加·德加：素描与草图，一八七五－一九○○》，很快就翻到了我要找的那张草图。接着我翻开伦戴尔的那两张草图，把两本书并列在地板上，眼光却扬到了天花板。我不知道万一两幅画的相似只是我自己脑海的创意产物，我能不能承受。

我垂下眼光，注视德加的草图。这画和伦戴尔画在左页的草图几乎一模一样——杰奎琳、席梦，以及那个不是芳思华的人。不是芳思华的那个人娇小、优雅，且柳腰纤细。这个人站着，而不是坐着，把《沐浴后》画面的左右均衡转换成了德加惯常喜爱的不对称构图。

我再次仔细观看，又重复再看。看来是毫无疑问了。

我拥有破解秘密的锁匙了。但愿同时也是拯救艾登的锁匙。

第四十章

"我叫你不要再来了。"艾登这么说，但他压抑不住浮上脸庞的浅浅笑意。

我壮起胆子往他的手望了望，他仍然有十只手指，只不过其中一只仍然断了骨。

"他们给你多少时间？"

他追随我的眼光，笑容消失了。"一两周吧。"他的声音平板单调，不带情绪。"所以你得快走。"

"一周？有件事我一定要告诉你。"这天我坐在和上次不同的"厕所隔间"小室。我知道，是因为这次的门上写着"二十二"而不是"三十五"。但除此之外，闷热、坏掉的钟、狭隘空间给人的压迫感，全都和上次一模一样。

"是好事，说不定是很棒的事。"我说，"我找到证据证明你带到我画室的那幅画是假的。"

"那幅画不是假画。"他说，"我知道画的来源，那是鉴定过的真品。"

"《沐浴后 II》也通过鉴定了。"

他咬紧下颌。"不可能。"

"德加的草图和你给我的那幅《沐浴后》不符。"

"那又如何？你自己的作品又有几幅和构思时的草图一模一样？画家都会改变心意的，艺术作品会在创作的过程中发生变化，这个你自己也很清楚。"

我谨慎措辞。"我手上有张知名伪画家画的草图，其中一幅和德加的构图一模一样，但另一幅则和完成后的作品一模一样。"

"哪个伪画家？"

"维吉尔·伦戴尔。"

"没听过。"

"他认识伊莎贝拉·嘉纳。他不是她社交圈里的人，但他俩好像有什么过节……"

"克莱尔，别在这里发神经病。"

"我认为伦戴尔要不就是偷走了原画，要不就是勒索了贝拉，可能还进行了龌龊的报复，迫使贝拉不得不把他的伪画当成德加的原画来展出。若事情果真如此，那伦戴尔的后人手上很可能就持有原画。如果我找得出原画，就可以证明你那幅画是假的，帕特尔那幅画就跟他自己说的一样，是仿画的仿画。"

"我带去给你的那幅画不是仿画。"艾登握住栅栏的边缘，指节都握白了，"那幅画在嘉纳美术馆展出快一百年了。"

我尽力说得不疾不徐，"只要我找得到原画，就可以证明你那幅《沐浴后》是假的。"

"那幅画不是假的。"

我当作没听见他的话继续说，"如果事实真是如此，那你被起诉的罪名就不成立了。如果他们从帕特尔身上搜出的画被证实是假画，而当初被偷的画又确定是德加真迹，那你就没有运输或贩卖赃物，也没有欺诈，也跟那起抢案扯不上关系，你的律师就……"

艾登深深吸了一口气，看得出他在极力保持镇定。"我知道事实不是这样，可就算你说的这一切都是事实，只要这幅画是当初抢案中被窃的那一幅，你的那套说法也改变不了什么。"

"艾登，你没认真听我说。这个说法不必一定要是事实，只要当成法律攻防上的一种说辞就好了，你的律师可以用这套说辞来帮你争取保释，至少可以短暂保释出狱。"

我们两个同时注视他搁在膝上的右手。"你为什么这么确定那不是德加的画？你怎么知道还有另一幅？"他问。

我知道他终于开始认真听我说话了。"从一开始我就知道这画不是真迹。"

"你知道，却没告诉我？你为什么要把这种事……"

"我们要把原画找出来，其他的事我以后再慢慢解释。拜托你相信我就好。现在既然我手上有了草图……"

"这太荒唐了，你简直是乱枪打鸟。我们根本不知道是不是真有这样一幅画，连那幅画是否曾经存在都不知道。而且就算真有那幅画，我们也无从找起。"

虽然艾登提出了一大堆问题，但我注意到他是一一提出质疑，而不再是全盘否定，显然他慢慢开始喜欢这套说法了。"我有一些线索，像是伦戴尔的生活、家庭，以及他和贝拉及她侄女的关系。"

"这样大费周章不值得。"

"调查这个会有什么损失呢？"我站起来，把手掌贴在玻璃上。"好处非常多。"

他把右手抵上来，五只手指对齐我的五只手指。一对狗急跳墙的落难鸳鸯。

步出监狱后，我招了辆计程车，在车里打电话给瑞克，问他下班后有没有空陪我喝一杯。

"不行呢，"他说，"归位典礼的事情多到处理不完。也许我九点或十点左右可以到洁可酒吧一趟。"

"那我带杯咖啡到你那边请你喝好不好？我有工作上的问题要问你，很快，只需要几分钟就好。"

"大杯卡布奇诺两份，加脱脂牛奶，两包糖。"

我请计程车在嘉纳美术馆附近转角的星巴克放我下来，帮瑞克买了咖啡，徒步前往美术馆。到达时，美术馆四周停满各式卡车，有餐饮公司、营造公司、水电公司，甚至还有橱柜设计公司。到处都是工人，有的往里走，有的往外走，有的在美术馆周边活动，有的操作着高科技的手持装置，有的手捧大捆缆线，有的忙着搬运厚木板或大堆成套的椅子。我发短信给瑞克，他下楼来找我。

他挥手招呼我到玄关，人倚在高高的售票柜台上。"真是疯了，赶着在这么短的时间做这么多事，没一点道理！"他嘟嚷着抱怨，"这么大的场面要花个几年来筹备，不是几个月搞得出来的。"

我把咖啡递给他。"可是你喜欢啊！"

"那倒是啦。"瑞克把糖搅进咖啡里，咕嘟咕嘟喝了一大口。"我快累瘫了。你要问我什么问题？"

"你听过一个画伪画的人叫维吉尔·伦戴尔的吗？"

一大群水电工浩浩荡荡走过狭窄的玄关，我和瑞克贴紧墙壁好让他们通过。

"听起来有点耳熟。"瑞克说，"他谁呀？"

"已经死掉了，是十九世纪末的一个画家，爱上贝拉的侄女埃米莉雅，帮她画了一幅美到不行的画像，我在桑德拉·史东翰家看到的。总而言之，他和贝拉好像有严重的过节，我想是因为贝拉强迫埃米莉雅嫁给别人。"

"你告诉我这个是因为……？"

"他的画风和德加很像，我想他们一定曾经合作过。"有人推着两座巨型喇叭进美术馆，我不得不暂停一下。"你有没有办法帮我找找这方面的资讯？"

"你已经在准备写书了？你眼前不是有很多事要忙吗？"

"我现在没在画什么画，个展的事弄得我很紧张，我要找点事情来分散注意力。而且艾登又出了事……"

"他好吗？"

"不太好。"

"我真替你难过，小莱。"瑞克摸摸我的脸颊，"等这件事情忙完，我们再来好好聊聊。"

"我只是需要找点事情来转移注意力。"

"先生，小姐，不好意思，"一个衣着讲究，看来很有权威，嗓音也充满权威的男性说，"这个地方要做安检，你们有证件吗？"瑞克出示他的证件，但我翻找背包时，那人制止了我。"抱歉，小姐，只有美术馆员工和经过清查的包工可以进入这栋大楼。"

"真抱歉！"瑞克跟着我到屋外，"我现在没时间帮你这个忙，归位典礼之后也许会比较有空。这里整个一团乱，我自己也是一团乱。"他眯着眼看我，"我看你也是一团乱。"

我们走到人行道上，让四个头戴同样式耳机的壮汉通过。

"这些保安人员才夸张，"瑞克嘟囔，"他们在美术馆走上走下，到处妨碍人做事，每个橱子柜子都要检查，防贼一样地防着像你我这样参加典礼的民众。听说美术馆里有些角落根本没人知道，他们也装了警报系统。"他匆匆吻我一下，然后大踏步走回美术馆。

我很失望，但并不意外。我目送他的背影离去。虽然天色昏暗，且温度在摄氏七八度上下摆荡，我经过电车站，却没有停下脚步，决定穿越热闹的东北大学校园，学生们正成群结队走出校园，放感恩节假去。

我在校园里的洛格斯电车站前踯躅，考虑着要不要搭橘线。乘车会比较快，也比较暖，也比较轻松，但我需要燃烧能量。我从车站入口过门不入，爬上立体停车场的阶梯，这停车场也通往哥伦布大道的天桥。急着度假去的汽车，轮胎吱嘎作响，呼啸而过，我躲开这些车，往南端区走去。

"一两周吧。"艾登是这么说的。我沿着麻省大道,伴着喷烟吐雾的公车和隆隆作响的卡车一路向南,一面走,一面思索我有什么途径可以走。万一伦戴尔这条路是个死胡同,或者至少目前是个死胡同,也许我该从贝拉的角度来思考这件事。如果我推断的勒索事件真有其事的话,也许他俩谈妥的条件之一,是贝拉要把原作藏起来。

"每个橱子柜子都要检查。"瑞克是这么说的,"听说美术馆里有些角落根本没人知道,他们也装了警报系统。"而桑德拉·史东翰抱怨,贝拉曾经拥有过的所有东西都在美术馆里。

回到家后,我打电话给瑞克。"我知道,我知道你很忙,我不该打扰你,可是有个东西我真的很需要。我永生永世都欠你一份人情,要我做什么我都做,一辈子都不失效。"

瑞克夸张地长叹一口气。"什么东西?"

"你知道我大学拿的是艺术与建筑学位吧?"

"克莱尔,拜托别闹了。"

"不管啦,重点是我想开始画一个新的系列,主题是博物馆及美术馆的建筑。"

"画博物馆?这不太像你的风格。"

"我不是说一般人眼中看到的博物馆,而是博物馆里罕为人知的空间或角落给博物馆形塑的特色,也就是建筑师在建筑里纳入的巧思,一般人不会注意到,但这些巧思却使建筑物独树一格,有了特殊的意义和风情。"老实说,这点子还真不错。"仍然是画可见和不可见的事物,只不过主角从人换成建筑物,而且不是随便的建筑物,而是人们特意去观赏的建筑物。"

"那你那本德加的书呢?"

"那个也要做啊,我要同时进行两项计划。"

"克莱尔，我有点担心你。"

"我很好，真的。不知道你有没有办法拿到美术馆最初的蓝图？我是说影本啦。世上有哪座博物馆比嘉纳美术馆更吸引人的呢？还有什么博物馆建筑这么有个人特色的？"

他恼怒地同意把蓝图用电子邮件寄给我，条件是我在归位典礼之前不会再以任何方式打扰他了。

电子邮件直到两天后才寄达，这期间我费了好大的劲儿才克制自己没打电话去催促他。他的信上显示信是在凌晨三点四十二分寄出的。

"抱歉附件这么多，贝拉不断变更设计，建筑师不得不一再重画蓝图和设计图。这些蓝图有的标有日期，有的没有，看不出来哪一张才是最后底定的一张。我猜建筑师和施工工人应该都快被她搞疯了，那倒也不是很罕见的事啦，跟你挺像的。爱你。"

我点开第一个附件。这些图一张比一张模糊难辨，几乎每一张都扫描得很不清晰，有些图上装饰笔法太多，几乎看不清主要结构，有些则以铅笔绘制，仅剩下朦朦胧胧的笔迹。我调高印表机的明暗对比，把每张图都印出来。调高对比稍有帮助，但效果不大。当年我在波士顿大学伏在制图桌上的辛苦有了回报，没受过这方面训练的人从这些蓝图里根本看不出什么名堂来。

我用放大镜仔细观看第一张图。这张描绘的是庭院，但似乎对装饰的关注比对建筑来得大，一一画出了狮子形状的柱基、马赛克拼花、庭院边缘各式各样的柱子。我放下放大镜，凝望窗外。偏僻隐秘的藏匿处，要大到能放得下长四英尺十寸、宽三英尺十一寸的画，又要小到不被人发现。说不定得伪装成什么其他的东西。

我拿起放大镜，重新开始研究。两小时后，除了头痛欲裂以外，什么收获也没有。我站起来伸伸懒腰，吃了几颗止痛药，考虑了一下要不要去洁可酒吧，我已经八百年没去了。我当然不能去，那里有太多关于艾登的话题，太多关于我个展的话题，还会有太多黛妮尔不经大脑口无遮拦的发言。

我瞪着芬威庭园的打桩进度表。芬威就和后湾区及南端区一样，大体上是盖在垃圾场填平而成的土地上。看来这美术馆的地桩钻入了九十英尺深的垃圾，才打在基石之上，这真是建筑上的神奇成就。不过这栋房子的营造过程和威尼斯那座贝拉用来当设计蓝本的宫殿可能相去不远，只不过威尼斯那栋房子的地桩穿过的是水。

九十英尺深的垃圾，就在美术馆的正下方。世界上还有更完美的密室地点吗？我翻着一张又一张的图，寻找地下室的规划。找到后，我用手指划过每一根线条，却什么也没找着。

这时我在蓝图的一角发现一张小小的平面图，地下室一小部分的空间之下，写着"下层地下室"。沿着下层地下室东侧的墙壁，有个窄小的空间，正面是一扇几乎和它的内部空间一样大的门。这空间大到足以容纳一幅大型画布，却又偏僻到足以隐藏秘密。

第四十一章

我感觉雨好像下了一整个世纪。我穿着新衣，顶着新剪的时髦发型，望着湿漉漉的街道，等着瑞克和嘉纳美术馆的礼车。我一定要想个借口进去贝拉的密室，最好是和艺术或研究有关的借口。我很想直接请瑞克帮忙，但这可能会害他为难。也许等我进了美术馆，就能想出什么好办法来。

一辆洁白的长型礼车优雅地来到我家大楼门前，一名身穿制服的司机走下车并撑起了伞，以防我淋湿。我踩着过高的高跟鞋，慢吞吞爬下楼梯，现代美术馆那天的经验闪过脑海。那天我站在《四度空间》面前，看着一旁小小的白色卡片写着艾萨克的名字。但这次不一样，没有人会再耻笑嘲弄我，何况，我想，把我的画认定成德加的作品，应该算是一种成就吧！

"发型太赞了！"我一把脑袋钻进礼车，瑞克就大嚷。新发型是有层次的挑染，蓬松鬈曲，搭配参差不齐的刘海。"衣服我看看！"瑞克命令。

我轻轻巧巧坐上他对面的长座椅，敞开大衣，露出今天早上才在一间复古服饰店买到的宝蓝色洋装，锯齿状的毛边裙摆在大腿和小腿间高低参差。上身是一件宝蓝、暗红与紫色相间的所谓"迷人晚宴外套"，比衬衫略大一些，要价五十美元。"站起来的时候比较好看。"我说。

"坐着的时候就已经美呆了。"瑞克身旁一位长者打量着我的腿。

我把大衣重新收拢。

瑞克替我斟了杯香槟，把我介绍给车里的其他人，告诉他们我即将开个展，但没有提到场地，我尽可能揣摩艾登的期望，表现得优雅迷人。但我的意兴阑珊还是毁掉了我的努力。车子无声地行驶在湿漉漉的街道上时，我凝望窗外，想着艾登此刻应该要身穿正式西装，他却正披挂着监狱的连身制服。

美术馆门口，有一整排的礼车在我们前方，被手持麦克风、摄影机外加雨伞的文字记者和摄影记者蜂拥包围。红地毯从街道一路铺到美术馆入口，一有宾客下车，媒体记者就一拥而上。瑞克没说笑，嘉纳美术馆真的是铆足全力来办这场盛宴。

我下午花了不少时间研究蓝图，晚上一进到美术馆里，我四处打量，估计自己是在平面构图中的哪个部位。下层地下室就在我正前方的两层楼之下，通往地下室的门在建筑物右侧的中段处。

人群三三两两进了北侧、东侧和西侧的回廊，这几座回廊的威尼斯式拱门围绕着中庭。四面环墙的中庭开满芬芳花朵，青翠蓊郁，与外头单调的灰暗相较，几乎令人不敢正视。身着燕尾服的侍者分送着香槟，角落里有弦乐四重奏演奏悠扬乐音。场面华丽动人，但大家要看的是一幅挂在小小展厅里的单一画作，前来观赏的人显然太多了。通往短廊的楼梯用绳索封闭起来，聚在西侧回廊的宾客已经开始在绳索背后排队等候。

"人这么多，场面要怎么安排？"我问瑞克。

他往中庭正中央一幅覆盖着布幕的画作一指。我禁不住惊呼，又极力掩饰。她离我不过几英尺远，而我竟然没注意到。也或者我是不想注意。

瑞克看看表。"馆长几分钟后会替《沐浴后》揭幕，说几句话，然后把画扛上楼去挂在短廊。"

"然后我们就像被催眠一样跟着她走？"

"不是啦，我们就在这里等。"他对我皱起眉，"画挂好之后，我们不能过去，因为那个厅太小了。我们会分批轮流上去，看那个老宝贝重回她原本的位置。晚餐时会播放悬挂过程的影片。"

我咬咬嘴唇。我得装出已经二十年没看过这幅画的模样。

"你好像不怎么兴奋。我还以为《沐浴后》是你最爱的画作之一，德加是你的偶像，我以为你会迫不及待……"他眉心的皱痕更深了，但他随即斥责自己："笨蛋瑞克，你是白痴！小莱，对不起，我太没大脑了！是因为艾登，他应该……"

"不，不，没关系，能来这里我很兴奋。"我深呼吸了几下，舒缓我的紧张。

瑞克用一只手搂住我的肩膀。"很遗憾你要经历这种事。时机真不好。"

"我很好。"我一面安慰他，一面环顾四方，看有没有什么东西可以让我们转移话题，还没来得及找出什么话题，灯光已经亮起又暗下，四重奏停止了乐音，整间屋子安静下来。

美术馆馆长爱莲娜·沃德走上中庭里平时谁也不准走的小径。她身穿剪裁得宜的小礼服，但外套扣得过高，高跟鞋则过矮。一个毕生献身于艺术的人对自己的外形如此不注重还真是有趣。但瑞克说她做馆长做得极好，为理想理念卖力奋战，而根据瑞克的说法，她的奋战使下属的工作并不轻松。

爱莲娜站在画旁。"首先我要谢谢大家今晚来到这里，一同庆祝伊莎贝拉·史都华·嘉纳美术馆最辉煌荣耀的一刻。"

群众掌声如雷，还伴随了几记口哨。这样的一群人竟然会发出口哨声，颇令人意外，但爱莲娜看来十分开心，连她自己也吹了声口哨。接着她发表了一番有关失散多年的浪子终于历劫归来、贝拉想必会非常欣慰之类完全在意料之中的感性言论，而后她戏剧性地顿了顿，整间美术馆鸦雀无声。

我的心脏开始狂跳，我猜我身边的人心脏也都在狂跳，只是我们紧张的原因不同。

"这一刻来了。"瑞克轻声说着完全是画蛇添足的话。他兴奋地睁大了眼。

"你还没看过吗？"我惊讶地问他。

他两手交握起来。"没几个人看过。"

爱莲娜嗖一声拉开了天鹅绒布幕。

屋子里回荡着满满的惊呼声，紧接着是欢庆的掌声及更多的口哨声。我垂着头紧盯地板。

瑞克一只手按在胸前，说："噢！"他长长的睫毛沾着泪水。

爱莲娜用面纸按了按双眼，我发现群众里和我一样没落泪的人不多。大伙儿都相信贝拉举世无双的收藏品终于物归原主了，人人都因为亲眼见到一件深受大众喜爱却佚失已久的艺术品而感动。

一声发自喉头的怒吼从我口中冒出，听起来像是"不会吧"。

"克莱尔！"瑞克抱住我，我瘫倒在他身上。"怎么回……"

"我没事，我没事。"我赶紧推开他，站直身子。"只是那幅画……那么……那么令人震撼……我小时候画过、临摹过……"

"看来这幅画真的是你最爱的一幅画。"瑞克指指一条花岗岩长凳。"我们去那边坐一坐，我去帮你拿点水来。"

我极力恢复镇定，却发觉世界天旋地转，我站都站不住。"真的不用。"

他根本不接受我的拒绝。他走开去找水时，我转身背对画。幸好喝了水后，我舒服了些。我对瑞克说："兄弟，我看你另外找个伴吧！"

"你生病了？"

"没有生病啦，只是有点头昏，有点想吐。"

他用手腕的内侧摸摸我的额头。"没有烧。"说完他细细端详我，"你前一次一觉睡到天亮是什么时候？"

"很久了，可是……"

"你今天也没吃多少东西吧？"他用一种父亲式的愁容瞪着我。"那你喝了几杯香槟？"

我朝着他怯怯地笑："我觉得我还是直接叫辆计程车回家比较好。"

他一跃而起。"我不能让你错过你最爱的一幅画归位。待在这里，乖乖把那杯水喝掉，我去找爱莲娜，请她把我们排在第一批，这样你就不用排队排太久。"

"真的不用。"我在他背后喊，他不理我。

我考虑趁瑞克还没回来之前溜出去叫计程车，等回到家再打电话向他道歉，反正我已经说我不舒服了，他会相信的。我还没来得及实践我的计划，瑞克已经站在我面前了。

"你看起来已经好些了。"瑞克伸手拉我起来，"来吧，洛斯小姐，我们上路吧！"

我任由他拉着我穿过人群。

"老实说，"他说，"这真是排到前面的好借口，慢慢排队的话要等上好几个小时，所以，真谢谢你生病！"他揉搓着双手。

上二楼的途中，队伍停顿了。我往后看，人龙一路蜿蜒到西班牙回廊。地面上的每一层楼基本上都围绕着中庭，几乎每一处都有拱门开向中庭，透过拱门既能俯瞰中庭，也能看到对面的展厅。楼梯在西侧，展厅绵延相连，绕行一圈又重回阶梯。我们围困在人群中，只能向上，没得回头。

瑞克看了看前方的人群。"我估计大概还要半个小时吧。"

这样说来，我有半小时的时间可以稳定情绪，或是有半小时可以抓狂。我选择前者。"塞在这里总比塞在别的地方好，这里至少有东西可以看。"

瑞克抱了抱我。"看得出来你好多了。"

我注视着周遭躁动兴奋的人群，他们衣冠楚楚，珠光宝气，对于自己以及自己即将参与的盛事满心欢喜。一股孤寂袭上我心，我再度希望艾登能在我身边。我转而注意身边的艺术品，但很不幸，意大利文艺复兴全盛时期的艺术从来就不是我的最爱，摆满整个展厅的华丽家具也不是。有一幅佩塞利诺[①]的美丽作品——《爱、贞洁与死亡的胜利》(*The Triumphs of Love, Chastity and Death*)，我端详着这幅画，唯一看见的就是邪恶侵扰着良善。有一幅贝里尼[②]的《坐着的书记官》(*A Seated Scribe*)，画得传神动人，那位土耳其人专注认真又正气凛然，光是看着他就使我觉得罪孽深重。这整个展厅里所有的画作都充满宗教情怀，庄严肃穆，正直高尚。有罪的人要遭殃了……

"贝拉现在怎么想呢？"我问。

瑞克咯咯笑起来，"你几时开始相信人死后有知啦？"

"一定是受了这些宗教画的影响。"

"不难想象她正在天上俯瞰自己的美术馆，不时确认一切都依照她的意愿来安排。可是老实说，美术馆居然会发生抢案，她一定到现在还一肚子气，只找回一幅画一定更是让她火冒三丈，其他几幅至今还是没着落。"

尤其如果她得知历劫归来的那幅画竟然还是假的，大概会气炸了。穿过拉斐尔厅时，我牵起瑞克的手。"再一个厅就到了。"

拉斐尔厅比意大利厅宽敞明亮，让我松了一口气。这个厅同样挂满宗教画，拉斐尔[③]那幅出类拔萃的《托玛索·因吉拉米伯爵肖像》(*Portrait of Count Tommaso Inghirami*)描绘身穿红衣的主教。因吉拉米

---

① 佩塞利诺（Francesco Pesellino），约一四二二－一四五七年，意大利画家。

② 贝里尼。意大利有多位贝里尼，此处指的是 Gentile Bellini，约一四二九－一五〇七年，画家。

③ 拉斐尔（全名 Raffaello Sanzio，通常简称 Raphael），一四八三－一五二〇年，意大利画家、建筑师，与达·芬奇、米开朗基罗合称文艺复兴三杰。

仰望上方——显然拉斐尔是要借此掩饰他飘忽不定的眼光——我却感觉他正以轻蔑的神情俯视我。展厅里许许多多的圣母和圣子、大天使加布里尔，以及《天使报喜图》(Annunciation)中代表圣灵的鸽子，也都同样鄙视着我。

在拉斐尔厅中慢慢往《沐浴后》靠近时，为了转移注意力，我望向这个厅中我最爱的一幅画——波提切利的《露克瑞莎的悲剧》，这幅画描绘的是基督教问世之前的传奇，应该比较安全。但我忘了故事是讲述一个贞洁的人妻在死亡威胁下遭到强暴，事后，她把这件事视为自己的失德，痛心疾首且罪恶感深重，不愿在耻辱中苟活，于是持刀自尽。

短廊是条狭窄的挑高走廊，用来连接中庭北侧与东侧及南侧的展厅，本身并不是个厅堂。我们跨过门槛，走进这个狭小且暖气过强的空间。高档香水混合着上流人士的汗臭，是令人反胃的气味，盘桓在我周遭此起彼落的赞叹呢喃也如晕船般令我难受。我不敢看。

瑞克扳着我的肩膀。"噢，克莱尔，你看看这幅画，你看看她，你看过比这更美的东西吗？"

我把眼光落在那幅画上。"噢！"我呼喊，但并不是赞叹。我不知道还能说什么，这不是我的画，不是我的作品，那些专家没有上当。我这么大惊小怪无理取闹了半天，这下不知该做何感想了。

"无法形容……"瑞克说。

这是德加的原作，德加的真迹，一层又一层浓稠鲜亮的色彩，碧绿、青蓝、桃红，生气勃勃地扑扑颤动，女人的皮肤白皙而冷冷泛光，芳思华发色微红，鼻头尖翘，杰奎琳高挑美丽，席梦内向含蓄而五官细致。但这画是怎么来到这里的？我用手肘推挤人群，好凑近些。

但我随即发现我错了。我只不过是不曾见过镶了框的《沐浴后 II》，只见过她赤裸裸在画布上的模样。看见她挂在这个与我童年记忆中相同的位置，周遭围绕着我熟悉的厚重金色叶片，一时之间我认不出她来。但芳思华依旧不是德加笔下的人，而左下角那个我曾担心深度过深的裂隙绝对是我的杰作。虽然眼前看不到，但我知道这幅画的背面有个小小的绿点。

这幅画会永远挂在这里——我的画，冒牌中的冒牌，仿作的仿作——而德加的真迹在下层地下室里发霉蒙尘，艾登的一根手指即将不保。我转身面对瑞克，"我有话要跟你说，我们得谈一谈。"

第四十二章

我想我和瑞克从来没有一场对话是像这样的，我说个不停，而他一次也没有打岔。我们在他的办公室里，房门紧闭，宴会的嘈杂声微弱，但仍听得出有欢笑，有贝多芬的乐音，以及餐具的叮当碰撞声。这里的空间狭窄拥挤，空气冷冽潮湿，我的椅子又硬又难坐。瑞克手肘撑在桌上，手掩住口，食指托着鼻子，眼睛定定盯住我。我把话说完时，他仍然目不转睛瞅着我，仿佛我还在滔滔不绝。

"怎样？"卸下心头重担的轻松转变为狐疑，不明白他为何这样死沉沉的静默。"说话啊！"

他甩甩头，像是刚刚从海里游完泳上岸来。"你没说笑？"

"都是真话。"

他把手臂交叠在胸前。"如果我说我不信呢？"

"是我也不会信。"

"可是是真的？"

我点头。

"全部都是真的？"

"我可能有漏说一些。"

"我都不知道要怎样消化这件事。"他说，说完顿了顿，又说："所以，马凯知道其他那几幅画在哪里？"

"他只负责销售这幅画，他跟当初的抢案没有关系。委托他卖这幅画的人可能也和抢案无关。"

"你为什么这么肯定？"

"他的处境很危险。"我把两只手绞在一起，"卖家那边有人要伤害他，是身体上的伤害。"

"可是他在牢里。"瑞克争辩。

"那些人势力很大。"

瑞克站了起来，似乎意外自己竟无处可去，只好又坐下来。"而且你很确定楼下那幅画是你画的？"

"我认得那个裂缝。"

"我不信。"

"我们又回到原点了。"我苦笑。

他凝望远方，接着又重新把眼光放回我身上。"你为什么忽然决定现在告诉我？"

"我必须要到下层地下室去一趟，看看我的推论对不对。如果那幅画真的在那里，嘉纳美术馆就会有德加的真迹可以展示，那幅画很有可能是德加这辈子最杰出的一幅画。整个世界也可以欣赏到一幅新出土的旷世之作。"

他眯起眼睛，仿佛这样可以帮助他理解似的。

"还有，"我恳求，"如果我们把原画找出来，就可以帮艾登争取保释。"我用力吞咽口水，"保释的时间至少可以保住他的手指。"

"保住他的手指？"

我努力保持坚强，直直注视瑞克的眼睛。"他们需要他右手食指的指纹，才能进入他画廊的保险库。他把钱放在那里。"

"噢，"瑞克痛苦地惊呼，"不会吧，克莱尔？噢……"

我闭上眼睛，点点头。

"可是万一，万一那幅画没在地下室呢？"他问。

"那我就要从别的方向着手了。"

"那万一画在那里呢？你要怎么说明你是如何得知的？"他的脸上满是忧虑，"万一他们认定你跟抢案有关，逮捕你怎么办？"

"瑞克，你想想看，他们能用什么罪名逮捕我？仿制一幅仿作吗？我本来就是靠这个吃饭的。"

他认真想了想。"我根本就不知道这里有什么下层地下室。"他一面思索，一面慢吞吞地说，"更别说知道怎么进去了。"

"我说过，蓝图上有。"我看他态度上有了松动，赶紧乘胜追击，"一定不难找。"

他拉开办公桌的一个抽屉，关上，又拉开，再关上。"你真的相信那里可能有一幅德加的真迹？"

"有可能。"我说，"而且如果我们找到那幅画，那不是大功一件吗？"

他的脸上闪现一抹微笑，转瞬即逝。"那是一定的。"他从电脑里找出蓝图上的地下室，用手指沿下层地下室的轮廓描了一圈。

我交握起双手等待。

"这样不太好吧，克莱尔？"他终于开口，"未经允许就跑到美术馆的地下室乱翻乱找。重点是警卫根本不会让我们下去。"

"你不是跟一些警卫交情不错吗？"

"是啦……"他的手指在键盘上翻飞，"有文件显示贝拉在一八九八年从巴黎带了一幅德加的油画回来，"他一面卷着页面的卷轴，一面说："公司登记证上把《沐浴后》列为一九〇〇年的收藏，所以这两幅画指的应该是同一幅。"

整个房间充斥着电脑键盘滴滴答答的敲击声，我不发一语。瑞克证实了我原本就知道的事。

"贝拉一九〇三年寄出的芬威庭园开幕庆祝会邀请函上也提到了这

幅画。从此以后，一直到被偷之前，这幅画再也没有人动过。"瑞克坐在椅子上往后倒退，"抱歉，小莱，贝拉不可能会买到赝品，她不会上这种当，伯纳·贝然森也不会。"

"可是我的看法是，贝拉带回来的的确是德加的真迹，"我辩驳，"只是在她把真迹带回波士顿之后，维吉尔·伦戴尔要不就是勒索她，强迫她用他的仿作取代原作——那样的话原作就会在地下室——要不就是伦戴尔偷了原作，把原作藏在自己身边——那样的话，原作可能就在伦戴尔的后人手上。我唯一知道的是，德加和伦戴尔的素描草图证明真的有两幅相似的画。"

"这样好像不足以……"

"不足以怎样？"我质问，"移除短廊里的伪画，找到德加的真迹，拯救艾登，不值得吗？"

"克莱尔……"

"算了，瑞克。"我站起来，"很抱歉我把你卷进来，我只是急着想把事情解决。"

"你要去哪里？"他的嗓音里带着浓浓的忧虑。

"去告诉爱莲娜啊，不然我还有什么别的办法？总得有人到地下室去瞧一瞧。"

他跳起来抓住我的肩膀，"不行，不能告诉她，她会吓坏。还是不要告诉她，至少我们要先确认那幅画真的在那里。"

"艾登的时间不多，我不能等……"

"我们明天一早碰面。"他说。

我一把抱住他。"谢谢！"我轻声说。

他吻吻我的头顶。"现在我们回晚宴去，假装愉快地吃吃喝喝吧！"

我站在嘉纳美术馆前，看着瑞克撑着伞过街。这天和前一天一样严寒阴郁，还下着冰冷细雨，使气氛更加惨淡。但我在雨衣里冒着汗。

"准备好了吗？"他领着我走进员工专用入口。

"准备好要找到原画，可担心找不到。"

"概括来说大概就是这样。"我们走到寄物处，瑞克伸手到柜台背后，抓起一把手电筒，挥舞着对我喊："出发！"

我笑了笑，但发出的笑声却像是不屑的哼声。

我们搭电梯到地下室。光是地下室就已经深到不能再深了。瑞克解释，这里没有贮存太多馆藏，主要只是用来放置机械设备——电器设备、暖气、冷气等等，还有就是抢案发生后增设的安保设施。虽然如此，这里的灯光还是很黯淡，漆黑一片，因此我很庆幸瑞克想到要带手电筒。

我听见小小的脚掌窸窸窣窣奔跑的声音，心里但愿那是小老鼠的小小脚，而不是大老鼠的大脚。我往瑞克身边靠近了一步。墙壁是裸露的砖墙，凹凸不平且杂乱无章，很显然是原始的砖墙。地板虽然是混凝土地，但也同样凹凸不平，且布满大到足以绊倒人的裂缝。我们前行时，瑞克用手电筒照亮我们正前方的区域。

我看着蓝图。"这里。"我指着南面的墙说。平面图上没有标示这层楼哪里有入口可以进入下层地下室，起初我有点紧张，这会儿更是焦虑了。但这时我发现这个地方确实有点蹊跷。

我们在一个大约五英尺见方的孔洞边缘跪下来，瑞克把手电筒的光线照进洞里较宽阔的另一头。洞里的地板是泥土地，三面墙不是砖砌，而是粗削的大圆石，看起来像是临时起意，是建筑完成后以拙劣手法仓促扩建的。有个摇摇晃晃的梯子向下通往那个房间。

"有看到什么吗？"我问瑞克，"有没有看到门？"

"从这里看看不出来。"

我旋身跨上梯子。"你用手电筒照着我，我下去之后，你把手电筒扔给我，我帮你照路，你再下来。"

我手脚并用爬下梯子，踏上地面，瑞克快速跟上来。里头一片黑暗，虽然有手电筒，我们还是花了好一会儿才弄清楚方向。这空间比蓝图上看来要小，长宽分别约只有二十和三十英尺，天花板则不到六英尺，确切的大小难以辨认，因为屋子里塞满各种杂物——家具、档案柜、书、账册——看来年代有一世纪久远，蒙着尘，高高堆叠，所有能够塞的空间大约都塞满了东西。

我们分别打了喷嚏，估计出通往窄室的门大约位于何处，转身朝那方向站立。瑞克举起手电筒。虽然屋子里杂物处处，我们一眼就看出这里并没有门，手电筒的灯光落在一整面结实的水泥墙上。

"可恶！"瑞克说。

强烈的失望席卷我，我几乎要撑持不住。我跪下来检查墙壁与凹凸不平圆石的接合处。这里缝隙很多，我找到一个格外大的缝隙，瑞克用手电筒透过缝隙，照向墙壁的另一侧。

我扭着身子，寻找能看到对面却又不会挡住灯光的位置。看到了，大约就在水泥墙之后的一两英尺处，有一座双扇门。"在那里！"我不可置信地大嚷。

"什么？"瑞克把双眼贴在水泥墙的另一个缺口上，"什么东西在那里？"

我哆嗦着接过手电筒，让他过来看。

"我的天！"他转头看我，随即又再转回那个缺口。"你说得没错，一点也没错，真的有门！他们一定把……"

上方忽然有光线射下来，我抬头，却被强光刺得一时之间失去了视力。

"喂！"一个粗哑的声音在四面墙之间回响。"不准动！"

我僵住不动，举起双手。

"我是瑞查·葛莱蒙。"瑞克大声说，"我是助理策展员之一。"他转向我，"你可以把手放下来了。"

"不行！"那人命令："手举起来，两个都是！"

"只不过是美术馆的警卫。"瑞克轻声对我说，他一面说，一面把职员证从胸前拉出来。"不用紧张，我是这里的职员。"

"我管你是哪里的职员。我们是波士顿警局，你们两个乖乖爬上来，慢速，手要让我看到。女士优先。"

第四十三章

其中一名警员抓着我的上臂，另一名警员以相同姿势抓着瑞克，还有第三名，也就是刚才发话的那个，满怀猜疑地看着我们。警方为昨晚的宴会加强了静音警报，三名波士顿员警被启动的警报讯号惊动了。

"打电话给爱莲娜·沃德就知道了。"瑞克说，"她是馆长，现在可能在楼上的办公室里。她可以担保我们不是坏人。"

"你们在那底下搞什么勾当？"

"这位是我朋友克莱尔·洛斯。"瑞克说明，"她要写一本关于伊莎贝拉·史都华·嘉纳以及她往来艺术界人士的书，正在做研究。我听说底下有她可以研究的数据，所以我们才下去看看。"这家伙真是思虑敏捷。

但警察并不像我这样激赏他的本事。"星期天一大早跑来做研究？"他还是打了电话给爱莲娜，爱莲娜要他把我们带到她的办公室。

警察领着我们穿过地下室，走上一楼，瑞克对我使了个眼色，很明显是要告诉我："什么话都别说。"

我们走向通往二楼的楼梯，我饱览宁静中庭的壮丽庄严。我平时并不喜欢嘉纳美术馆的中庭，但这美丽的中庭却使得这座美术馆风格独具，甚至无与伦比。走到二楼时，我透过拱窗，望向早期意大利展厅和拉斐尔厅。这里看不见短廊，但我可以想象《沐浴后 II》挂在那里，感觉得到她如鬼魅飘浮在空中。一股战栗窜遍我的周身。那墙上应该挂的是德加的《沐浴后》，而不是仿作的仿作。

第一个警员打开隔挡住通往四楼阶梯的绳索，让我们通过，又重新挂上绳索。接着他领我们到爱莲娜·沃德的办公室。爱莲娜从办公桌后走出来，说："警官们，交给我处理吧！"

警察们动也不动。

爱莲娜又说："我想和他们私下谈谈。"

"我们就在门外，有需要就叫我们一声。"

警员走开后，爱莲娜命令我们在她办公桌前的两张椅子上坐下。她狠狠瞪着瑞克："你搞什么名堂？"

"对不起，爱莲娜。"瑞克说，"其实不是什么大事。克莱尔是我美术学院的同学，她要写一本关于贝拉和一些艺术家私人交情的书，我们只是在找她可以用的资料。"

"星期天早上八点来找资料？"

"你还不是来上班了？"瑞克露出一抹略带嘲讽的微笑。

"还跑到地下室去。"

"那里有个房间里都是东西，有很多档案和书，我觉得应该……"

"你没得到授权。"她厉声说，然后转向我，"哪些艺术家？"

"当然就是大家都知道的那些啊，惠斯勒、沙金，还有柯蒂斯。但我也有兴趣研究她来往的一些比较没名气的画家，像史密斯、克兰姆、毛尔、维吉尔·伦戴尔。"

瑞克惊诧地望着我，爱莲娜则仔仔细细打量他。"这是很严重的违规，瑞克，"她说，"你不能……"

"这不是他的错。"

"绝对是。"爱莲娜口气尖锐。

"他本来不肯带我去地下室的，"我说，"是我一直吵……"

"她问我有没有办法帮忙她找资料，"瑞克插嘴，"是我提议我们去地下室找一找的。"

"你怎么可以做这种事？"爱莲娜质问，"为什么偷偷摸摸鬼鬼祟祟？"

"我们没有偷偷摸摸鬼鬼祟祟，至少我不觉得我们偷偷摸摸。这其实是很平常的事，你知道的。"

我听着瑞克支支吾吾，我自己下一步计划的优与劣快速闪过脑际，就像人们说临死之前这一生的经历会一幕幕快速闪过一样。我不怎么喜欢把自己比作濒死之人，但还是开口说："我告诉他那里可能藏着一幅德加真迹。"

"什么？"

"克莱尔，"瑞克说，"别……"

"你昨晚挂上墙的那幅《沐浴后》是赝品。"我告诉爱莲娜，"我认为爱德加·德加亲笔画的那一幅可能在地下室。"

"一派胡言！"爱莲娜语带不屑，"那幅画经过了一整个团队的国际专家鉴识，这个领域最受尊崇的专家做了保证的，肯定是德加的真迹。"

"我知道。"我说，"可是那些专家错了。"

"你又怎么知道的？"

我用力吞咽口水。"因为那幅画是我画的。"

爱莲娜瞪着瑞克。

"我知道听起来很诡异。"瑞克在椅子上蠕动，"但克莱尔替复制网工作，她是经过认证的德加复制画家……"

"经过认证的德加复制画家是什么玩意儿？"爱莲娜怒不可遏，"你是说我应该要相信什么'经过认证的德加复制画家'，而怀疑专家的判断？我应该要相信那幅旷世巨作是她画的？"

瑞克还没来得及回答，我抢先插嘴："艺术史家的观点被自己的成见蒙蔽，这是史上常见的事。他们只看见自己想看见的东西。"

爱莲娜皱起眉头。"克莱尔·洛斯……克莱尔·洛斯……"她打了一记响指，"科利恩，大冒牌货。你又想耍花招打知名度了吗？"我还没来得及回话，她站了起来，"够了，现在换警察来接手吧！"

"不要！"瑞克跳起来，"拜托，爱莲娜，你听她说完。说不定，我是说说不定，她有什么资讯是你需要知道的。"

她瞪着瑞克，又转而瞪我，然后重新坐下。"我给你五分钟的时间。"

我向她说明我的工作，以及我在德加方面的专长。"有一天，我接到艾登·马凯的一通电话。我们从前认识，但已经好几年没联络了。他说他有个类似复制网的案子，如果我有兴趣就交给我。我在复制网只担任顾问，没有签竞业条款什么的，所以我当然说好。"

爱莲娜等着我说下去，瑞克端详着他的手。

"他告诉我他的艺廊有个印度客户，"我继续说，"这人看过艾登的朋友拥有的一幅高品质《沐浴后》仿作，他也想要一幅，而且品质要一样出色。"

"那他干吗不找画那幅仿作的画家来画？"爱莲娜问。这问题真有道理。

"那画家不在人世了。"我赶紧说。我真后悔当初没和艾登多花点时间好好把说词串一串，现在我只希望我脑筋动得够快，来得及把漏洞都补起来。

爱莲娜面无表情。

我清了清喉咙，"于是艾登说，他听说我是这方面最厉害的高手，只有我有本事画得让他的客户满意，于是他就想聘请我来仿制这幅画。他告诉我，他会把他朋友的那幅画带给我临摹。"

"仿制别人的画并不违法，也不违反道德。"瑞克说，"这个……"

"我在跟洛斯小姐说话。"爱莲娜吼他，"我待会儿再听你的意见。"

瑞克用手掌揉揉额头，乖乖闭嘴。

于是我继续说："第二天，他就带着两幅画来找我。一幅是梅索尼埃十九世纪末期的一个作品，另一幅就是他号称'史上最棒的德加《沐浴后》仿作'。"

"真的是史上最棒的吗？"爱莲娜问。

"真的很棒，但是那是仿作。"

"你怎么能这么肯定？"

"我专靠仿制画作维生。"

"梅索尼埃那幅画是要给你刮除油彩，然后用来画伪画用的？而因为你是'经过认证的复制画家'，所以你知道怎么做？"

"我和复制网合作很多年了，还上过课，做过很多研究。我仰赖已知的技术。"我望望瑞克，他睁大了眼睛。"仰赖我的笔记、我的经验，以及赝品制造手册。"

爱莲娜绷紧嘴唇。"你是说，楼下那幅《沐浴后》是你根据某种'按号码着色'的说明书画出来的？"

"可以这么说，"我承认，"还加上一台大烤炉和一点苯酚甲醛。"

爱莲娜眯起了眼，"你是故意捉弄我吗？"

"我也但愿我只是说笑。"

"我搞清楚一下。"爱莲娜说，"艾登·马凯忽然没头没脑给你一个案子，你就相信这整件事光明正大，没有一点蹊跷？你脑子里没有半点疑问？从没质疑过他的动机？"

"他是马凯艺廊的艾登·马凯，"瑞克忽然插嘴，"他不可能……"

爱莲娜狠狠瞪他一眼，于是他又住了口。

"我只是猜想这个客户大概很有钱。"我说，"而且我仔细检查了那幅画，就知道那是仿作。既然是仿作，我又要怀疑什么？"

"你是说，一直到举行归位典礼后，你才恍然大悟发生了什么事？"

我直直注视她的眼，"我直到现在还是没搞清楚到底是怎么一回事。"

"你在这里等着。"爱莲娜下令，随即转向瑞克，"你跟我来。"

半小时后，爱莲娜重新走进来，后头跟了个肩膀宽阔、身穿休闲外套并打着领带的男子。和身躯比起来他的脑袋小得不成比例，理论上这会看起来略显滑稽，但他脸上神色严峻，遮盖了这种喜剧效果。

我站起来，胃部一阵紧缩。他是警察，而且是高阶警官，绝对错不了。

"这位是联邦调查局的里昂探员。"爱莲娜对我说，说完又转向那位探员，"这位是克莱尔·洛斯。"

"你好。"我伸出手。他比警察更可怕。

探员和我握了握手，他的手出奇柔软，脸庞依旧如铁打一般冷若冰霜。他什么话也没说，仅是草草点了点头。

爱莲娜坐上办公桌，里昂在瑞克的椅子上坐下。爱莲娜命令："你把刚才告诉我的事向里昂探员重述一次。"

我说完，里昂开口，嗓音里满满的不可置信，"马凯先生说他拿给你临摹的画是复制品，你就相信了吗？你从没想到过那可能就是抢案里被偷的那一幅？"

"我一眼就看出那不是德加的真迹，所以从没质疑过这一点。"

"你觉不觉得自己太天真了？"

我迟疑一霎后说："不觉得。我仍然坚信那幅画不是德加画的，而且我知道艾登也深信不疑。"

"他相信什么或不相信什么，你怎么能这么肯定？"

"他是这样告诉我的，这人很专业，何况，他是艾登·马凯啊！"

"艾登·马凯有多厉害，我们都看到了。"探员在他的笔记本上振笔疾书，皱了皱眉，又再度振笔疾书。

我小心谨慎瞅着他。"我，呃，我想我该请个律师。"

里昂和爱莲娜互望一眼。"请律师干吗？"里昂满脸困惑地问："你只不过是在报告一件不太确定有没有发生的事，不是吗？这事情到底有没有牵涉到违法情境，我们目前还不清楚。还是说，你参与了什么违法活动吗？"

我没有回答，探员的肢体语言忽然转换成好人模式，手肘撑在腿上，躯干朝我的方向前倾，脸上挂着笑。"洛斯小姐，"他说，"你说，你认为伊莎贝拉·史都华·嘉纳被这个……"他看了看笔记本，"这个叫维吉尔·伦戴尔的人勒索，不得不用他的画取代德加的画来展示？然后嘉纳女士把真画藏起来了？"

"那是我的一种推论。为什么会发生这种事，其他可能的原因也很多。重点是，昨晚挂上的那幅画是我受人委托画的，是根据艾登·马凯手上的那幅仿作仿制的。"

"你怎么这么有把握？"

"我认得画上的裂缝。"

他看看爱莲娜，扬起一边的眉毛。

"画作放久了就会龟裂。"爱莲娜愤愤瞪着我，"观察画上的裂缝可以评断出画的年代。"

"我知道裂缝的意思。"里昂说。我发觉他的眼界或许并不似外表看来那样狭隘。

"如我告诉你的，这不是洛斯小姐头一次提出这类说法。"爱莲娜说，"她的诚信很有疑问。"

"啊，科利恩的《四度空间》。"他笑容可掬对着我说，"但那件事也有疑问，对吧？现代美术馆有一些人是站在你这边的，不是吗？"

"有，老实说还不少。"我很清楚他们两人一个扮白脸，一个扮黑脸，但《四度空间》的事还是少提为妙。"楼下那幅画是我画的，因为我在画的时候，曾经担心底部有一块格外深色的部分处理得不好。我要把过多的墨迹擦掉，但还没擦干净就上凡立水了。我觉得那块地方颜色太重了。昨晚我看到那一块时，就知道了。"

"你很肯定吗？"里昂问。

"我在画背面的右上角点了一个绿点，在框架上，你去看看就会知道了。"

"这不能代表什么。"爱莲娜争辩，"油彩随时都可能会滴在框架上。她说不定是昨晚看到有个绿点，或是因为她和抢案有关，所以知道那里有个绿点。"

"你胡说……"

探员俯身凑近我，"你的话是有道理，但我仍然不懂你怎么知道那幅画是叫维吉尔·伦戴尔的人伪造的？"

"我并不确定，可他是个公认的伪画画家，我看了他的素描本，他画了原画的草图，也画了伪画的草图。"

"我完全被你搞糊涂了。"

"我有一本德加草图的书，里面有《沐浴后》的原始构图。伦戴尔的其中一幅素描和德加的原始草图一模一样，另有一幅则和嘉纳美术馆收藏的这幅一模一样。"

"说不定伦戴尔看过这两幅草图啊？他可能只是画着玩？"里昂说。

"不太可能。虽然他们是同时代的人物，但德加在欧洲，而伦戴尔在波士顿，我不太相信他们见过面。我推论贝拉把原画从欧洲带回来但还没有挂在美术馆展示时，伦戴尔就看过这幅画。然后不知道为了什么原因，他伪造这幅画的时候更改了构图。"

"你怎么知道原画长什么样子？"

"就是长德加的草图那个样子。"

"跟楼下那幅不一样吗？"

"不一样。我刚刚说了，其中一个女人是不同的人，而且画面上的构图也不一样。而且如果你仔细看，那个部分不像德加的风格。"

"草图和最后的成品从来都不会一样。"爱莲娜怒喝，"的确是德加的风格，我仔细看过，很多专家也仔细看过，那些人都是受过专业训练、领有合格证照的，不是什么网络艺术品复制公司发的什么乱七八糟的认证。"

"所以说，"里昂对我说，"只有你一个人知道那幅画是赝品，其他人都不知道？"

"我有相关的背景和技术，刚好就有能力辨识这个。不过最重要的是，我想我是头一个真正仔细观看这幅画的人。"

"意思是？"

"假设伊莎贝拉·嘉纳展出的真是伦戴尔的伪画，即使是被迫的也好，那么这幅画一定就从没有人正式鉴定过真伪，大家都自然而然相信这一定是德加的真迹，谁也不会质疑。而嘉纳女士在遗嘱中交代美术馆里什么也不准动，因此这幅画从来没有借出过。如果曾经借出，就有可能会发现这是假画。"

"她的推论有可能吗？"里昂问爱莲娜。

"荒谬至极。"

"但是有没有可能呢？"

爱莲娜把手臂交叠在胸前。"什么事都是有可能的。"

里昂又重新转向我。"但德加不会知道这不是他的作品吗？他本人不会造访这座美术馆吗？或者看到美术馆的照片？"

"德加只到过美国一次。"我说明，"去新奥尔良，而且那是早在这美术馆成立之前很久的事。当时的通讯没有现在这么方便，交通也没这么方便，没有电话，没有飞机，所以他把画卖给贝拉之后，十之八九没有再看到过这幅画。"

探员刻意表现出卖力思索的神情。"所以说，除了你这个研究所毕业不过三年的菜鸟以外，·谁也没真正仔细看过这幅挂在这个知名美术馆里将近一百年的画作？除了你以外，谁也没发现这不是德加的作品？真了不起，真是非常了不起！"

我瞪着他。

"再跟我说一次你是怎么办到的。"他以一种夸张的钦佩语气说，"你从哪里得到的灵感？"

我把笔触、颜色、草图、对称，以及地下室密室等等问题重新说明了一遍。"只是刚好都吻合。昨晚我在归位典礼看见我的作品，我就……"我耸耸肩。

里昂吹了声口哨，"真是厉害，洛斯小姐。你有没有考虑过到联邦调查局当探员？"

爱莲娜大笑。

虽然我恨不得狠狠把拳头砸在他俩的脸上，但我还是说："我大可以不用主动站出来告诉你们这些事，大可以保持沉默，这样大家就可以开开心心地各自生活，井水不犯河水。我站出来是为了找出真相，同时也希望能帮嘉纳找回一幅伟大的杰作。我并不喜欢被当白痴小孩对待。"

"你并没有'主动站出来'，"爱莲娜提醒我，"你是擅闯他人地界，被波士顿警方抓到了。"

里昂细细端详我，然后说："如果我理解得没错的话，你是说伦戴尔伪造的画就是在抢案中被窃的那一幅，同时也是马凯先生拿给你临摹的那一幅？"

"不是不是，我不是这样说的。"我恶狠狠瞪了里昂一眼，好让他明白我看得出来他在耍什么把戏，我不会那么轻易就露出破绽。"艾登拿给我的是一幅仿画，仿伦戴尔的仿作，也说不定是仿其他什么人的仿作，我也不清楚。我怎么会知道呢？"

"那就是问题所在了。"爱莲娜点出重点。

"你那些名画草图有没有刚好带在身上呢？"里昂问。

"在我的画室里。"我厌恨自己竟然中了他的圈套。

"也是你运用高度精准的办案技巧找出来的，是吗？"

我直觉反应想叫他去死，但我没这么说，而是回答："是的，的确如此。"

我获得的报偿是他眼中闪过的一抹饶感趣味的笑意，然后他转头对爱莲娜说："你有蓝图吧？"

她瞪了我一会儿，才转头到电脑前开始打字。

"等你把蓝图调出来之后，"里昂说，"或许洛斯小姐可以帮我们指出她的密室在哪里。"

我站起来，走到爱莲娜的电脑旁。

"你说地下室吗？"爱莲娜看也不看我，直接发话。

"是下层地下室。"

"我从没听说过这里有什么下层地下室。"她一面咕哝，一面寻找正确页面。"找到了。"她把椅子向后一滑，"指给我们看吧！"

"我们找到一堵蓝图上没有的水泥墙。"我一面解释，一面用手指描着平面图的轮廓，"大约是在这里，就在这道双扇门面前。双扇门在这里，在墙的后面。"

"你认为德加的画作在这里？"里昂问。

"即使不在这里，也在某个地方。"我说，"我们要把它找出来。"

"简直是胡闹！"爱莲娜怒吼，"我们没有要找什么东西，德加的《沐浴后》就挂在楼下短廊里。"

里昂说他俩要私下谈谈，爱莲娜要我到她办公室外助理的办公桌前坐一坐，我乖乖照办。

他俩关上了爱莲娜办公室的门，我站起来，耳朵贴在墙上，但他们的说话声音太低，我什么内容也听不出来。几分钟后，他俩走出来。爱莲娜命令我不可乱跑，我想起艾登，想起他被迫坐在狭隘的囚室里，听任别人不留情的指令摆布。

为了让自己想点别的，我端详墙上挂的深褐色照片。其中一张照片里的人物是贝拉，她头戴一顶丑陋至极的黑帽子，芬威庭园正在兴建中，她则攀爬在一座梯子上。贝拉个头娇小，精瘦结实，没有披挂花俏服饰和漂亮珠宝时，外貌颇为平庸。照片中的她显然对当时自己眼前的景观并不满意。这样的一个女人是怎么让一大堆男人拜倒在她石榴裙下的？又是如何掌握大权呼风唤雨的？贝拉·嘉纳这个人的无论哪件事迹都令人难以置信，要不就是互相矛盾。我但愿我走对了路。

"那个烤炉还在你画室里吗？"爱莲娜朝我走来，边走边质问，里昂探员则紧跟在后。

我很意外他们做出了这个迥异于先前态度的结论，不解地眨眼，但随即意会过来——他们找到画背后的绿点了。"还在。"

"即使发生过现代美术馆那件事，你还是要坚持楼下那幅画是你画的吗？"里昂问。

"现代美术馆那幅画是我画的，这边这幅画也是我画的。"

"现代美术馆的判定结果不是这样。"爱莲娜嘟囔。

"里昂探员，沃德女士，我目前对很多事情可能都不大有把握，但我自己的作品我自己知道。我很抱歉害你空欢喜一场，害美术馆和社会大众空欢喜一场，我很抱歉我捅了这个大娄子，但我想你们终究会情愿得知真相的。"

"我们的计划是这样。"爱莲娜说，"明天早上八点，我和另两位专家，总共三人，会到你的画室去。我会带张旧画布去，你就当场示范整个过程给我们看。"

"没问题，我……"

"我不是在征求你的同意，洛斯小姐。"

我低头看自己的手。

"我会请几位专家搭飞机到波士顿来做第二次鉴定。"爱莲娜继续说，"也会订购特殊的仪器和化学药剂，好让鉴定过程可以当场快速进行。这会耗费很多金钱，也会耗费很多时间。万一我们发现这是一场骗局——我推测多半就是——所有的花费及损失就都要由你负担，不能展出《沐浴后》给我们带来的损失也包括在内。"

"这不是骗……"

"而如果事实证明那幅画果真是赝品，"里昂探员打断我，"而制造赝品的人是你，我和调查局的同仁可能就要以比较正式的身份，邀请你坐下来谈一谈。"

第四十四章

爱莲娜依约在八点来到，身边带了两个学者型的人物，男的有点年纪了，女的看起来像高中还没毕业。两人都戴眼镜，各自从公事包掏出笔记本电脑，男学者的笔记本破旧不堪，女学者的笔记本则簇新且昂贵。男的是琼斯先生，女的是史密斯小姐。听到他们的名字时我微笑起来[①]，他俩却仅是瞪着我。看来很难缠的一群人呀。

我今天早上的心情也不比他们愉快多少。昨天我离开嘉纳美术馆后，就直奔纳秀瓦街，要向艾登报告最新状况，顺便看看他好不好。他们却不放我进去，说他这天的会客次数已经达到限额了。稍晚，葵丝蒂发短信给我："马凯要我告诉你只剩一周了。"

整个漫漫长夜我都没有合眼，在房间里踱步、咒骂自己。我和瑞克通电话，告诉他艾登时间不多了，他则告诉我爱莲娜对他火冒三丈，但他的饭碗应该保住了。这算是好消息，其他都是坏消息。爱莲娜已经展开行动，决心要证明我一派胡言，要让我身败名裂且锒铛入狱。万一她没成功，也还有里昂探员会对付我。

此刻，爱莲娜递给我一张一英尺见方的画布，是一幅画着瀑布的油画，画得很差。"用这块画布来画。"她的语气明快而干脆。"画《沐浴

---

① 琼斯和史密斯是美国最常见的姓。

后》里的随便一个裸女，用你宣称你画伪画的手法来画……"

"不是伪画，是仿画。"我知道我必须保持冷静，但当年重画《四度空间》的历程又重来一遍，弄得我心烦意乱。我提醒自己，这次情况不同，前一次我必须证明我是个创作者，这次我必须证明我是个仿作者。但这番论理对于舒缓紧张一点帮助也没有，这也是意料中的事。

何况这次牵涉到的风险比上次高得多。我试图鼓舞自己，告诉自己我的风险还是比凡·米格伦要低。他必须重画一幅维米尔的伪画，来证明自己没有把国宝贩卖给纳粹，如此才能逃避死刑。但这个想法也仍然没有使我放松心情。

"进行每个步骤都要向我们说明。"爱莲娜发出命令，"即使是你以为我们都知道的步骤也要说明。"

我点头。"有没有谁要来点咖啡或茶？"

"洛斯小姐，我们不是来做礼貌性拜访的。"爱莲娜提醒我，"你愈早开始画，我们就愈早可以收工。"这点我倒是没意见。

我开始了已经如天性般顺手的动作，一面进行，一面解说。史密斯和琼斯大半时间都沉默不语，偶尔客气有礼地发问。爱莲娜则完全克制不了她的恼怒，听我说话时总是讥讽地耸肩、翻白眼、低声咕哝抱怨。我尽全力装作视而不见、听而不闻，但她的每一个反应、每一个动作，都在提醒我她手中握有多么关键性的生杀大权。

进行三个回合的罩染烘烤后，天色逐渐黯淡。爱莲娜说："今天就到这里吧！"没有人提出异议，于是她转向我，"我要把这画带回去，以免你趁我们不在时动手脚。明天一大早，我们会把这画带回来。"

"没问题。"我说。她这话简直是赤裸裸的人格污蔑，但我累到没有力气发怒。

"还有，"爱莲娜又说，"德加和伦戴尔的草图素描本给我，我和里昂探员要仔细检查。"

这两本素描本印证了我的假说，我很舍不得和它们分离。爱莲娜从我手中接过书，以一种夸张的客气语调说："谢谢！"那语调显示她心中毫无感谢之情，不过那也是当然的，何况她根本没有什么需要感谢我的地方。

隔天早晨，他们带着那幅画以及手提电脑再次出现。昨晚瑞克告诉我，他从一个和他交情甚好的警卫那儿得知一则最高机密。那警卫有个同样干警卫的好哥儿们，陪同爱莲娜及里昂进入下层地下室。虽然爱莲娜严词反对，里昂还是决定携带超音波仪器，好研判水泥墙背后有没有东西。这位警卫依稀听到爱莲娜压低嗓子惊呼："真是活见鬼！"

爱莲娜、琼斯、史密斯和我各就各位，我负责画画和烘烤，他们负责观看。今天比昨天无趣得多，因为我进行的一切过程他们昨天都已经看过了，因此我不需要解说些什么，他们也没有什么问题可以提出。进行两轮后，画作已经逐渐显露出美感。虽然才上了五层罩染，色彩已经呈现出深度，并且开始散发光泽，杰奎琳拿毛巾的手臂灼灼泛光。我看着她，想起我自己的作品，我的窗户系列。葵丝蒂昨天发短信给我，提醒我星期四要开始布置我的画展了。这事如今几乎成了无足轻重的芝麻小事。

"你最后还有什么步骤要进行，好让画看起来年代久远吗？"爱莲娜质问。

"要上墨汁。"

"现在可以上吗？"

"没问题。"我乐意全力配合，"只要让最后一层凡立水呈现一点裂痕，就大功告成了。"

"动手吧！"她说。

我抬起头瞥了一眼，发现她眼下有浓浓的黑圈，脸上刻蚀着我不曾见过的皱痕，我感到一阵同情兼歉疚。这女人不过是想要享受美术馆荣耀的一刻，半路却杀出了我这个恼人的程咬金，只因为我自以为是地想修正一项将错就错可能反而比较好的谬误。现在后悔太迟了，何况我知道还有更多的麻烦事等在后头。

裂痕逐渐浮现，墨汁上了，也干了，我开始用沾了肥皂水的布清除墨汁。我揩去最上层的凡立水，这使得画上浮现发丝般细小的网状纹路，几个人目瞪口呆地观看。接着我在原本的凡立水中添加了浅浅的棕色颜料，向他们解释这色调能呈现出与久远岁月相同的效果，然后把这混了颜料的凡立水涂满整张画布。完成后，我把画布举起来供他们检视。

爱莲娜倒抽了一口冷气。

隔天一早，我打电话到马凯艺廊给葵丝蒂。"我回来了。"

"太好了。"她这么说，但我听得出她语带不悦。

"我真的很抱歉我把事情搞得一团糟。你想我们有没有可能重新约专访？"为了画画给嘉纳美术馆看，我取消了约有六个专访。我告诉葵丝蒂我家出了紧急状况，这是个老掉牙的借口，但用起来通常万无一失，而且会被问到的问题最少。

"希望其中一些可以。"

虽然我从来就没兴趣搞什么宣传，但这会儿有点事情可以分心是好事。在等待嘉纳美术馆寻访维吉尔·伦戴尔遗族的期间，我没有什么使得上力的地方，而他们找得并不顺利。"我错过了哪些人的专访？"

"《环球报》、《凤凰报》、《波士顿杂志》。"她不耐烦地说，"《纽伯瑞街艺廊》、《地铁杂志》。"

"你有没有他们联络人的名字和电话？我可以自己打去和他们约时间。"

"他们不喜欢直接和艺术家联络。我试试看有没有办法要他们当中的哪个人趁你来布置的时候到艺廊来一趟。今天你一整天都有广播专访，你收到我用电子邮件传给你的那张表了吧？"

"当然收到了。"我最近根本没时间收电子邮件，"一切状况都在掌握中了。"

"你今晚有空吗？"

"听候差遣。"

"很好。这些事情可能比你想象中更重要。"她迟疑了一阵，又说："你们家的紧急事件处理好了吗？一切都还好吗？"

"差不多处理好了。"我向她保证，"可是你也知道家庭伦理剧就是这样的，永远没有演完的一天。"

葵丝蒂大笑，这一定表示她多少算是原谅我了。"噢，可不是吗！"她这话说得意味深长。

我一挂上电话，就赶紧检查电子信箱，快速浏览满坑满谷的信。其中至少有十封来自马凯艺廊，我赶紧把这些信一封封打开来。看到广播专访的那张表时，我哀号了一声。共有四个专访，头一个就在一小时后。我冲进浴室冲澡。

吹干头发时，我在心中感谢艾登强迫我买一套专访用的服装，匆匆套上就往门口走。我的手机响起来，我一面奔跑下楼，一面把手机按在耳朵上。

"他们在地下室弄了某种超音波还是声波还是声纳之类的仪器。"瑞克说。

"你想这是不是表示爱莲娜被我说服了？还是鉴定师判定《沐浴后II》是赝品了？那些仪器一定很贵。"

他欲言又止。"恐怕不是……"

这语气令我担忧，我问："你知道什么消息？"

"没有消息。"他赶紧说，"什么消息都没有，真的，他们把我排除在决策圈外。我只能说，我真希望他们会找到原画。"

"我也是。"我一面说，一面伸手拦计程车。

"你现在在做什么？"

"接下来七小时要赶四场专访。"

"你把手机调振动，我一有什么消息就打电话给你。"

"你真是个好王子。"

"我还以为我是女王咧！"他大笑，然后挂上电话。

我受访中的表现比预期要好，八成是由于我心不在焉的缘故。我一直巴巴等着电话振动，对于嘉纳美术馆内部状况以及艾登未来命运的忧虑远比对于自己说了什么更关注。我担忧媒体会套我的话，骗我谈起《四度空间》或艾登，事实证明我根本是庸人自扰。都是些老套、和善的问题，谁也没谈起《四度空间》，也只有一个访问者顺道提起了艾登陷入的"麻烦"。

从剑桥①搭乘红线地铁回家时，我第 N 次拿起手机检查有没有未接来电。前一次检查才不过是两分钟前，但情况毫无变化，瑞克还是没有来电，不知为何，我有不祥的预感。

我挂在一个车顶吊环上，四面八方都被陌生人的躯体挤压着，他们热烘烘的体温和难闻的体臭熏得我透不过气，唯一值得安慰的就是我绝对摔不倒。这辆列车闷热拥挤，人人都用厚重大衣把身体裹得鼓鼓胀胀。辛苦忙碌了一天，回家前还要接受这最后一场没尊严的折磨，大伙儿全都一肚子恼，我也是。

列车从漆黑的地底钻出，爬上朗费罗桥，整座城市赫然活力焕发起来。光闪闪的玻璃帷幕高楼照明洒满天际，州政府大楼的圆顶散放着金黄色光芒，人行道上穿着五颜六色大衣的行人川流不息，在斯多若快道上绕行的车辆在光秃秃的行道树间隙眨眼。即使我生活中的一切都在土崩瓦解的边缘，看到城市的景色如此优美又朝气蓬勃且生意盎然，依旧

---

① 美国麻省的剑桥（Cambridge），位于波士顿北方，为哈佛大学及麻省理工学院的所在地。

使我浑身涌起一股愉悦。

说不定瑞克没有来电是因为此刻他们正在凿墙。说不定他已经撬开那个房间、找到那幅画了。说不定艾登会带着完好无缺的手指出来，不是保释，而是无罪开释。说不定一切都会在我个展开幕之前解决，说不定我的展览会大获成功，我和艾登会不惜巨资到巴黎庆功。也说不定我只是异想天开。

瑞克直到晚上九点才来电，当时我搜寻伦戴尔遗族一整晚——就连摩门教设立的族谱网站也没有资料——已经放弃希望，倒在沙发上呼呼大睡了。我摸索着电话。

"我没有消息，小莱。"他说，"联邦调查局不准嘉纳美术馆的警卫跟他们一起下去。"

"所以谁也不知道现在怎样了吗？"

"知道的人都不肯讲。不过我笃定明天会有消息走漏，我一听到什么风声就会尽快告诉你，不用担心。"

我扑倒在床上，凝视着没有拉上窗帘的黑暗窗户，想寻求慰藉，而唯一映入眼帘的却是我自己模糊的倒影。

又过了一个辗转难眠的夜晚，看到雪白而水汪汪的十二月晨光漾在玻璃窗外，我感到欣慰。不幸的是，这个时间去马凯艺廊太早了，于是我在画室里闲晃，狂灌一杯又一杯咖啡。我试图收看新闻、接收电子邮件、搜寻伦戴尔家族后人，甚至收看回放的《宋飞正传》，却全都无法专心。我无法画画，无法打电话给任何人。没有艾登在身边令我心痛。

终于爬上通往马凯艺廊的阶梯时，我发现前一档展览已经撤下，墙壁空荡荡，像等着盛装新内容的空容器。虽然门没有锁，但艺廊今明两天却要休馆，以便重新布置展场来展出我的窗户系列。

湘朵和葵丝蒂都已经来到了，正把画一幅一幅靠墙摆放。这两人今天的穿着比平时轻松舒适，但依旧时髦得过火。葵丝蒂足蹬低价位的

UGG雪靴，但左边那只顶端别了个特大的人造珠宝胸针，身上则是鲜黄色迷你短裤搭配同款紧身衣。湘朵的UGG雪靴较为高档，搭配菱形花纹的红色网状丝袜，上身是件既像披风又像洋装的东西，露肩且左右严重不对称。我则身穿沾满颜料的连身工作服。不过我是画家嘛！

她俩热情招呼我。所有的画作都倚墙排列后，我们站在画廊正中央观看。

"我们一致认为《夜车》应该挂在凸窗口，你说呢？"葵丝蒂问。

我想起艾登头一次见到这幅画的模样，想起他当时多么激赏这幅画，曾说这幅画应该挂在窗口。我也想起那天下午他多么体贴温柔又英俊挺拔。我想起他夜里用来搂住我的温暖臂膀，我多么希望他出狱，多么希望他在这里。

我猜想葵丝蒂和湘朵也希望他在这里，但我们那假装艾登不过是外出一会儿的默契依旧存在，因此我没有提到这也是艾登的第一反应，而仅是说："我觉得不错。"

湘朵附和："我也觉得不错。"

"解决一个。"葵丝蒂拿起那幅画，靠在面对人行道的矮墙上。我们回头面对其余的十九幅画时，我出乎自己的意料，冲口而出："我们可以现在就挂起来吗？"两人都以困惑的表情望着我。

"我是说《夜车》。我也不知道啦，我只是想看看它挂在那里的样子。"我不好意思起来，"只是想看看挂起来的样子啦，说不定效果并不好。"

虽然这两人至少小我五岁以上，但她俩对着我微笑的模样看起来却像是面对着一个满怀热切渴望的小孩。"当然没问题。"葵丝蒂抓起一把榔头和一座折叠梯说，"这点子不错。"

在邻街的凸窗挂起《夜车》后，我目瞪口呆地望着这幅画。葵丝蒂走到门边去感受这幅画给进门访客制造的印象，湘朵则走到最靠近凸窗的角落，试试从那个方向望过去的效果。

我走到门外去，从人行道观看。我搂住自己的身子，感觉既热又冷。我发现《夜车》从远方望去比近处更美。这是我画的，人们会体认到我也有自己的作品，世人眼中的我将不再只是号称自己画了《四度空间》的那个女人，或者，如果事情发展顺利的话，是那个复制了德加最后一幅《沐浴后》的女人。我会是克莱尔·洛斯，是我自己，是个货真价实的画家、艺术家。

湘朵走下阶梯，把我的外套递给我，我满怀感激地穿上外套。她端详着那幅画。"好美。"她说，"好有震撼力。"她拥抱我，"我知道你不希望是这样的情境，克莱尔。"她打破了我们的默契，"但这幅画不靠外力协助也自有它的吸引力，是一幅很棒的作品，你应该要很自豪，马凯一定也会以你为荣，他真的以你为荣。"

两行热泪滚下我的脸庞，我用大衣袖口擦掉。"对不起，我只是太快乐了，也太悲伤了。"这些天来我一天似乎至少哭两次。

"好了啦，爱哭鬼。"湘朵用一条手臂搂住我的肩膀，"不准退缩哦，我们还有一整个展览的画要挂。"

接下来的几个小时，我们三个完全沉浸在对这场展览的共同愿景中。我们整理这许多画，在地板上移动，排列，挂起，又拿开，重排位置。要高低参差呢，还是要全部一样高度？要根据主题还是颜色来分类呢？我们调整灯光，调整画的位置，爬上梯子，或蹲伏在地板上，站得老远，或凑得老近。这工作对体力、精神及脑力的消耗都非常大。这阵子以来，我头一次什么别的事也不想。

手机响起时，我无意识地把手机凑上耳朵。

"有好消息，也有坏消息。"瑞克说，"超音波找到了一个看起来和蓝图上那个很像的房间，而且里头好像有东西。"

"坏消息呢？"

"坏消息是那里的空间狭窄又塞满杂物，大型机具下不去，所以打通那面墙要花点时间。"

"花点时间是指多久？"我追问。

"还不知道，可能几天或几星期吧。"

我就知道不会太快，可是艾登等不了这么久。

第四十五章

我离开画廊时还不到三点，但天色已经昏暗，今年冬天的第一场大雪来势汹汹。气象预报降雪量可能会达到六英寸。才十二月初就下这样的雪，对这一整季的气候来说不是好兆头。我的雪衣塞在衣橱深处，但我拒绝接受天气变坏的事实，所以不想找。小小的刺骨雪花冻伤我的脸颊，我想着，是该面对冬天已来的现实了，也说不定明天天气会转暖，我就没有必要面对冬天了。

虽然气候严寒，但在东柏克莱街转上哈里森大道的转角处，我还是停下了脚步。是什么事情引发了下层地下室的活动，促使爱莲娜惊呼，导致他们决定动用超音波仪器，目前状况还不明朗，但里昂探员虎视眈眈，所谓"以比较正式身份盘问"的未来很可能就在不远处。我知道上帝不会听我祈祷，但我还是祈祷了一番，鼓起勇气，硬着头皮踏上哈里森大道。里昂不见踪影，但我家大楼前停着一辆波士顿警局的警车。说不定上帝听见了我的祈祷。

我慢吞吞地沿街行走，心脏在耳朵里跳得轰轰隆隆。我的胃好像真的蹦上了喉头，我安慰自己，警车并没闪灯，门口也没有人荷枪实弹守候。和警车只差几步距离时，两名警官一男一女悠悠闲闲下车，没有摆出恫吓姿态，没有亮出武器，没有穿戴军事装束，只是冷冷地看着我走近。

女警官走上前来。"克莱尔·洛斯吗？"她问。

我发现我失去了说话能力，只有点点头。

"我是波士顿警局的法洛刑警。"她的自我介绍听来像是我们相识于鸡尾酒会。"这位是罗瑞贵兹警官。"

我看看其中一人，又看看另一人，仍然说不出话，这会儿连点头都失去动力。我的身体器官像是不属于我了，我隐约感觉自己没在呼吸。

刑警伸出手拍拍我的臂膀。"我们尽可能简化事情，不要给你太大压力。"

我想站直一些，却似乎动不了。

"居住于麻省波士顿哈里森大道一七三号的克莱尔·洛斯，"罗瑞贵兹警官说，"我们领有拘票，要拘提你到案。"他把一叠纸在我面前挥了挥，掏出一副手铐。

我开始哆嗦。

法洛摇摇头。"小罗，不用这样，她不会跑的。"她转向我，"你不会跑，对吧？"

"不会。"我终于小小声挤出话来，这是我对他们说的头两个字。

市警局在城市的另一个区域，与我的住处相隔好几英里，但我不大记得行车的过程，只记得开车的是罗瑞贵兹警官，法洛刑警坐在他身旁，只有我一个人坐在后座。后座的门没有把手。

法洛刑警和我坐在一间斗室里，这是在用煤渣砖砌成的一个大房间里沿墙排列的一整排小房间当中的一个。门上的牌子告诉我，我置身于"处理室"。他们正在处理我，因为我犯了罪，犯了重罪。

我的身子仍然抖个不停，但似乎比先前好得多。虽然我感觉空气进不了我的肺，但我显然没有停止呼吸，甚至还报得出姓名和地址。接着法洛刑警就向我宣读权利。

"我想要找律师。"我随即告诉她。我看过太多警匪片了，我知道这是我的权利。"能不能请你让我打电话给我的律师呢？"我说。礼多人不怪，说话客气一定不会有坏处。但是我当然没有律师，我唯一认识的刑事律师是在洁可酒吧认识的迈可·丹诺，他身兼艺术家和律师。我完全不知他能力强不强，反正也别无选择了。

法洛递给我一部手机，留我一个人在斗室里，但这房间门户洞开。

"克莱尔吗？"迈可的助理把电话转给他，他问，"怎么了？"

"我……我被捕了。"我压低声音说，"我不知道还可以找谁。"

"为什么被捕？"

"各种原因。"我不想说出罪名，欲言又止，"伪造、共谋欺诈、运输和贩卖赃物，我想是这样，可能还有一些别的，非法入侵吧。"

"好。"迈可说，"你要保持冷静，深呼吸，绝对不要情绪失控，保持镇定很重要。"

我试图深呼吸，却被啜泣打断。

"你在哪个派出所？"

"市警局总局。"我勉力说出话来，"他们好像要把我关起来，我……"

"听我说，克莱尔，"他的语气明快专业，我不大确定我真的是在和洁可酒吧的酒友说话。"第一要务是什么话也别说。无论对谁都一样，只能说你的名字和地址，其他什么都别说。不管他们跟你说什么，绝对不是在替你着想，他们不会协助你，他们不是你的朋友。别和任何人说话，我是说，除了跟律师以外，别和任何人说话。你重复一遍。"

"我，呃，你没来以前，我都不说话。"

"现在你说一次：'我的律师告诉我，除非他在场，否则我什么都不说。'"

我重复了两次，他才相信我记下来了。

"我一个小时内会到。"

"拜托快一点。"我恳求他，但他已经挂掉了。

法洛刑警用"处理程序"填满这一整个小时——拍大头照、印指纹、扫描我的犯罪记录、没收我的背包、搜身，幸好没做体腔检查。整个期间她的问题一个接一个，我一概拒绝回答。我每复述一次迈可教的台词，她那扮白脸的假面就衰减一分。最后，她把我关进一间囚室，这真是恐怖至极，这种事不应该发生，我不能被关，我还要帮艾登找那幅画。

法洛刑警告诉我，这是拘留室，但不重要，我在乎的是铁窗，一条条铁条从地板贯穿到天花板，把我和处理室隔在两侧，也把我和自由隔在两侧。整间囚室里大部分的空间被一块一体成型的塑胶占满，这块塑胶在其中一面墙旁是一张简易床的床架，到了另一面墙，则弯曲成似水槽又似马桶的东西。整套设备没有锐利边缘。如果我坐在床的底端，面向马桶，就可以不用看到铁窗。不看到铁窗，也就可以不看到那里少了什么——开门的把手。

我提醒自己，临摹画作并不犯法，临摹仿画更不能称得上是造假。我也不可能触犯运输或贩卖赃物罪。迈可一定有办法把我弄出去，他会来帮忙澄清误会，我就可以回家了。要不是还有共谋诈欺的问题，我几乎就要相信自己真的马上可以脱身了。

结果迈可在警局竟然名声响亮且颇受欢迎，这对刑事辩护律师来说不太寻常。他在法院人脉甚广，不到一个小时，就已经成功说服所有需要说服的人，让我具结释放，原因是我没有前科、有固定工作、一辈子都住在麻省，且不会对社会形成威胁。

他把车开出警局的停车场，我们往南端区驶去。我太过兴奋能够重获自由，压根儿没认真听他说话。"谢谢！"我一迭声地不断道谢，"谢谢你帮忙，你救了我一命！"

"克莱尔，你没专心听我说话。明天一早就要传讯你了，我们要演练一下。"

我认识迈可许多年了，但我从没认识真正的他。他对自己的艺术创作信心低落，同时由于他个头矮小，我必须承认，我以为他在人生的各方面都毫无自信。如今我发现他干起律师来不但意气风发，而且能力超群。他住在我画室附近的高档大楼，我早该猜出来才对。

"讯问之后会举行预审，这不是要判定你有没有罪，而是要评估证据足不足以提交大陪审团起诉。"他看了我一眼。"克莱尔，"他的语气严厉，"如果你不认真参与讨论，我就帮不了你。"

为了证明我有认真参与讨论，我说："预审，不是要判定有罪没罪。"

"那传讯是要做什么？"

我耸耸肩，心虚地笑笑。

"明天早上九点，"他听起来是极力耐着性子，"在波士顿市法院。法官会宣读你被起诉的罪名，你不要认罪，法官会确认你可以具结释放，然后确定预审日期。"

"不到一个小时就可以结束。"我终于想起一部分他刚才过的话。

迈可笑了。

"他们只是在吓唬我，对吧？"我问，"仿制画作不犯法，对不对？"

"仿制画作本身不犯法，重要的是你事后怎么处理那幅仿作，或是你和其他人计划要怎么处置它。重点是你知悉什么事，以及你意图做什么事。"

"艾登委托我复制一幅复制画，我根据他带给我的一幅属于他朋友的高品质《沐浴后》复制画，画在一张他给我的旧画布上。我完成后，他把两幅画都拿走了。"

迈可把一只手从方向盘举起来。"我暂时知道这样就够了。"

"可是你要知道……"

"我自己会决定我需要了解什么事。"迈可打断我。

我从警匪片中也得知这一点，律师都喜欢假定他们的当事人无罪。

"我真的是无辜的。"我说，"那幅画后来的去向跟我一点关系也没有，我根本不知道……"

"我们等传讯过后再来讨论细节。"他一面把车靠向我家大楼前方，一面说，"明天我不会对起诉罪名做任何抗辩，这样我们就会有几天的时间来讨论。预审时我们可以质疑证据的证明力，设法向法官证明检方的立论不够充分。所以我们要以预审为主战场。"

"你是说他们的证据不够多？"竟然会有好消息，我惊呼起来，"他们还没开始审判就会撤告了？"

他停下车，转头看我。"我没这么说。"他的语气严峻，"我说的是，要到预审时情况才会明朗。"

"噢。"我泄了气。

"但谁晓得呢？"他补充，"每个案子的情况都不一样，而且老实说，目前为止，我看到的证据都十分薄弱。"我的脸亮起来，他赶紧又举起一只手，"但这并不表示他们不会找到新的证据。我们只能静观其变，等个几天。现在你去……"

"等个几天？"我插嘴，"我们没有几天可以等。"

"……去好好睡一觉，尽可能别太忧虑。"他没听见似的继续说，"明天早上八点半，我在市法院的大厅跟你会合。金属探测门外面那里。"

"我真不知道要怎么感谢你。"我把手搭在他的肩上，"你真的……真的……真的是最棒的朋友！"

"波士顿市法院，行政中心区，新查顿街二十四号。"

"知道了。"我准备要下车，又转回头，"你想媒体会不会已经听到风声了？"

"逮捕和预审的资讯都是公开的。"迈可说，"和嘉纳美术馆抢案有关的任何事都有可能会引起媒体的注意。"

早晨醒来，我没有如往常那样打开电视或上网。"逮捕和预审的资讯都是公开的。"我还没有心理准备上新闻。我向来是那种什么都想知道的人，我会想知道自己身上是不是带有坏基因，如果可能的话，我甚至希望知道自己的死期。此刻我坐在这里，对我自己惹出来的新闻施行封锁管制，假装只要我不知道，那件事就不存在。

我给自己倒了一杯咖啡，检查手机有没有充满电，以备迈可会有事要联系我。电话铃声响起时，我正在喝第二杯咖啡。当时还不到七点，绝不可能是好事。看到来电的是葵丝蒂，我就知道真的大事不妙。

"他们封锁了马凯艺廊。"她没有开场白，劈头就这么说。

我用不着问"他们"指的是谁。

"克莱尔？你在听吗？"

"在听，在听。"我哑着嗓子说，"封锁的理由是什么？"

"他们将门上了锁。是联邦调查局。说什么不当挪用资金之类的。"

我闭上眼睛抵挡痛楚。

"你还好吗？"她顿了顿才又说，"经历了昨天那件事之后？"

所以消息已经传出去，大家都知道了。我不吃惊，只是害怕。"大概就是你预期的那样。"

"如果有什么我可以帮忙的，我是说我们可以帮忙的，就告诉我们。我和湘朵都很难过，他们这样真的……真的很不讲理。"

"谢谢你，葵丝蒂，谢谢你关心。"泪水滚下我的脸庞，"保持联络。"

我一放下电话，电话就又响了。是迈可，他已经进办公室上班了。

"嗨！"我极力装出快活的语气。

"我去接你。"他说，"我八点到你家门前。"

"不用这么麻烦。"我心里想，这男人真体贴，"谢谢，但我搭地铁就好了，没问题的。"

"媒体很多，我不想让你一个人走进去。"

我花了点时间消化这个讯息。

"克莱尔？"

"我在人行道上等你。"

换衣服时，我提醒自己，我没坐牢，没被关在小囚室里，艾登至少还有几天的时间，迈可说我们一个小时就可以出来，我还有一整天可以用。

走上人行道时，亮光刺得我眼睛不断眨巴。地面积了大约四英寸的雪。天空晴朗蔚蓝，每一个平面都反射着亮闪闪的阳光，很难相信昨天我还在灰蒙蒙且凛冽刺骨的大雪中行走。今天感觉比昨天安静、美丽，不像昨天那样泥沙处处，天气酷寒无比。才不过这样短的时间，却有了这样大的变化。我闭上眼睛闪避强光，竖起领子抵挡寒风，想起看到《夜车》悬挂在马凯艺廊橱窗时心中的欢悦，那也才不过是昨天的事。

汽车喇叭声打断我的浮想联翩。来的人当然是迈可，他的表情严肃。

"他们知道什么？"我一跨进车门就这么问。

他没问我为什么不知道最新消息，只面露一种会心的同情看着我。"他们知道你被捕，今天要传讯。昨天我们在市警局的时候，嘉纳美术馆发布公告，说他们手上那幅《沐浴后》是赝品。到了晚上，所有主要媒体都在播报马凯艺廊被联邦政府查封。"

正式承认是赝品了，这样嘉纳美术馆就会更急着要找出原画来，这是一线希望，但同时也会使里昂对我更加怀疑。

"是真的吗？"迈可问，"我是说马凯艺廊的事？"

点头是我唯一能做的回应。

"真遗憾，克莱尔！"他拍拍我的膝头，"运气太背了！"

我低头注视自己的手。

"还有一件事……"

我闭上眼睛。"什么事？"

"不是什么严重的事，只是我们的法官。负责审理的是左德凌法官。在公开场合，她被人称为巫婆，在私下的场合，则被冠上更不雅的封号。"

"这有关系吗？你不是说传讯很好应付？"

"是很好应付，只要检察官不要求重新检视你具结释放的状态就好。"

我的胃猛然向下俯冲。"他们有可能再把我抓回去关吗？"

"通常不会。"他安慰我。

我观察他的表情。我很想相信他，死命地想相信他，但我无法肯定他说的是真话，还是在安抚我。

"现在最重要的任务是走进法庭。"迈可继续向前驶，"场面会有点混乱，所以我才想陪着你。我们要从法院大厅的楼梯走上去，会有警察帮我们开路，但还是会有记者对着你大声发问、用麦克风堵你、朝着你拍照。你应付得来吗？"

"我有过经验，记得吗？"我的语气比我实际的感觉强硬得多。

他把眼光从前方道路转过来。"差得远了。"

我扬起下巴。"我应付得来。"

他端详我的脸，想分辨我说的是不是实话，最后决定不再追究，只说："我的一位同事会在那里跟我们会合，她叫爱玛，爱玛·耶尔斯。我和她会分别站在你的左右两侧，你的眼睛要直视前方，不要和任何人做眼神的接触，要一直向前走。什么话也别说，跟谁都不能说，不管他们对你说什么，也不管他们把你惹得多火大，都不要说话，知道了吗？"

"知道了。"可恶！

"如果发生什么状况，我和爱玛会处理。不过应该不会发生什么状况。"

"他们干吗把这件事炒成这么大条？"我这么问，心中但愿迈可会告诉我其实事情没有这么大条。"好像炒作过度了嘛，对不对？"

"十二月是新闻淡季。"他这么回答，"而且你是个有过不良记录的美丽女子，这说起来算是幸运，也是不幸。"

第四十六章

　　迈可把车停在法院后方的停车场，我们坐在车里，开着强力暖气。我们到早了，正在等待爱玛出现。当我接受媒体铜人阵试炼时，她会护卫我的左翼。

　　"就像我先前说的，"迈可向我说明，"传讯不过就是行礼如仪，只是个起始步骤，有点像是跟医生约时间，而不是正式开始体检。"

　　"所以说，到预审之前都还不需要脱衣服咯？"我问。

　　迈可笑了。"差不多就是这样。我没听过别人这样形容的，但没错，就是这个意思。"他对我咧嘴笑笑。"很高兴你的幽默感还完好无缺。有这东西在手边很有用。"

　　有人在敲窗户。

　　迈可攀下车。"爱玛。"他一面说，一面笑嘻嘻地用两只手和爱玛握手。

　　我跟着下车，迈可介绍我俩认识。爱玛健壮黝黑，浑身上下都散发着"你敢惹我试试看"的气息，我很高兴有这样一个人在身旁。

　　我们静静沿着法院大楼的侧面行走，转弯时，我戛然停下脚步。迈可和爱玛一人拽住我一条手臂，催促我向前，但我不动如山。

　　"还是咬着牙挺过去吧，"迈可说，"早死早超生。"

　　"有我们保护你。"爱玛捏了捏我的手臂。

我的脚黏死在人行道上了。十几个文字记者、平面摄影记者、网媒摄影记者，以及喽啰跟班们，聚集在门前阶梯的两侧，警察用黄色布条把他们隔挡在外，有几名警员部署在重要位置，街道上散乱停放着许多厢型车，车上有醒目的图样，车顶有盘状卫星天线。我告诉迈可我有经验，迈可说："差得远了。"他完全不是在说笑。

"深呼吸三下，"迈可说，"然后我们就进去。"

我照做了，不知不觉中，我已经来到阶梯底端，开始攀爬。迈可和爱玛举起手肘，肆无忌惮地左右开弓。虽然阳光耀眼，镁光灯仍然在我的视角闪烁。说话声从四面八方铺天盖地而来。

"其他的画到哪里去了？"

"抢案是谁主使的？"

"那些画目前安全吗？有没有遭到损毁？"

"画了一幅高明到足以骗过嘉纳美术馆的画，感觉怎么样？"

"这是不是表示你不是冒牌货？"

我在其中一阶跟跄了一下，但迈可和爱玛紧紧撑住我。"继续往前走，克莱尔。"迈可低声说，"就快到了。"

但根本还没快到，我们连四分之一都还没走到。

"原画在哪里？是在艾登·马凯的手上吗？"

"白毛·巴尔杰怎样了呢？他入狱后你有没有跟他联系过？"

如果我不是吓得如惊弓之鸟，听到这问题我真的会扑哧笑出来。这些人以为我的人脉多广啊？

"克莱尔，"有个女人用和善的语气唤我，"你认为他们在嘉纳美术馆的地下室会找到什么？"

我转头对她说："德加的真迹。"

她把麦克风凑向我，"是谁把画放在那儿的？"

我还没来得及回答，迈可一把把我拽开。"我叫你什么话也别说的。"他压低嗓子咆哮。

"可是这样对我们有利啊，"我辩驳，"找到原画的话，我们就可以脱困了。"

"闭上你的嘴才对我们最有利！"

他的语气和用词把我惊得目瞪口呆，我只得闭上了狗嘴。洁可酒吧的迈可，从不大声说话的迈可，言谈永远文雅、待人彬彬有礼的迈可。我瞪着自己的脚，一步步向上攀爬。

终于踏进法院大门，迈可指着最左边那座金属探测门说："我们进去之后再碰头。"他的口气听来像是在对一个把他惹火了的淘气小孩说话。就我看来，这形容也蛮贴切的。

"对不起！"一做完金属扫描，我就说，"是我不对。"

但他并没有如我预期地笑笑原谅我，而是向我投以尖锐的眼神，说："你必须认识到，我们现在不是朋友了，至少在现在的情况下不是。我是你的律师，你是我的当事人，这个法庭里，他们会称你为被告。你每件事都要听我的才行，一样也不可以违背。如果你不喜欢我提供的建言，就该考虑另请高明。"

"洛斯女士，"左德凌法官透过玳瑁框的眼镜看我，语气严厉地说，"你被麻省检方起诉了四项罪名，我会一项一项宣读给你听，你则回答你的主张，认罪还是不认罪，这样清楚吗？"

我往检察官瞥了一眼，他坐在另一侧的桌前。我又望望迈可，他坐在我身边。

迈可点点头。

"伪造罪。"

迈可要我说"不认罪"，其他什么也别说。他要我直视法官的双眼，想着我有多么清白无辜。我本来很有把握，这有什么难？但如今我低头瞪视自己哆嗦的双手，热潮涌上脸颊。我口干舌燥，什么话也说不出。我看起来想必一塌糊涂，一脸就是有罪的模样。

"伪造罪。"这回她提高了嗓门，语气也更严厉了。

"不认罪。"我说，但说出口的话轻声得像耳语。

"说话请大声一点，洛斯女士。"

我把两手勾在背后，想制止它们颤抖，却徒劳无功。"不认罪。"

"运输赃物。"

"不认罪。"我挺起肩膀，直视法官。

迈可歪过身来。"很好，好多了。"

"贩卖赃物。"

"不认罪。"罪名一个比一个荒唐，我的嗓门也大了起来。

"共谋欺诈。"

我用尽全力和法官保持着眼神的接触，好让她知道我并不害怕这项起诉。"不认罪。"

左德凌法官看看我，又看看面前的文件，阅读了几个卷宗，皱起眉来，转头面向正在整理桌上卷宗的检察官。

"奥登先生，你有什么要补充的吗？"

"有的，庭上。"奥登右手捧着一叠资料，跨上前去。他年纪不大，稀疏的头发却已退到耳后，身材肥嘟嘟，肤色苍白，看起来像条鱼。我立刻就对这人起了反感。

"检方认为洛斯女士可能危害本州居民，并且有逃亡之虞。"他说，"本席申请撤销原具结释放裁定，改以十万美元交保。"

我猛扯迈可的手臂。"要回牢里？"我只说得出不成句子的零碎字眼。

"不要紧张。"他轻声说，但他和爱玛交换的眼神看来却十分紧张。

"可是十万美金？"我对着他的耳朵用气音说，"我没有十万美金。"

"奥登先生，你依据什么理由提出申请？"

"洛斯女士已经承认制作了一幅爱德加·德加的复制画，那幅画在一九九〇年嘉纳美术馆的抢案中遭窃。洛斯女士复制得惟妙惟肖，因此专家认定她应该是依据抢案中遭窃的原画临摹。这表示她与抢匪有直接的联系及共谋关系，因此她有可能会危害麻省社会，并且有逃亡之虞。"

我简直不能相信我听见了什么。这是我最恐怖的梦魇，是这件事最糟糕的结果。

"请容我发言，庭上。"迈可说。法官准许他发言后，他说："检方声称洛斯女士手上持有被窃的德加画作，这种论调毫无根据。非但没有证据可以证明画在她手中，也没有人证可以证实。那幅画已经有二十多年都没有人看到过了。"

"奥登先生，你能就你的主张提出证据吗？"

"庭上，我们还有另一项考虑。洛斯女士承认伪造了一幅画，那幅画是在阿绍科·帕特尔手上找到的，这人有交易艺术品赃物的嫌疑。现在我们也确知该画原本是在洛斯女士的手中，而后却到了帕特尔的手中。这么一来，我们就可以合理推论洛斯女士也涉及了非法交易。有趣的是，洛斯女士本人的创作目前正在纽伯瑞街的马凯艺廊展出，而马凯艺廊的负责人艾登·马凯日前才因为贩售这幅画给帕特尔而被捕。这几件事的巧合程度就和这几个罪案所牵涉的利益一样庞大，洛斯女士所能取得的大笔钞票绝对是个风险因素。"

"本席再次强调，"迈可说，"没有证据能证明洛斯女士涉及了艺术品的窃盗与交易。检方的推论完全是循环论证，这种推论是谬误的。没有证据证明马凯先生真的犯了他被起诉的罪状，也绝对没有证据证明洛斯女士参与了马凯先生的交易。难道马凯艺廊所代理的所有艺术家都该抓起来关吗？这完全是检方一厢情愿的……"

"看来你非常有把握，但我没有你这么肯定。"左德凌打断他，"洛斯女士的确承认绘制了那幅伪画，而就在她声称自己完成该画的时间之后不久，联邦调查局立刻扣押了那幅画。这其中的确可能有所关联。"

"洛斯女士从未承认绘制伪画。"迈可反驳,"她只承认画了一幅仿画的仿画。这是有差别的,这个差别使奥登先生的论点成为假设性论点。"

"继续说。"法官说。

"联邦调查局之所以扣押那幅画,"迈可继续说,"是因为当局假定那幅画是德加的真迹,是被窃的旷世巨作。如今当局已经认定那幅画不是旷世巨作,不是德加真迹,也不曾被窃。假使从一开始便知那幅画是由克莱尔·洛斯所绘的仿画,这幅画就不会被扣押,因为贩卖、持有或疑似交易而被捕入狱的人也就不会被捕,洛斯女士也不会。"

"丹诺先生说的并非事实,"奥登插嘴,"即使是事实,检方认为此案与牵涉到数百万美元的嘉纳美术馆重大劫案有所关联,我们有必要保全任何与此劫案相关的证物。"

"庭上,我虽然不是宪法律师,"迈可说,"但检方的论点就我听来有违宪的疑虑。"

"没错,丹诺先生。"法官说,"你的确不是宪法律师。"

爱玛搂住我的后腰。"事情没有表面听起来那么糟。"她轻声说。可我确信就是这么糟。

左德凌再度细细端详眼前的卷宗。"奥登先生,这里的警方笔录完备吗?"

"目前为止是的,庭上。但当然还有更多证据尚待补齐。"

左德凌看着笔录,皱起了眉,然后抬起头,绷着脸一一瞪视我们每一个人。"这已经是你提出的最有力论点了吗,奥登先生?你已经提出所有的证据了吗?"

"目前是的,庭上。"

我倒在爱玛身上,闭上眼睛。

"申请驳回。"法官终于发话,"洛斯女士的具结释放维持原判。"

我还没来得及对这项判决做出反应,迈可又说话了:"庭上,本席要口头申请终结诉讼。"

左德凌法官扬起一边的眉毛，"丹诺先生，你是说全部的罪名吗？"

"是的，您也听奥登先生说了，他提出的已经是最有力的论点了。我基于没有证据可以提交给大陪审团，申请终结诉讼。"

"这申请有意思。"爱玛轻声说。

"没有哪个证据？"左德凌问。

迈可清清喉咙。"根据逮捕报告，没有证据显示洛斯女士和任何赃物有过接触，没有证据显示她与任何已知的罪犯有所联系，没有证据显示她运输了这些她并不持有的赃物，也没有证据显示她贩卖了这些她并不持有的赃物。是的，她的确承认联邦调查局所扣押的那幅画是她画的，但就我记忆所及，仿制画作并不犯法。事实上，洛斯女士是复制网的员工，她原本就靠仿制画作为生。"

他继续说："因此，无论对于伪造，或是持有、贩卖、运输赃物，检方都没有证据。更何况，他们也没有证据证明洛斯女士涉入了任何一宗诈骗案。坦白说，庭上，根本没有证据显示这其中有诈骗情节。阿绍科·帕特尔、艾登·马凯以及我的当事人，三方说法全都吻合，即洛斯女士是根据一幅仿制画仿制了另一幅仿制画。这个行为并不犯法。"

"庭上，"奥登先生强调，"三位被捕人士的说辞相同并不代表其中一位可以获释。"

"好了，够了。"左德凌说，"我当法官这么多年以来，从没看过内容如此薄弱的逮捕报告。"她用手指轻敲那份笔录，"我怀疑如果不是警方办事不力，那就是在作秀，故意制造话题。"

我看着迈可和爱玛，他俩笔直注视前方，脸上毫无表情。

"牛肉在哪里，奥登先生？"奥登先生一脸茫然，法官大笑，"你可能太年轻了，不知道这句话的典故，但意思总该明白吧？"

"庭上，我……"

"不用说了，奥登先生。"

"是的，庭上。"

左德凌转向我，"我无法完全了解这件事牵涉到了什么状况，也不清楚你在这几项罪名上是无辜还是有罪，但我看得出来，检方所搜集到的证据，即使从最宽容的角度来说，也是非常薄弱。"

迈可握起我的手，捏了一下。我有没有理解错误？看起来好像要发生的事真的会发生吗？我不敢想，但看起来我好像终于可以松一口气了。

法官对着迈可和奥登皱眉。"奥登先生，我建议你尽快去补齐你承诺要补齐的'更多证据'，否则你丢脸丢大了。至于丹诺先生，像你这样明白事理的人，应该知道不要在我的法庭里耍这种花招。"

她望向我时，紧蹙的眉头稍微舒缓了些。"很抱歉，洛斯女士，传讯庭不适合做这种决定。"她敲下法槌，"申请驳回。被告依旧处于应被押而具结保释的状态。预审将于下周一上午八点召开。"

第四十七章

　　我没接受迈可送我回家的提议，也没有搭乘捷运，而是从法院走路回家。我需要一点时间和空间，尤其需要新鲜冷空气，来消化过去这二十四小时里发生的一切。马凯艺廊关闭，我的个展取消，《沐浴后 II》正式被宣告为赝品。我看看表，昨天大约就是这个时间，我站在艺廊外的人行道观看《夜车》。六个小时后，我置身一间囚室。如今，我自由行走。多少算是自由啦。

　　真是情势暴起暴落的一天！我仰望无云的湛蓝天空，深吸一口凛冽的空气，对朝我走来的人微笑。无可否认，这在含蓄拘谨的波士顿是奇怪的行为。迈可说法官一定是开始服用抗忧郁药了，因为她非常好心地让我们从法院后门出去，骗过了媒体。那些记者可能至今仍在前门阶梯两旁望穿秋水。想到这画面，我哈哈大笑起来，一面笑，一面穿越行政中心前方宽阔而丑陋的砖砌路面。

　　前往下城十字①的路上，我盘算着下一步的计划。去看艾登，问问他知道些什么。打电话给瑞克，问问他知道些什么。打电话给桑德拉·史东翰，问问她知不知道维吉尔·伦戴尔的中间名字，我或许可以追查出他母亲那方的家族后人。也可以想个办法潜入嘉纳美术馆的地下

_____

① Downtown Crossing，波士顿的购物区，商店百货林立。

室，评估他们的进度如何，看看艾登有没有希望保住手指。

我递了张一元纸钞给一个女人，她蹲在空店面门前露台摇晃一只甜甜圈店纸杯，对一个在婴儿车里尖声嚷着"嗨！嗨！嗨！"的小小孩挥手，还替一只被拴着皮带却死命挣扎想靠近我的可卡狗抓抓头。我不是傻瓜，我知道情况很糟，但还不是最糟，我非要好好享受这无可否认的小小胜利不可。如果我在这场经验中学到了什么，那就是事情有时会在转瞬之间风云变色，我可不想事后后悔没把握住愉快的当下。

我的电话就像是要佐证我的看法似的响了起来。是里昂探员，他想过来和我谈谈。

"很抱歉，"我说，"我的律师交代，没有他在场，我什么话也不能说。"

"没那个必要。"里昂的语气和善温暖，"我没有理由逮捕你。坦白说，我觉得波士顿警方有点操之过急了，是你的朋友爱莲娜·沃德催促他们的。我只是想告诉你这案子的最新发展，还有就维吉尔·伦戴尔的素描本以及地下室藏有画的想法来和你做做脑力激荡。"

我迟疑了。听起来的确是无伤大雅，但我想起我在法院外的阶梯上对那个记者说话时，迈可有多生气。"我的律师交代我，没有他在场，我什么话也不能说。"

"啊，"他说，"没有律师就行使缄默权是吧？"

"我不是傻瓜。"

里昂噗哧一笑，"不，你不是傻瓜，而是很有天分的画家。"我没有回应，他继续说："我今天早上从马凯艺廊外面经过。我对艺术不在行，但你那幅挂在正面窗口的画很令我感动，非常有震撼力，色彩令人惊艳。"

他的称赞使我起了好感，《夜车》仍挂在凸窗的消息也令我心头暖洋洋，但我还是尽可能以冷静的语调说："谄媚也没有用。"

他再度噗哧一笑，"这样吧，你给我律师的名字和电话，我打电话跟他约个时间。今天下午晚一点你会有空吗？"

迈可的事务所位于三十四楼，俯瞰海港。走进办公室，看见这视野，我忽然想起我和迈可从未讨论过费用问题，显然我一定付不起，尤其是我的个展又取消了。但我前脚才走进去，里昂后脚就跟着来了，这种问题实在不适合在联邦探员面前谈。

花了几分钟喝咖啡寒暄后，迈可清清喉咙。"里昂探员，我们先建立一下共识。如我在电话里告诉你的，今天上午在洛斯女士的传讯庭上，法官警告检察官，他没有足够的证据可以提交大陪审团，还暗示这么少的证据，可能连逮捕的正当性都不足。"

里昂举起双手。"我们的目标在于找出失踪的画，把偷画的人绳之以法，"他对我笑笑，"不在于骚扰一个卖力谋生的小姐。我来是因为我需要她的帮助，不是因为她是嫌犯。"

迈可的表情看不出是喜是怒。"你要她怎样帮你？"

里昂打开公事包，掏出我的《爱德加·德加：素描与草图，一八七五－一九〇〇》，以及维吉尔·伦戴尔的速写簿，放在我们座椅间的桌上，敲敲速写簿的封面。"我只是想弄清楚这里面的素描告诉了我们什么。如果你们不介意的话，我先说明一下这项调查案目前的进度。"

他完全没等我们回答介意不介意，径自就往下说了。"下层地下室的墙壁后面绝对有某种柜子或房间，超音波仪器则证实房间里的确有东西。但至于是什么东西，则什么都有可能，一百年前营造工程所产生的垃圾也是有可能的。"

"也可能是一幅画。"我说。

"当然有这个可能，在我们进到里头之前，谁也说不准。何况很不幸的是，那一带空间太拥挤，开挖工作可能会花上一段时间。"

"几天内弄不完吗？"我一面问，一面想起葵丝蒂的短信："马凯要我告诉你只剩一周了。"而那已经是五天前的事了。

"为什么要这么久？"迈可问。

"墙很厚，而且我们不能使用大型机具。那房子是历史建筑，用早期的工法建造的，有承重的问题。更糟的是，那个鬼地方塞满了杂物，每样东西都要馆员先检查确认过后，才能搬动。有可能明天能完成，也可能要一周。"

"外人可以参观吗？"我问。

里昂似乎一头雾水。"你说在美术馆现场？"

"我保证不会干扰你们作业。"

"那里真的一团混乱，砂石灰尘很多，人也已经太多了。"

"我可以从上层地下室看，如果你们有什么疑问，我可以当场帮你们解答。"

里昂探员考虑了一番。"那可能会有帮助。"

"明天可以吗？"我问。

里昂递给我他的名片，表情像是别有意味似的。"来之前打个电话，确认一切没问题。"

"那太好了！"我接过名片，"谢了，我会打电话的。"

"里昂探员，"迈可说，"我不懂，找到这幅画为什么有助于寻找被窃的画？"

"这是个线索，有可能有帮助，也可能徒劳无功。"

迈可眼神尖锐地看他。"你们为一个小小的线索好像太大费周章了。"

里昂咧嘴一笑，"很高兴你了解我的工作！"

迈可再度以狐疑的眼神打量里昂，最后终于开口："可以让我看看那本素描本吗？"

里昂把素描本递给他，却对着我说："我们命令马凯的律师交出他带去给你临摹的那幅画。"他仔细观察我的反应。"我们这周内应该就会拿到了。"

"你从那幅画能得知什么？"我还在思索联邦调查局拿到维吉尔·伦戴尔的画对我们是有利还是不利时，迈可抢先发问。

"我们首先要做真伪鉴定。"里昂回答他，然后又转向我，"洛斯女士，这是我要请你帮忙的事项之一，我想一步一步来。你能不能详述一下你是用什么方法判断出你临摹的不是正本？"

我望着迈可。我们在电话里讨论过，我只能重述我曾经对里昂或爱莲娜说过的话，而且尽可能采用一样的措辞。迈可对我点点头，于是我努力回忆当初我是怎么说的。

才开始说到艾登带了幅复制画给我，里昂就插嘴："你先前说你从没想过这幅画会是被偷的那一幅，可是你的脑海总会稍稍闪过这样的想法吧？"他敲敲放在迈可桌上的素描本。"否则你怎么会去调查是不是有人伪造了德加的画呢？"

我努力装出漫不经心的语气。"我画我的复制画时，深入钻研细节中的细节，不禁纳闷这幅画的构图元素为什么和德加的其他画作不一致，于是我着手翻阅德加的草图，最后则找到了维吉尔·伦戴尔的草图。这和那幅画是不是嘉纳美术馆的画一点关系也没有，完全是两码子事。"

"所以说，"里昂问，"虽然你拿到的那幅画在各方面都和你从前在嘉纳美术馆看过许多次的那幅画一模一样，你却从没想过两幅画可能其实是同一幅？你的调查功力这么好，我很难相信你从没想过有这种可能性。"

"容我提醒你，里昂探员，"迈可平心静气地插嘴，"我的当事人是应你的要求来协助你的，她没有义务回答你的问题。"

"那当然，"里昂以同样平和的语气说，"我也非常感激她的合作。"他再度对我笑笑，然后望着迈可，"能不能请她告诉我，她确切采取了什么行动，来解开心中的疑惑？"

迈可对我点点头。

"首先，我想找出德加的《沐浴后》草图。"我指指迈可桌上的书，"在那本书还有其他几本书里找，但没有一幅草图看起来像我当时手上的那幅画。"

"那幅其实是复制画，而不是真正的原画。"

"是的，我是说复制画，但是我已经开始相信它所根据的蓝本不是德加的真迹。"我极力想保持冷静，嗓音却还是愈提愈高。

"这许多年来，看过这幅画的有几千人，甚至可能有几百万人，这些人全没想到过这一点？"里昂问。

"我告诉过你，人看事情会被自己的成见蒙蔽，即使是专家也一样。"

"可是你不会。"

"够了！"迈可厉声呵斥，并且站起来，"我的当事人没有嫌疑，也没有做不该做的事，我不允许你这样骚扰她。今天的会面就到此为止。"

"你是什么意思？"我瞪着里昂，"你是说，那幅画是德加真迹，我只是在瞎掰？我干吗要……"

迈可用手紧紧扣住我的肩膀。

"不管那幅复制画画得有多好，"里昂说，"你竟然能从一幅复制画看出这么重大的端倪，听起来很奇怪。"

迈可在电话上按了个按键。"我的助理会送你出去。"他说。

里昂从迈可桌上把两本书拿回去，感谢我们拨冗和他会面，然后就离开了。

他出去且关上门后，我鼓起勇气，准备接受迈可的怒骂。但我扬起头，却看见他站在窗边凝视港口。

"怎么回事呀？"我问，"他是不是抓到了我们什么把柄？"

"我不知道他有没有真的抓到什么'把柄'，"他从窗边转过身来，"但听起来他好像认为马凯带去给你的不是复制画，他认为你临摹的是原画。因此他推论你们两个应该知道原画在哪里，也知道马凯的画是从哪儿得来的。"

第四十八章

隔天早晨八点，瑞克打电话来。"看了今天的《环球报》吗？"

我的一颗心沉了下去。"我什么新闻都不看。"

"克莱尔，别幼稚了，是好消息，或者至少是个反讽。"

"我对于反讽向来不是太有兴趣。"

"你看完再打电话给我。"

我下楼来到我们小小的大厅。老实说，所谓大厅不过就是摆了几十个信箱的金属镶边立方体空间。有些艺术家手头较宽裕，不把画室当自己家，可能假日也懒得到画室来，因此周末常有多余的报纸到处散放。我从沾满厚厚泥土的地板拾起一份《环球报》，咒骂冬季带来的一片凌乱，然后快速浏览标题。伊朗局势，阿富汗现况，多彻斯特又发生凶杀案，有个勇敢的小女孩战胜癌症。瑞克说的是什么新闻啊？我把报纸翻过来，就在折痕之下，有一行小小的标题："民众炮轰联邦调查局要求解除马凯艺廊封锁以开放洛斯画展"。

我一面爬楼梯，一面阅读内文，在沙发上把内文读完，又重读一次。这是美梦成真，但同时也是恶梦成真。很显然，请愿民众强调，当马凯艺廊发出详载各幅画内容以及价格的宣传资料时，就等于和民众成立了预定销售的契约关系，然而联邦调查局阻挠了这层关系。所有受访的收藏家都声称他们的兴趣只在于我的窗户系列，强调艾登展开宣传后，他们就立即爱上我的作品，至于《四度空间》与《沐浴后》的丑闻则不重要。

但这谎言谁都看得穿，更别说是我。文章最后一段即指出，虽然大家嘴上不说，却人人都想要一幅"功力好到骗得过素有声望的艺术专家与全球顶尖美术馆之一（也或许是之二）的那个女人"的作品。

我回电给瑞克。

"他们觉得你棒透了。"我连"喂"都还没说出口，他就嚷，"觉得你的窗户系列棒透了……"

"他们觉得我的丑恶名声棒透了。"

"不只是因为那样，你知道不是。而且他们的说法好像是承认《四度空间》是你画的，媒体从来没有……"

"我什么也不知道，而且也不想谈。里昂说我今天早上可以到下层地下室去。"

"真的？"瑞克说，"他怎么会让你去？"

"我拜托他的。他说机具已经把水泥墙炸开了。"

"你什么时候跟他说上话的？"

我迟疑了一阵后说："昨天下午，在迈可的办公室。"

"他要干吗？"

"只是要告诉我们办案进度，还有要我帮忙解说伦戴尔的草图。"

瑞克沉默了一会儿，然后清清喉咙。

"不要去。"

"好啦，很高兴你的思考很正向，我晚点再打给你。"

我从桌上拿起里昂的名片。联邦调查局波士顿分局探员强纳森·里昂。我想起迈可的推论，他说里昂认为艾登给我临摹的画是原画，我思索了一下，断定别和这人相处比较明智。但我随即又想到，当他们敲破墙壁、打开那扇双扇门的时候，如果能在一旁观看，不知有多美妙。能够参与历史见证真版德加《沐浴后》，能够在第一时间得知艾登有救了，不知有多美妙。我按下里昂的电话号码。

尘土浓重，噪音震耳。一名警卫先在楼上交给我一顶安全帽、一副耳塞、一副外科口罩，而后里昂才带我下楼。我原觉得他们太小题大做了，此刻却很庆幸我身上配备有这三样东西。强烈的照明灯光射向下层地下室的开口处，两个男人手持可能是电钻的东西埋头苦干。但电钻不是往地下钻，而是水平对准了外墙上两个大洞的边缘。原本杂乱无章的废物，这会儿都整整齐齐摆放在上层地下室。

我跪在地上以便看个清楚，灰白色的尘土扑头扑脸而来，我的眉毛早已被一个世纪的湿气浸得水润。两个大洞直径大约各有三英尺，两个洞之间相隔的距离也约有三英尺，是厚实的墙面。尘土飞扬，我看不出洞有多深，但看来是贯穿了整座墙。根据里昂估计开挖到密室的时间来看，这两个洞比我预期中要来得大。

里昂探员向我挥挥手，于是我跟着他来到一个比较不会被电钻震得下巴都快断裂的角落。"我们拆墙的速度会比预期中快。"他提高嗓门嘶吼。

我拔掉耳塞，"什么？"

"美术馆人员把所有的杂物都清掉了，我们启用了一些新的机具，体积比较小，但有十倍的马力，直接穿透过去。"他用手比画出切割的动作。"像切奶油一样。"

我只听见其中的几个字，但约略掌握了概要。墙壁就快要打穿了。

他向我凑近些，对着我的耳朵嘶吼："可能今天就可以进入密室了。"

"今天？"我倚在一根覆满尘土的竿子上好支撑身体。赶得上艾登的时限了。

"我们会把午餐带进来吃，说不定晚餐也要。"他吼，"你要火鸡肉还是烤牛肉？"

七小时后，水泥墙张了个血盆大口，露出里面的双扇门。这时已经六点多，工人及电钻都收工回家了。我和里昂站在下层地下室，看着一名工友清扫门底部的最后一批碎屑。一整天都拒绝正视我、也拒绝和我说话的爱莲娜，带着一名手持摄录影机的女子，以及两名联邦探员，也在一旁观看。四下死寂，鸦雀无声。

这天的下午漫长而累人，我在凉爽的房间里挥汗如雨，但愿这个苦刑快些结束，我知道其他人也都这么期望。我们全都累坏了，但谁也不想离开。

工友用榔头敲打门上的锁头，锁头纹丝不动。他拿了个凿子来，劈砍把锁黏死的铁锈。一时间，我依稀又回到和艾登一同用凿子和榔头开箱的那个下午。潘朵拉的盒子。

工友和锁头缠斗了相当久的时间，爱莲娜在小小的空间里踱步，询问他需不需要协助，或是换好一点的工具。工友回答他该有的工具都有了，而这工作只能由单人进行。爱莲娜又踱了些步子，问了同样的问题，得到同样的回答。

最后，在凿钻与敲打中，锁头终于噼啪开启。里昂和另两名探员钻过大洞，齐心协力把门使劲拉开。

三个人站在敞开的门口，一阵沉默，他们的头和肩膀挡住了我们的视野。

"怎样了？"爱莲娜问，"有没有呢？"

我想说话，却什么声音也发不出。

男人们彼此互望一眼，然后各自散开到房间的角落。

这下换我们一语不发站着发愣了。除了少许石头和成堆的尘土外，这房间空空如也。

第四十九章

昨晚离开美术馆时，里昂告诉我，我已经正式成为他们锁定的嘉纳美术馆抢案关系人了，他声称我编造密室藏画的"骗局"来转移焦点，声东击西。迈可也证实了这消息，他打电话告诉我，里昂探员要求我今天下午四点在他的办公室会面，且"务必到场"。他还顺便提醒我下周一上午八点要预审。这么说好像我竟有可能会忘记似的。

我搞砸了，不但没能拯救艾登，还把自己拖下水，让许多对我充满期许的人大失所望，还害所有爱好艺术的人因为再一次失去德加的《沐浴后》而伤心欲绝。天色仍早，我出发前往监狱。我要亲口告诉艾登这个坏消息，这是我最起码能做的事。

艾登毫不掩饰见到我有多开心，也没有叫我快走，而是焦急地观察着我的表情。

我们眼神交会时，我知道我们即将失去的比我和他想象中都更多。"我……很对不起。"我好不容易才低声说出话来。

他闭上了双眼。"你没找到那个赝品画家？原画也没半点线索？"

我只能摇头，我担心我一开口，就会哭出来。他已经够惨了，没必要再看我哭。

"我没打算要还回去。"我还没来得及叙述我的惨痛遭遇，他抢先发话。

这话说得完全没头没脑。"还什么？"

"还记得我告诉过你收藏家的心吗？我说过收藏家会鬼迷心窍，让占有欲凌驾理性，记得吗？"

我的脑中闪现桑德拉·史东翰说过的类似的话，一时间以为艾登指的是她，但这话也同样没头没脑。而后我才理解到，他说的是他自己。"你说《沐浴后》？"

"卖家委托我经销这幅画时，我当然认定这幅画是德加真迹，我相信他们也是这样认定的。就像我头一天告诉你的，我拒绝了，但后来我却开始想着这幅画，魂萦梦系朝思暮想，恨不得据为己有。我渴望拥有这幅画，比毕生中其他的任何东西都更渴望。想着德加的《沐浴后》成为我的收藏品，成为我最登峰造极的收藏。"

"登峰造极？"我复诵他的话，想理解他在说什么。

"起初我想不出要如何占有这幅画。"他低头看看自己的食指，玩弄缠在上面的胶带。"那些人可不是好惹的。"

我拼命努力想听懂他到底是要跟我说什么。"你就是那时决定来找我的？"我摇着头，像是要否认自己说的话。"你是说像伊莱·萨凯那样，分别出售真品和赝品？"

"我在《环球报》看到有关复制网的报道，就是刊登了你的照片以及把你称为德加专家的那一则。"

"你从来没喜欢过我的窗户系列。"震惊使得我声调平板。早上迈可打过电话之后，我以为事情已经糟到极点，不可能更糟了。

"不是，不是那样的，我那天只是去探一探，看看这个做法有没有可行性，然后我看到你替复制网画的德加仿画，又看到你出色的窗户系列，我就发现这个办法行得通。"

"你从没打算要把画还给嘉纳美术馆。"

他回避我的眼光。"我很确定如果我告诉你真话，你一定不会答应帮忙。"

"这你倒是猜对了。"

"我们开始交往之后，你画出来的成品那么惊人，我很想告诉你真相。可是我们处得那么好，在一起那么开心，"他清了清喉咙，"我怕会失去你，怕你不肯开画展。"

"那等我发现你不打算把画交还给嘉纳美术馆之后，你打算怎么办呢？拿枪杀了我吗？"

"当然不是。"他高嚷。一抹受伤的神色闪过他的脸庞。

这时我懂了，我终于看清这整件事情中阴森恐怖的算计。"你想要勒索我……你认为到时候我已经涉入太深，没办法说出去了……艾登！"我哽咽了，"你怎么想得出这种计谋？我们……我们这么……"

"我没想到我们会相爱，"他的声音里充斥着绝望，"这不在我的计划之内。但是和你恋爱后，我想，我但愿，我猜想，也许你会原谅我，也许我们可以一起享有那幅画。"

我的体内仿佛有个螺丝起子扭绞着我的肠胃，我身体的每一个部位都感受到愤怒与痛苦。我绝望地瞪着他。

"克莱尔，拜托不要那个脸……"

"所以说，你从头到尾都没对我说实话。"

他的眼里闪过一抹我从未见过的狡诈。"看来你好像也一样啊！"

我跌跌撞撞步出监狱，努力思索艾登的这番告白意味了什么。我无法相信，无法相信他的动机如此疯狂，也无法相信我竟从未质疑过他原始的说法。这个人情愿少一根指头，也不愿出售他收藏的任何一幅画。我知道他的这种性格，却从未猜到真相。

我是个冒牌货，他是个神经病，我们的困境都是罪有应得，说不定我们还是绝配，彼此都是对方的报应。但我绝对绝对不要和他在一起，我太生气了，气他，也气我自己，气到甚至哭不出来。这整件事都是谎言，他的谎言，我的谎言，我们的野心与狂妄。画家的疯狂与收藏家的痴迷旗鼓相当。

"一旦一件作品打进你的心坎，你就打死也不肯放手了。"桑德拉·史东翰是这么说的。她真是一语道破这种人的心态，简直就是在形容艾登这个人。我靠在监狱前侧的外墙上，闭起眼来抵挡心中涌现的一股强烈悲伤。

但我的眼睛猛然睁开。桑德拉形容的不是艾登，而是她自己！

我搭乘捷运到布鲁克来恩，按下桑德拉家的电铃。她穿着浴袍前来应门，头发蓬乱，看起来比平常消瘦许多。她没预期会有客人来。"克莱尔！"她一面惊呼，一面匆匆招呼我进门。"你怎么会这么一大早跑来？发生什么事了吗？"

我瞥一眼玄关对面的埃米莉雅肖像，强迫自己不准望向通往会客厅的双扇门，但我注意到了，那门一如往常关着，锁上挂着钥匙。"我是来道歉的。"我说，"我把事情搞砸了，我欺骗了你，而且不得不交出你的东西。"

"你在说什么呀？"

"我没有在写贝拉的书，我那天跟你借去的素描本被联邦调查局拿走了，我不知道你拿不拿得回来。"

桑德拉把浴袍的腰带绑紧一些。"为什么这个时候要告诉我这个？"

"因为我今天下午可能就要被捕了。"

她端详着我，并没有流露出我预期中的愤怒，只有好奇与同情。"嗯，"她终于开口，"那样的话，进来吧，我来泡点热茶。说不定我能帮上什么忙。"她往厨房走去。

我很渴望跟着她进厨房，渴望把自己埋在她慈祥奶奶般的温暖之中，渴望相信我知道自己不可能再相信的事。但我走向双扇门，伸手抓取门上的钥匙。

"你在做什么？"桑德拉尖叫着从走廊一路冲来，"走开！离开那里！"

我当然没听她的话。我转动钥匙，推开门。

头一个映入眼帘的是壁炉上方一幅画中娇艳欲滴的桃红、澄蓝与碧绿色彩。我走进房间，仰望那幅画。就像第一眼看见艾登的《沐浴后》，我就知道那是赝品一样，我一眼就看出这幅是如假包换的真迹。更何况，当然啦，我认得这幅画。

因为德加的《沐浴后》挂在这里，光彩与勃勃生气足以令伦戴尔的仿作永远黯然失色。而席梦与杰奎琳尽管与伦戴尔画中的女人毫无二致，芳思华却不同。她如德加的草图中一般坐着，使整幅画左右不对称。更重要的是，她不但不是芳思华，而是贝拉本人，全身一丝不挂。

桑德拉在我背后轻声哭泣起来。我环视这个豪华大房间，整个房间是空的，就只有一幅画，以及一张孤零零摆放在画面前的扶手椅。

尾声

半年后

场面一如我的想象，红男绿女衣香鬓影，觥筹交错谈笑风生，飞吻更是处处飘送。此刻我站在马凯艺廊中，举行我头一场个展的开幕式。之所以说头一场，是因为我受邀还要举办两场，一场在伦敦的皇家艺术学院（Royal Academy of Arts），另一场在东京，展场的名字我不会念。不到一年间，我就从过街老鼠翻身成媒体宠儿。这是个令人晕眩的成就，同时也令我再三思量。

艺廊里门庭若市，有五幅画旁已经点上了红点。艺评界一片叫好，买家络绎不绝，各家展场的策展人满口恭维，忽然之间我好像炙手可热，成为人人争相邀请、宠爱、拜托的人。如果我不知道这鹊起的名声是怎么来的，只怕就要被冲昏了头。媒体总是形容我谦逊低调，真诚坦率，我猜想，这么说也算是没错啦。

我在人潮中行走，看见认识与不认识的脸孔，以及一些我原本就认识但对方直到现在才终于认识我的人。人人抢着和我合照，我被拉向四方，眼睛被镁光灯闪得金星直冒，什么也看不见。

齐孟教授亲吻我的两颊。"这场画展以及事情最后的发展，哪个比较美妙呢？真想不到竟然会是桑德拉·史东翰，我认识她很多很多年了呢，谁会想得到？"而后他咧嘴笑笑，"但是你想到了。"

齐孟所说的事情，当然是指德加的《沐浴后》物归原主。那画如今花枝招展豪气万千地挂在短廊，吸引世界各地的民众前来朝圣，使嘉纳美术馆的来客量成长三倍。美术馆在四月四日贝拉生日那天，办了个上架——而不是"归位"——庆祝会，但画作直到六月才真的展出。

阻挠上架的并不是桑德拉·史东翰。那天早晨在会客厅，她告诉我，《沐浴后》是她所拥有的唯一一件贝拉婶婆的遗物。她知道她不该据为己有，但她的外婆和母亲命令她这么做。"而且我也很想保留这幅画。"她承认，"我成天坐在这儿欣赏它，为这幅画属于我而不属于其他任何人而窃喜。"

"你外婆和母亲？"我问。

"我外婆埃米莉雅答应贝拉婶婆，等她过世后，她会把这画从地下室拿出来，挂在短廊。但当时的馆长小气又刻薄，外婆改变主意，决定自己留着。这是我们家族的秘密传家宝，她传给我母亲，我母亲传给我，并且规定我绝对不可以交给嘉纳美术馆。"

"是为了要惩罚美术馆的小气，还是不要让贝拉的裸体曝光？"

"两方面都是吧。"桑德拉恋恋不舍地含笑，"但我想这一切都结束了。"

桑德拉主动放弃画的所有权，并说她事实上如释重负，嘉纳美术馆也不打算起诉。贝拉的遗嘱写得很清楚，《沐浴后》归嘉纳美术馆所有，但无论是美术馆的董事会或是联邦调查局，都不忍和一个号称是伊莎贝拉·史都华·嘉纳现存唯一遗族的八十二岁老太太对簿公堂。

讽刺的是，导致《沐浴后》延迟展示的正是贝拉的遗嘱。嘉纳美术馆究竟能不能展出德加的《沐浴后》，这问题引发了一阵法律论战。贝拉的遗嘱载明，美术馆里所有的物品都不可移除或更动，而贝拉过世时，挂在那里的是维吉尔·伦戴尔的《沐浴后》。幸好最后，常理占了上风。嘉纳美术馆预计将拍卖维吉尔的版本，好扩充美术馆的资金。

凯兰·辛山默走上前来。"克莱尔，克莱尔，克莱尔，"她说，"你就是免不了要招惹一些麻烦，是不是呀？"

"好像是吧。"她的笑容让我稍稍卸下心防，但由于我们先前的过节，和她在一起我依旧不大自在。今晚这里有许多人都让我有相同的感觉。

"克莱尔，对不起，我想要当面告诉你，我很抱歉当初没有认真看待你所说的关于艾萨克……"

我摆摆手，摆开她的道歉。"那不重要了，我很高兴事情终于水落石出。"事情的确水落石出了。在嘉纳美术馆判定《沐浴后II》是我的作品后，现代美术馆也重新鉴定《四度空间》，而这回专家终于没有再出纰漏。

洁可酒吧的好哥儿们忽然全围在我身旁，他们看来比我更兴奋，而且酒喝得比我多得多。

迈可搂住我的肩膀。"你还以为这一天永远不会到来。"

"瑰丝朵也来了，"黛妮尔用气音告诉我，"但是我们都不理她。"

茉琳举起她的香槟杯，"也该换你请我喝一杯啦！"

小小搂住我的腰，开始哭泣。

葵丝蒂把我从小小身边拉开。"惠特尼的现代美术策展人刚刚来电，他们在跟曼谷的一个收藏家竞标《夜车》。"她差不多是往我背部打了一拳。

瑞克朝我们走来。他整个下午都陪着我，在艺廊里帮我处理最后的细节。此刻他握住我的双手，用充满洞察力的深刻眼神凝望我。他快速眨着眼，忍住泪，我则赶紧拿了张面纸，以免脸上的妆被泪水糊掉。

"小莱。"他唯一吐得出的就是这两个字。

德加的《沐浴后》重见天日，使所有的贝拉迷陷入狂喜，人人都对历史真相提出各自的推论，其中有两派相争不下，一派主张贝拉与德加曾陷入疯狂热恋——贝拉红杏出墙的传闻甚嚣尘上，但并没有确切证据证明她当年真的不安于室——另一派则坚称她不可能背叛杰克，也不可能裸身供人作画，他们认为画中的女性胴体出自德加的想象，而德加无疑并不乏凭借想象而成的画作。但话又说回来，如果这两人并没有暗谱恋曲，贝拉也从未担任德加的裸体模特儿，那么她又为什么要把那幅画深藏地底，并且雇用维吉尔·伦戴尔来伪造一幅假画呢？

那幅画看来的确是伦戴尔伪造的，但他并没有偷走原画，也没有勒索贝拉。根据桑德拉的说法，是贝拉本人不愿展示原画。鉴识人员比对艾登交给联邦调查局的画——也就是他带到我的画室给我临摹的那一幅——以及桑德拉的《埃米莉雅》，判定两幅画确实出自于同一画家之手。

但伦戴尔谜团还有个疑点令我满腹狐疑——他的日记和素描本为什么会混在普雷斯考和史东翰家族的纪念品当中？我问了桑德拉，她于是吐露了另一个家族秘密——维吉尔·伦戴尔才是她的亲生外公。维吉尔和埃米莉雅相恋多年，桑德拉的母亲芬妮是他俩爱的结晶。而没错，就是贝拉这个家族女王过度在意阶级问题，因此拆散了小鸳鸯，迫使埃米莉雅落入不幸的婚姻。

十点了，宴会依旧热闹非凡，涌进的人潮比离去的更多。这整件事都如梦似幻，画作售出，声名大噪，还有许多人从我生活里偏僻隐秘的角落冒出来——贝弗莉阿姆斯的金珀莉、我高中时的美术老师三多先生、童年时代的保姆雪莉·麦克雷、我家附近眼镜行的验光师，甚至还包括普罗旺斯来的远房表亲艾莲。气氛诡异到让我偶尔怀疑自己并不置身此地，我不过是个躯壳，在这里负责笑脸迎人、高谈阔论，真正的我在另一个地方，依旧是普普通通平平凡凡的克莱尔。

葵丝蒂和湘朵把我拉到角落。"惠特尼标到《夜车》了！"葵丝蒂大喊。

现在我确定我真的不是克莱尔了，而是戴上了另一个画家的假面具。惠特尼，怎么可能呢？

"是真的！"湘朵拍着掌。

葵丝蒂指指一张椅子，我坐下来，天旋地转，目瞪口呆，不敢相信这个事实。葵丝蒂看看表，对湘朵说："明天星期天，我一早就去告诉马凯这个好消息。"随后她歉疚地看我一眼说："抱歉，不是故意要提起的。"

"不用抱歉。"我说。但事实上，我确实情愿不要想起艾登。

艾登仍在牢里等待开庭，那庭恐怕要半年或甚至一年后才开得成，所以有得等。自从上次那场谈话之后，我就没再见过他，也没和他说过话。我打算无限期保持现状。无论我对艾登的感情如何，彻底和他切断关系算是我对自己的惩罚。

上个月，联邦调查局终于准许艺廊恢复营业。我原本想拒绝，但最后勉为其难，接受了葵丝蒂的提议，在这里办个展。瑞克说我非办不可，说我不该任没来由的罪恶感阻碍前程。但是他错了，我的罪恶感才不是没来由，和魔鬼谈交易的女人并不清纯无辜。

《沐浴后》的重见天日也保住了艾登的手指。他获得短暂保释，利用这时间付清了积欠的账款。但专家判定他交给联邦调查局的画确实是维吉尔·伦戴尔的仿作，也就是美术馆抢案中被窃的作品之一，于是他又被送入大牢。艾登是有关单位寻找嘉纳抢匪的唯一窗口，虽然他始终坚称自己对于作案者是谁一无所知，检警却期盼漫长刑期带来的恐惧能唤醒他的记忆。就我所知，这是有可能的。

葵丝蒂把一只手搁在我的肩上。我环顾四周，看着汹涌人潮，看着画旁的红点，想着我未来的人生将是一片光明，前途无量。天理昭昭，报应不爽。我的时来运转究竟是由于我真的才华横溢，还是狼藉恶名恰好对了这社会追逐暴红名人的胃口？我究竟是个伟大的画家，还是个伟大的赝品画家？无论我或我的作品未来如何，无论我接到多大的委托案、被多顶尖的美术馆收藏，我想我永远也不会得知。

谢词

提到"没有你，这本书就永远不会成形"的清单，有个人格外突出，那就是我亲爱的朋友、同僚、最大的粉丝兼火力最强的批评家——珍·布洛根（Jan Brogan），说谢谢还不足以表达我的感激。我写作团体的其他成员——琳达·巴恩斯（Linda Barnes）、海莉·艾弗朗（Hallie Ephron），以及我的家人丹（Dan）、萝苹（Robin）、史考特（Scott）和班（Ben），谢谢两字也道不尽我的满腔感念。你们的鼓励与对我的信心协助我走过低潮困境。

感谢洁美·伊丽莎白·考克特（Jamie Elizabeth Crockett）、珍·小小·佛尔曼（Jane Little Forman）、詹姆斯·甘迺迪（James Kennedy）、爱德温娜·库伦德（Edwina Kluender）、金珀莉·寇诺瓦（Kimberle Konover）、薇多莉雅·孟若（Victoria Monroe）、萝蓓塔·保罗（Roberta Paul）、劳勃·辛山默（Rob Sinsheimer）及凯柔·托瓦（Carol Tovar），感谢各位提供专业知识，并耐心回答我的问题。感谢我的读者：丹·弗莱施曼（Dan Fleishman）、史考特·弗莱施曼（Scott Fleishman）、罗尼·傅克斯（Ronnie Fucks）、桑德拉·夏皮罗（Sandra Shapiro）、爱丽丝·史东（Alice Stone）、萝苹·齐孟（Robin Zimmern）。特别感谢聪明且时时给我支持的编辑艾美·盖什（Amy Gash），并且格外特别感谢我的经纪人安·柯列特（Ann Collette），她俩勤奋不懈的努力与对我作品的信心使一切成真。

研究手记

《密室里的德加》虽然以大量的研究以及与画家、画商及策展人的访谈为基础，却是一本虚构之作。故事现代背景中的所有人物以及多数场景和事件都是我想象力的产物，马凯艺廊、洁可酒吧、贝弗莉阿姆斯、爱尔美术社、复制网都不存在于真实世界，开头那段《波士顿环球报》的报道也从未刊登于该报。但伊莎贝拉·史都华·嘉纳美术馆是货真价实的美术馆，只不过其中并没有下层地下室。波士顿美术馆、纽约现代美术馆、波士顿的文华东方酒店、南端区、纽伯瑞街也都是真实场景，我试图准确无误地刻画这些地方。

克莱尔用来绘制假画与个人创作的技巧符合现代画家的手法，对年轻艺术家力争上游的描述也反映真实的状况。她在网上查到的伪画家与伪画交易商，包括约翰·梅耶、伊莱·萨凯、凡·米格伦，以及这些人的犯罪细节、方法、动机及所遭到的惩罚都是真人实事，但维吉尔·伦戴尔是个虚构人物。

一九九○年嘉纳美术馆抢案的细节也都符合史实，这起抢案迄今仍是史上未破的最大宗艺术品案件，唯一与史实不符的是德加的第五幅《沐浴后》，这幅画不曾被偷，也不曾存在过，而是我依据德加的另外四幅《沐浴后》构思而成的。德加的三幅素描——《艺术晚会节目单》《散场》及《佛罗伦萨旁的随从》则在当晚被窃，至今尚未寻获。

贝拉·嘉纳写给侄女埃米莉雅的信则融合了真实与虚构。贝拉在信中所标注日期的当时都的确在信中所述的那些地方采购她所收藏的画作。她与约翰·杰克·嘉纳、约翰·沙金、亨利·詹姆斯、詹姆斯·惠斯勒及伯纳·贝然森的关系全都根据史实描述，但信中所描述的事件，如晚宴、隆尚马场的赛马、旅游、病痛等则并非史实。贝拉的确曾在波士顿牵着两头狮子逛大街，也的确曾绑着写有"噢，红袜队"（OH YOU RED SOX）的头带去听交响乐。她唯一的孩子小杰克的确在两岁时夭折，在杰克·嘉纳的哥哥嫂嫂相继去世后，她也的确一手抚养三名侄儿，只不过其中一名还没来得及长大就与世长辞。但世上从未有过埃米莉雅这个人，桑德拉·史东翰当然也并不存在。

虽然伊莎贝拉·史都华·嘉纳与爱德加·德加生活在同一个时空的同一个圈子里，但无论是克莱尔还是我，都找不到任何资料提及他俩曾经见面。因此，整本书中有关贝拉与爱德加的互动关系以及这段关系所引发的后续故事全是我杜撰的，然而两人的性格则都是根据史实与传记加以揣测，因此生活在一百五十年后的我们，又如何知道什么事可能发生过，而什么可能没发生过呢？

作者手记

　　我是个胆小的作者。有些作者下笔写小说时，并不知道结局将会如何，却信心满满地相信写作的过程自然而然能引导出圆满的结局，但我不行，我在没确定结局以及中段之前不敢下笔，我需要列出大纲，相信我的点子真能幻化成一本成功的小说才行。有些作者需要有个暂定的书名，我则需要有暂定的情节。从最初的灵光一闪，到完整的手稿出炉，历时漫长，就是这个原因。

　　《密室里的德加》也不例外。我头一回与艺术收藏家兼美术馆创办人伊莎贝拉·史都华·嘉纳相遇是在一九八三年，我对她一见倾心，很想和她做朋友、陪她一起遛狮子逛大街、采买名画、做各种惊世骇俗的事来吓坏周遭那些正经八百的老古板。但是很遗憾，她一九二四年就过世了。我放弃写一本"贝拉"的小说，她让我震慑——看吧，我又胆小了——但我不曾忘怀她。

　　一九九〇年，她忽然大受瞩目，或者至少是她的名字大受瞩目。两名身穿警察制服的男子闯进波士顿的伊莎贝拉·史都华·嘉纳美术馆，把两名警卫绑起来并塞住他们的嘴，偷走了十三件馆内典藏的艺术作品，包括伦勃朗的《加利利海风暴》、维米尔的《演奏会》，还有德加及马奈的作品。这时我想，说不定我终于能把想法付诸实践了。

　　尽管媒体把嫌疑指向国际，怀疑的对象包含黑手党和教廷，涉嫌对象的身份五花八门，当局始终逮捕不了任何人，我依旧构思不出我的故事。贝拉和发生在她死后七十年的抢案能扯上什么关系呢？这抢案始终未破案，我要如何写一本关于这起抢案的书？万一我还没写完，案子就破了，而结局和我写的天差地远，怎么办？更糟的是，万一我才刚写完就破案，怎么办？胆小如鼠的我又重新把这点子束之高阁。

十九年后，嘉纳抢案的谜团仍然未解，我对贝拉依旧心心念念。我读了她半打的传记和数百封信件，在网络上穷碧落下黄泉。我想我可以像我很激赏的欧文·斯通[1]或戈尔·维达尔[2]那样，撰写小说体的传记。但要囊括伊莎贝拉·嘉纳精彩刺激的完整人生太难了——我的胆怯依然没变——于是贝拉再度被我搁置一旁。

大约就在同时，我开始上一系列的艺术课程，由一位知名艺术家带领，我们一起参观艺廊及美术馆。这位艺术家打开了我的视野，不仅让我看见有形的美妙艺术，更引领我认识创作、收藏、策展与艺术品销售的复杂世界。我也开始着迷于艺术窃案与艺术品伪造。这时我想，我终于可以写我的贝拉了。于是我写下摘要、列出情节表、构思人物性格，然后全部涂去，又重来一遍。故事隐然成形，但其中有着漏洞缺陷，有个东西付之阙如——我想不出结局。

有一天，当我思索是否该放弃种种的努力时，我遍寻不着的失落环节忽然以问句的形式找上门——为了实现野心，我们愿意走什么样的险步？默默无闻的画家、名声响亮的画家、收藏家、经纪人、艺廊负责人？我？贝拉？

于是我扩增了我的人物表，加入一个苦苦追求成功、不惜出卖灵魂的艺术家，为每个人物设立了对他们个人而言难以抗拒的诱惑，再将他

---

[1] 欧文·斯通（Irving Stone），一九〇三－一九八九年，美国作家，以撰写小说体的名人传记见长，最知名作品为《梵·高传》（*Lust for Life*）。

[2] 戈尔·维达尔（Gore Vidal），一九二五－二〇一二年，美国作家。

们与艺术窃盗、艺术伪造、嘉纳美术馆抢案，以及当然不可或缺的我的朋友贝拉结合。忽然之间，我像怯懦的狮子在得到奖牌后勇气大增，我也在得到故事情节后壮起胆子。《密室里的德加》便是我发挥勇气的成果。

（京权）图字：01-2017-3401

图书在版编目（CIP）数据

我不是德加 /（美）B.A.夏皮罗著；彭玲娴译 . —
北京：民主与建设出版社，2017.7
ISBN 978-7-5139-1470-3

Ⅰ.①我… Ⅱ.① B… ②彭… Ⅲ.①长篇小说—美国
—现代 Ⅳ.① I712.45

中国版本图书馆 CIP 数据核字（2017）第 064748 号

我不是德加
WO BU SHI DE JIA

出 版 人　许久文
著　　者　［美］B. A. 夏皮罗
译　　者　彭玲娴
责任编辑　程　旭
统筹策划　周丽华
装帧设计　鲁明静
特约编辑　朱　岳
出版发行　民主与建设出版社有限责任公司
电　　话　（010）59419778　59417747
社　　址　北京市海淀区西三环中路 10 号望海楼 E 座 7 层
邮　　编　100142
制　　作　北京大观世纪文化传媒有限公司
印　　刷　北京中科印刷有限公司
成品尺寸　880mm×1230mm　　1/32
字　　数　240 千字
印　　张　10.875
版　　次　2017 年 12 月第 1 版
印　　次　2017 年 12 月第 1 次印刷
书　　号　ISBN 978-7-5139-1470-3
定　　价　50.00 元

注：如有印、装质量问题，请与出版社联系。